PIERRE EMME

Pizza Letale

Palinskis elfter Fall

GMEINER Original

Besuchen Sie uns im Internet:
www.gmeiner-verlag.de

Im Ehnried 5, 88605 Meßkirch
Telefon 07575/2095-0
info@gmeiner-verlag.de

1. Auflage 2010

Lektorat: Claudia Senghaas, Kirchardt
Herstellung / Korrekturen: Doreen Fröhlich /
Sven Lang, Katja Ernst, Doreen Fröhlich
Umschlaggestaltung: U.O.R.G. Lutz Eberle, Stuttgart
unter Verwendung eines Fotos von kallejipp / photocase.com
Druck: Fuldaer Verlagsanstalt, Fulda
Printed in Germany
ISBN 978-3-8392-1055-0

Personen und Handlung sind frei erfunden.
Ähnlichkeiten mit lebenden oder toten Personen
sind rein zufällig und nicht beabsichtigt.

1.

Montag, 21. Oktober

Palinski liebte es, im Kaffeehaus zu frühstücken. Für ihn war die erste Mahlzeit des Tages gleichzeitig die wichtigste. Den ganzen Tag noch vor sich zu haben und damit zwangsläufig auch mehr körperliche Betätigung als mittags oder gar abends, gab ihm und seinem Übergewicht das angenehm trügerische Gefühl, beim Frühstück schlemmen zu dürfen. In Maßen natürlich.

Die alte Regel ›Am Morgen iss wie ein Fürst, zu Mittag wie ein Bürger und am Abend wie ein Bettler‹ hatte schon was für sich. Auch aus finanzieller Sicht, denn fürstlich zu schmausen war am Morgen deutlich kostengünstiger zu bewerkstelligen als zu jeder anderen Tageszeit.

Nach der erzwungenen Abstinenz durch den Schlaf sprach das Frühstück mit seinen einfachen, aber überwältigenden Reizen alle Sinne an: Allein das frische, knusprige Gebäck mit seinem einzigartigen Geruch, das einen als Semmerl, Kümmelweckerl, Mohnstriezerl oder Kornspitz aus dem Körberl anlachte, verhieß Palinski in der Früh immer wieder das Paradies.

Dazu zwei Eier im Glas, wachsweich versteht sich natürlich, und zwei, drei Scheiben Schinken, etwas Käse vielleicht. Und Butter, natürlich frische Butter.

Die Butter im Kaiser war übrigens eine Sensation.

Nicht die Butter schlechthin, sondern die Butter, die es zum Frühstück gab. Das war nämlich keine normale Teebutter in einer dieser 12,5-Gramm-Packungen mit Ablaufdatum.

Nein, was einem da auf einem eigenen kleinen Teller kredenzt wurde, war echte Bauernbutter aus 1.200 Metern Seehöhe irgendwo im Salzburgischen. Aus der Milch von Kühen, die sich ausschließlich mit dem hervorragenden Gras der Almwiesen diverser herrlicher Gaue ernährten. Also einfach köstlich.

Dieser Traum von einem tierischen Speisefett, eine veritable Cholesterinbombe, wurde einmal in der Woche frisch angeliefert, hatte ihm Sonja einmal verraten, und war zum Verkochen natürlich viel zu schade. Und vermutlich auch zu teuer.

Wirklich, für jemanden, der ein gutes Frühstück zu schätzen wusste, war das Kaiser schon einen Umweg wert. Und mit 8,10 Euro, Kaffee oder Tee nach Wahl und einem kleinen Glas frisch gepressten Orangensaft inklusive, durchaus auch wohlfeil.

Am Tisch neben Palinski hatte ein Paar Platz genommen, dem trotz der frühen Stunde der Sinn nicht nach Frühstück zu stehen schien. Ungeachtet Kellnerin Sonjas sirenenhaften Bemühungen, den beiden das ›Kaiser Spezial‹, das ›Große‹ oder zumindest das ›Kleine Wiener Frühstück‹ schmackhaft zu machen, blieben die Ignoranten standhaft bei ihren lächerlichen zwei kleinen Braunen. Was dachten sich diese Menschen bloß?

Kurz darauf sollte Palinski diese sich selbst gestellte rhetorische Frage bitter bereuen, denn so genau hatte er das gar nicht wissen wollen. Aber eins nach dem anderen.

Während Palinski sich jetzt in die aktuellen Tageszeitungen vertiefte, hatte das Paar am Nebentisch doch noch Hunger bekommen. Die junge Frau bestellte eine Torte, der Mann eine Semmel und eine Portion Butter.

Dann setzten sie ihr Gespräch bisher belanglosen Inhalts in der gewohnten, ganz normalen Lautstärke fort. Einer Lautstärke, die es Palinski unmöglich machte, auch nur ein einziges Wort nicht zu verstehen. Sosehr er sich auch hinter seiner Zeitung verkriechen wollte, er war zum Zuhören verdammt.

Das war zunächst eher lästiger als sonst etwas.

»Soll ich dir das Semmerl schmieren?«, bot die Frau, die sich Lou rufen ließ, dem Mann an, der auf Simmi hörte. Was immer das auch bedeuten mochte.

Das Besondere war aber, wie Lou das gesagt hatte. So eindeutig vielsagend, dass man durchaus auf falsche Gedanken kommen konnte.

Simmi nickte nur, und Lou schmierte. Und wie. Palinski riskierte einen verstohlenen Blick und wurde Zeuge einer der sinnlichsten Buttersemmelproduktionen, die je in einem Wiener Kaffeehaus stattgefunden hatten.

»Weißt du, was ich jetzt am liebsten möchte?«, wollte der Mann dann auch nicht zurückstehen, während er lustvoll an der liebevoll gebutterten Gebäckhälfte kaute. Er wartete gar nicht erst Lous Reaktion ab, sondern fuhr ungefragt fort: »Ich möchte dich am liebsten auf den Tisch legen, gleich hier, und dir das Gewand vom Körper reißen, n'est-ce pas? Und dann möchte ich dich küssen, überall küssen, aus deiner Quelle schlürfen und dann in dir versinken, n'est-ce pas?«

Um ehrlich zu sein, Simmi hatte das realistischer, krass derber formuliert. Eher in der Art, wie man mit einer Portion Eiscreme auf einem Stanitzel spräche, falls man überhaupt auf so eine verrückte Idee käme.

Erstaunlicherweise hatte er seinen Liebesbeweis auch nicht etwa geflüstert, nein. Vielmehr hatte er ihn einfach festgestellt, und das in einem absolut honorigen, unaufgeregten Plauderton, in bestem Hochdeutsch und normaler Lautstärke. Und gelegentlich mit einem Touch français, n'est-ce pas?

Bei dem Paar handelte es sich also offenbar nicht, wie man zunächst anzunehmen versucht war, um Halbseidene vom Strich. Nein, der Schein sprach vielmehr für ein völlig ungezwungenes, natürliches Verhalten, das leicht als völlige Amoral in Verbindung mit einem gewissen Hang zum Voyeurismus angesehen werden konnte.

Lou fand Simmis Vision offenbar angenehm und schmeichelhaft. »Du meinst, so wie gestern Nachmittag«, gurrte sie und lächelte.

Palinski war nicht prüde, aber auch kein Freund audio-exhibitionistischer Schaustellung. Daher versuchte er krampfhaft, sich hinter der aktuellen Ausgabe der Wiener Zeiten zu verbarrikadieren. Aber vergebens.

Gegen die liebevollen, ziemlich ins Detail gehenden Beschreibungen strategisch wichtiger Punkte auf Lous Landkarte, dem, was Simmi gerade damit anstellen wollte, und Lous daraufhin einsetzendes Gekicher, hätte nur ein veritabler Hörsturz geholfen. Auf einen solchen zu hoffen, das war Palinski die Geschichte aber auch wieder nicht wert.

So versuchte er halt, sich irgendwo zwischen der Kulturseite und den Kommentaren zu verkriechen, und hoffte, dass die akustische Peepshow bald zu Ende ging.

»... bitte so freundlich sein, mir das Salz zu borgen?«

Halt, was war das gewesen? Vorsichtig kam Palinski hinter den aktuellen Börsennotierungen hervor und lugte zum Nachbartisch. Hatten diese Menschen gar mit ihm gesprochen?

Tatsächlich, Lou mit der nach Aussagen ihres Gegenübers herrlichsten Muschi aller westlichen, das heißt, aller Frauen überhaupt – woher konnte der Kerl das eigentlich wissen? –, hatte zu ihm gesprochen. Er wollte gerade automatisch zum Salzstreuer greifen, um der sehr höflich vorgetragenen Bitte zu entsprechen, als ihm der rettende Gedanke kam.

»Hm? Haben Sie etwas zu mir gesagt?«, meinte er zu der jungen Frau. »Sie müssen etwas lauter reden, ich höre schon ein wenig schlecht.« Ob sie ihm, dem 47-Jährigen, das glauben würde? Der noch dazu kein Jahr älter aussah als vielleicht ..., aber höchstens ..., na, lassen wir das besser.

Wie auch immer, er fühlte sich gleich wohler.

»Könnten Sie so nett sein und mir Ihren Salzstreuer borgen?«, wiederholte Lou freundlich und in einer Lautstärke, die auch die Gäste am anderen Ende des Cafés aufschauen ließ.

Natürlich hatte sie den Salzstreuer auf Palinskis Tisch

und nicht seinen gemeint, fuhr es ihm durch den Kopf, als er nach dem guten Stück griff und ihn der jungen Frau reichte.

»Hier«, sprach er mit leicht brüchiger Stimme, »und behalten Sie ihn ruhig, ich brauche ihn nicht mehr.«

Lou bedankte sich freundlich, und auch Simmi lächelte, die beiden waren wirklich sympathisch, dachte Palinski, während er wieder verschwand, diesmal hinter der Innenpolitik.

Er hatte die Gelegenheit wahrgenommen, sich das Paar kurz etwas näher anzusehen. Der Mann Durchschnitt, auf den ersten Blick nichts Besonderes. Aber Lou schien es besser zu wissen.

Und dann die junge Frau. Keine Schönheit, bei Weitem nicht. Aber sinnlich, sehr sinnlich sogar. Dieser etwas mollige südländische Typ, breite Hüften, schwere Brüste, schwarze Sch…, äh, Haare, der relativ früh alt und fett wurde und dann gluckenhaft über der Familie brütete. Eine Matronella eben.

Beide wirkten irgendwie ein wenig gewöhnlich, wobei die relativ kultivierte Sprache und der angenehme Plauderton im krassen Widerspruch zum äußeren Erscheinungsbild standen.

Palinski war verwirrt und schloss kurz die Augen. Um sie sofort wieder groß aufzureißen. Denn er hatte Lou und ihre Quelle eben splitternackt vor seinem geistigen Auge gesehen und kurz so etwas wie Verlangen danach verspürt.

Er fühlte sich ertappt. Und das einige Tage vor seiner standesamtlichen Trauung.

Ja, tatsächlich, Wilma und Mario würden endlich heiraten. Nach 27 Jahren und zwei inzwischen erwachsenen Kindern wusste eigentlich kein Mensch, warum, aber es sollte so sein. Dass er bereits vor der Heirat begann, in Gedanken fremde nackte Frauen zu sehen, gab ihm allerdings zu denken.

Obwohl, Lou war ja eigentlich keine fremde Frau mehr. Im landläufigen Sinne natürlich schon, aber nach all dem, was er bereits von ihr wusste? Lou war ein Sonderfall, ja, so war es. So musste es einfach sein. Obwohl das eigentlich auch kein Grund war.

Irritiert klammerte sich Palinski am Wirtschaftsteil fest.

*

Genau vis-à-vis des schönen alten Bürgerhauses, in dem sich sowohl Palinskis Institut für Krimiliteranalogie als auch Wilma Bachlers Wohnung befanden, lag das inzwischen schon weit über einen Geheimtipp hinaus bekannt gewordene Restaurant Mamma Maria. Für unseren Helden war dieses Lokal nicht nur der Lieblingsitaliener, sondern zweites Zuhause, Zufluchtstätte in guten wie in schlechteren Zeiten, einfach etwas ganz Besonderes.

Maria Bertollini und ihre beiden älteren Söhne Giorgio und Alfredo hatten dem Ristorante in den letzten Jahren immerhin eine Haube erkocht. Mehr wollten sie nicht, um ihre bisherigen Gäste nicht zu verschrecken und sich selbst nicht das Leben unnötig schwer zu machen. Aber auch nicht weniger.

Lorenzo Bertollini, der jüngste der drei Ragazzi und

der einzige, der sich zu einem Studium entschlossen hatte, hatte vor einem Jahr seinen Magister in Betriebswirtschaft erworben. Mit ausgezeichnetem Erfolg. Dann hatte der 23-Jährige, der sich auf Logistik spezialisiert und einen sehr guten Posten bei einer großen, internationalen Transportgesellschaft eigentlich so gut wie in der Tasche hatte, etwas völlig Unvorhergesehenes getan. Er hatte seiner internationalen Karriere Adieu gesagt, bevor sie überhaupt begonnen hatte, und Kellerräume sowie einen großen gemauerten Schuppen im Hinterhof des Hauses, in dem sich Mamma Maria befand, gepachtet.

Nach etwa drei Monaten waren die Renovierungs- und Adaptionsarbeiten vorüber, und Mamma Marias Pasta- und Pizza-Premium-Service nahm seinen Betrieb auf. Lieferung frei Haus täglich zwischen 11 und 23 Uhr.

Ein etwas langer Name für eine hoffentlich gute Sache.

Bei der riesigen Konkurrenz gerade im Pizzazustellmarkt, aber auch im Wettbewerb mit chinesischen, indischen und anderen Angebotsrichtungen, gaben viele Lorenzos ›2M-3P-Service‹ nur geringe Chancen, das erste Jahr zu überstehen. Der Herr Magister hatte es aber geschickt verstanden, den exzellenten, weit über Döbling hinausgehenden Ruf Mamma Marias mit einem sehr effizienten Logistiksystem zu verbinden, und war höchst erfolgreich damit. Bereits nach einem halben Jahr hatte er nicht nur einige Mitwerber deutlich überholt, sondern auch den sehr optimistisch budgetierten Umsatz des ersten Jahres überschritten.

Heute, also Montag, den 21. Oktober am frühen Morgen, war der Höhenflug des Jungunternehmens allerdings vorerst einmal unterbrochen worden. Und das kam so: Am Samstag war vor Mitternacht über den Notruf der Polizei ein Anruf eingegangen. Ein Mann hatte sich mit leiser, wie sich später herausstellen sollte, im wahrsten Sinne des Wortes ersterbender Stimme gemeldet: ›Hilfe, ich wurde … vergiftet, der … Pizzamann …‹

Damit war das Gespräch auch schon wieder beendet gewesen. Das war dem Beamten doch etwas sonderbar vorgekommen, und er hatte vorsorglich Alarm geschlagen.

Da die Polizei den Ausgangspunkt des Anrufes wegen einer Computerpanne bei der Telefongesellschaft erst mit einiger Verspätung hatte orten können, war die Leiche des 54-jährigen Wilhelm Sanders sonntags auch erst gegen 4.45 Uhr in seiner Wohnung in Neustift am Walde entdeckt worden.

Wie es aussah, war der an einen Rollstuhl gefesselte Mann einem Herzversagen zum Opfer gefallen. Beim Verzehr einer Pizza ›Frutta di Mare‹ gestorben, für italophile Gourmands mit Vorlieben für Shrimps und Muscheln fürwahr nicht die schlechteste Art abzutreten.

Die tatsächliche Todesursache würde man allerdings erst nach der in solchen Fällen zwingend vorgesehenen Autopsie der Leiche genau kennen.

Wilhelm Sanders hatte gerade noch eine knappe Hälfte der knusprigen Pizza geschafft, ehe ihm der Appetit ein für alle Mal vergangen war. Was laut Schätzung des

Mediziners zwischen 1 und 3 Uhr morgens der Fall gewesen sein musste.

Dazu hatte sich der Mann wohl ein paar Schlucke Rotwein mit einem Besucher genehmigt, wie zwei halb leere Gläser vermuten ließen. Damit das Zeug besser hinunterrutschte.

Die Aufschrift ›Mamma Marias Pasta & Pizza‹ samt Adresse und Telefonnummer auf dem Karton beantwortete dann auch die Frage der Polizei, woher der Tote seine allerletzte Mahlzeit bezogen hatte.

Da die inzwischen eingetroffenen ersten Ergebnisse der Spurensicherung und der Gerichtsmedizin einige dringende Fragen aufgeworfen hatten, war es nur logisch, dass die Polizei kurz vor 10 Uhr in Mamma Marias Pasta- und Pizza-Premium-Service erschienen war, um diese auch zu stellen.

*

Hinter dem Chronikteil der Wiener Zeiten versteckt, verfolgte Palinski gebannt den primitiv-erotischen Small Talk am Nebentisch. Was ihn besonders faszinierte, war der beiläufige, völlig gleichbleibende Plauderton, in dem die beiden über ihren letzten Orgasmus diskutierten. Wie andere über das Fernsehprogramm oder die neue Wohnzimmereinrichtung von der Mama.

Gemeint damit war offenbar Lous Mutter, die, wie sich gleich darauf herausstellte, und jetzt wurde es wirklich interessant, gleichzeitig mit Simmi verheiratet war. Und das seit mehr als drei Jahren.

Und dazu immer wieder dieses frankophile ›n'est-ce pas‹, das der Mann automatisch und meistens völlig sinnlos fast jedem zweiten Satz folgen ließ.

Palinski fühlte, wie seine Ohren vor Aufregung ganz heiß wurden, ein untrügliches Zeichen dafür, dass sie sich knallrot gefärbt haben mussten.

Aber es kam viel dicker, wie sich gleich zeigen sollte.

»Oje, oje«, meinte Lou plötzlich, nachdem sie einen Blick auf ihre Armbanduhr riskiert hatte. »Den Termin habe ich jetzt verpasst. Bis 10 Uhr schaffe ich es nicht mehr ins Allgemeine Krankenhaus.«

Richtig, fand auch Palinski, der hinter der Zeitung ebenfalls einen Blick auf seine Uhr geworfen hatte. Fünf Minuten vor 10, das ging sich nie im Leben aus.

»Ach, hast du den Termin für die Abtreibung heute?«, wollte Simmi jetzt wissen. »Und den hast du verpasst? Das ist aber schlecht, n'est-ce pas? Na ja, eigentlich wäre der Eingriff nach der Torte ohnehin unmöglich gewesen, glaub ich. Man muss ja nüchtern sein, n'est-ce pas?«

»Daran habe ich gar nicht gedacht. Na ja, ist ja erst die elfte Woche«, entgegnete Lou. »Da habe ich noch ein bisserl Zeit.«

»Aber nicht verschlampen, n'est-ce pas?«, mahnte Simmi. »Stell dir vor, deine Mutter erfährt davon, was glaubst du, was die mit dir macht?« Er blickte sie neugierig an. »Woher hast du eigentlich das Geld dafür?«

»Das hat mir die Omi gegeben«, Lou lächelte zärtlich. »Sie ist so lieb, glaubt, ich brauche das Geld für eine Exkursion mit der Hochschule nach Budapest.«

Palinski wollte schon laut losbrüllen, langsam war das alles ja wirklich … unwirklich, das war der einzige Ausdruck, der passte.

»Und was meinst du, was die Mama mit dir macht, wenn sie erfährt, dass du der Vater bist? Die bringt dich glatt um«, gab Lou jetzt zurück, und Palinski biss sich vor Aufregung fast auf die Zunge. So was von prallem, so richtig schön versautem Leben war ihm noch nie begegnet. Und das direkt am Nebentisch, zum Preis eines Frühstücks. Das war toll.

»Ich denke«, setzte Simmi langsam zur mit Spannung erwarteten Antwort an, »in diesem Fall müssten wir …«

›Didelidö, didelidei, didelidö, didelidei‹, Palinski wollte sich gerade lautstark über die eklatante Störung aufregen, Gott, wie er diesen Telefonterror im öffentlichen Bereich hasste, als er feststellen musste, dass es sein Handy gewesen war, das ihn Simmis Antwort verpassen hatte lassen. Die hätte ihn schon sehr interessiert. Wütend biss er in den Sportteil, um nicht laut loszuweinen.

Bei dem Anrufer handelte es sich um seinen Mitarbeiter Florian Nowotny, einen karenzierten Polizisten, der jetzt Jus studierte. »Bei mir ist eine total verunsicherte Maria Bertollini, die dringend deiner Hilfe bedarf«, teilte er Palinski betroffen mit. »Eben ist ihr Sohn Lorenzo von der Polizei aufs Kommissariat mitgenommen worden. Er wird verdächtigt, einen Mann getötet oder zumindest mit seinem Tod zu tun zu haben.«

»Alles klar«, stellte Palinski, dessen Ohren schlagartig wieder abgekühlt waren, fest. »Sag Mamma Maria, ich bin in zehn Minuten da.«

Schnell trank er seinen längst kalt gewordenen Kaffee aus, legte das Geld für Sonja auf den Tisch und stand auf. »Ich wünsche Ihnen einen schönen Tag«, meinte er dann möglichst beiläufig mit noch immer leicht belegter Stimme zu dem Pärchen am Nebentisch und ging.

Unfassbar, was er da unfreiwillig hatte mithören müssen. Total gegen seinen Willen, eine echte Zumutung. Mit was für Menschen man so von Zeit zu Zeit zu tun bekam, war schon unerhört. Wie kam man eigentlich dazu?

Ob er Simmi nicht doch hätte fragen können …?

*

Alle die, die das Paar kannten und von der bevorstehenden Heirat wussten – das waren gar nicht so viele –, schwankten zwischen leichtem Erstaunen und großer Verwunderung. Keiner konnte sich so recht erklären, warum Wilma und Mario plötzlich ihre scheinbare Aversion gegen bürgerliche Gewohnheiten aufgegeben hatten und ihre bisherige, nunmehr fast über 27 Jahre funktionierende Partnerschaft legalisieren wollten. Und ehrlich, selbst die beiden ›Verlobten‹ hatten keine überzeugende Erklärung dafür. Ein gutes Zeichen, immerhin schied eine reine Vernunftehe definitiv aus.

Wilma, seit einem Jahr Bezirksrätin der Grünen in Döbling und seit sechs Wochen Direktorin der AHS in der Währinger Klostergasse, hatte sehr viel um die Ohren. Immerhin hatte die engagierte Lehrerin zusätzlich zu ihrer neuen Aufgabe auch sechs Wochenstunden Französischunterricht übernommen. Bis auf Weiteres zumindest, denn der Kontakt mit den jungen Menschen war ihr ein vordringliches Anliegen.

Dazu kamen ihre Pflichten als Politikerin, die da waren: Sprechstunden, Teilnahme an Aktionen und Veranstaltungen und derlei mehr. Und jetzt der Wahlkampf.

Für die Familie blieb da natürlich nicht mehr allzu viel Platz, aber die Kinder waren erwachsen, und Mario hatte ohnehin nie Zeit für sie. Auch früher nie gehabt.

Und jetzt hatte endlich einmal auch sie kaum Zeit für ihn. Diese Vorstellung ließ sie sich gleich viel besser fühlen. Das war zwar saublöd, aber doch auch eine Form der Emanzipation und Chancengleichheit.

Komisch, Wilma war während der vielen Jahre mit Mario gelegentlich gefragt worden, warum sie trotz allem oder noch immer bei diesem ›unmöglichen Menschen‹ blieb, wo sie doch nicht einmal mit ihm verheiratet war?

Sie hatte sich manchmal selbst gewundert, ihrem Leben nicht einfach eine andere Richtung gegeben zu haben. Aber eigentlich war sie nie ernsthaft in Versuchung geraten, sich von Palinski abzuwenden. Warum nicht?

Da waren zum einen die beiden Kinder, aber da

war wesentlich mehr. Irgendwie gefiel ihr dieses kompliziertе, etwas chaotische, unorthodoxe, sehr aufregende und nie langweilige Leben mit dem Verrückten. Ihrem ›Fou‹, wie sie ihn insgeheim apostrophierte. Häufig liebevoll, ab und zu auch zornig, nie aber abfällig.

Bei ihren gelegentlichen Analysen war Wilma zu dem Schluss gekommen, dass sie sich als Ehefrau in den 27 Jahren wahrscheinlich schon mehr als einmal verabschiedet hätte. Aus Gründen der Selbstachtung, die sich aus dieser rechtlichen Position ergab.

Als ›Geliebte‹, oder was immer sie auch tatsächlich gewesen war, hatte sie einen viel größeren Spielraum gehabt und sich flexibler verhalten können. Für sie stand fest, dass das Geheimnis ihrer glücklichen Ehe in dem Umstand lag, dass es ganz einfach gar keine Ehe gab.

Ob es aus dieser Erkenntnis heraus sinnvoll war zu heiraten, war zumindest fraglich. Andererseits aber auch eine echte Herausforderung und eine neue Erfahrung. Und ihre Eltern mussten sich endlich nicht mehr wegen ihrer in wilder Ehe lebenden Tochter und zweier unehelicher Enkel genieren.

Apropos Eltern: Die sollten natürlich auch bei diesem Ereignis dabei sein, aber erst so spät wie möglich davon erfahren. Denn die Frau Primaria in Ruhestand und der emeritierte Professor für Strafrecht und ehemalige Dekan der juridischen Fakultät an der Universität Wien kannten Gott und die Welt und würden keine Ruhe geben, ehe nicht zumindest die Hälfte dieser Bekannten, Freunde und Verwandten zur, wenn auch späten, Hochzeit ihrer kleinen Wilma geladen würden.

Und das kam weder für Wilma noch für Palinski infrage. Eher würden sie auf das ganze Ritual pfeifen und einfach so einige Tage nach Südtirol fahren.

Um dieser Gehirnwäsche zu entgehen, hatte Wilma beschlossen, ihre Eltern mit einer List zur standesamtlichen Trauung zu locken. Sie hatte ihnen erzählt, dass Mario am Samstag, den 26. Oktober, dem Staatsfeiertag, um 16 Uhr die Adoption Tinas und Harrys unterschreiben würde. Und dabei dürften doch die geliebten Großeltern auch nicht fehlen.

Alles in allem war das irgendwie nicht einmal gelogen.

Am 27., einen Tag nach dem Staatsfeiertag, wollten sie dann nach Südtirol fahren. Die kurze Hochzeitsreise nutzen, um Silvana zu besuchen, die im dritten Monat schwanger war und auf ärztliches Anraten hin nicht nach Wien kommen konnte. Silvana Godaj-Sterzinger war Palinskis große Tochter, von der er erst vor knapp zwei Jahren erfahren hatte.

Silvana war im Sommer nach der Matura gezeugt worden, drei Monate, ehe er Wilma kennengelernt hatte. Inzwischen war die junge Frau selbst Mutter. Bald sogar schon zweifache.

Seine erste Enkelin hieß Ronda und war 15 Monate alt. Die Kleine hatte ganz genau die gleichen Ohrläppchen wie ihr Großvater.

Gott sei Dank war das die einzige erkennbare Ähnlichkeit, überlegte Wilma schmunzelnd, ehe sie sich jetzt auf den Weg zur 6 B machte, um die jungen Menschen wieder einmal bei ihrer Auseinandersetzung mit der französischen Sprache zu begleiten.

*

Als Palinski in seinem Büro eintraf, hatte sich Maria Bertollini unter dem freundlichen Bemühen Margit Waismeiers und Florian Nowotnys wieder einigermaßen beruhigt.

»Mario, meine liebe Mario«, rasch stellte sie ihr Kaffeehäferl zur Seite, sprang auf und eilte ihrem Lieblingsgast entgegen. »Es isse so schreckligge, wasse die Policia mit Lorenzo maggen.«

»Na, was machen sie denn mit ihm?«, fragte er sanft und fuhr Mamma Maria beruhigend über die Haare. Dann blickte er zu Florian. »Wer war denn überhaupt hier?«, wollte er wissen.

»Inspektor Heidenreich mit einem Kollegen«, berichtete Nowotny.

Palinski kannte den Stellvertreter von Oberinspektorin Franka Wallner inzwischen recht gut und hatte ihn als intelligenten und korrekten Beamten schätzen gelernt.

»Ich werde mich gleich mit dem Inspektor in Verbindung setzen«, versicherte er Mamma Maria. »Und ich bin sicher, dass Lorenzo nichts Schreckliches zugestoßen ist und auch nicht zustoßen wird.«

Palinskis ruhige, aber bestimmte Art schien Lorenzos Mutter wirklich zu beruhigen. »Wenn du sagen, dann isse gut, Mario«, rief sie dankbar aus. »Dann ich jetzt gehe, in eine Stunde isse Mittagesse in die Ristorante. Und du bringen mir mein Lorenzo wieder, o no?«

*

Es war nicht zu übersehen, dass sich das Land derzeit in der heißen Phase des Nationalratwahlkampfes befand. Kein Wunder, denn am 10. November, also in knapp drei Wochen, würde sich das politische Schicksal des Landes für die kommenden vier Jahre entscheiden.

Würde es die bisherige Koalition nochmals schaffen, oder stand das Land vor der viel beschworenen Wende von der Wende?

Allein auf der relativ kurzen Fahrt mit der Tramway von Mamma Maria zum Kommissariat Hohe Warte erstickte die Straße in einem in dieser Massivität gar nicht mehr fröhlichen Rausch bunter Bilder, öliger Konterfeis und aufgeblähter, sinnentleerter Botschaften. Werbung, so weit das Auge reichte, an den Wänden, an Dreiecksständern, teilweise auch an Fahrzeugen und im Luftraum. Und das mit einer subtilen Raffinesse, die einem den Atem raubte. Es war fast schon ein Albtraum.

Wesentlich schlimmer als die rein optischen waren die mit Akustik kombinierten Belästigungen, denen man als schlichter Staatsbürger ausgesetzt war, fand Palinski. Das hatte einfache und durchaus logische Gründe: In der Zeit vor der flächendeckenden Einführung des Fernsehens, ja, eine solche hatte es tatsächlich einmal gegeben, wie sich Angehörige der Großelterngeneration wahrscheinlich noch erinnerten, waren die äußerlichen Vorzüge eines Politikers nicht so wichtig gewesen.

Im Gegensatz zu heute hatten auch landläufig als ›hässlich‹ zu bezeichnende Menschen gute Chancen, in der Politik etwas zu erreichen, falls sie intelligent, eloquent und nach Möglichkeit ein wenig charismatisch waren.

Warum war das so gewesen?

Es hatte noch keine technischen Möglichkeiten gegeben, die Bilder der führenden Köpfe in penetranter Permanenz in die Haushalte zu liefern und daher auch keine entsprechenden Schönheitsideale zu Vergleichszwecken bereitzustellen.

Es traf also tatsächlich zu, was Friedrich Torbergs ›Tante Jolesch‹ zu sagen pflegte: ›Alles, was ein Mann schöner ist als ein Aff', ist ein Luxus.‹

Früher brauchten Politiker daher vor allem Herz und Verstand. Und waren beide Voraussetzungen gegeben, so hatten sogar eher skeptisch betrachtete ›Schönlinge‹ durchaus auch Chancen.

Heute waren die Voraussetzungen für den Erfolg diametral andere: Entscheidend war zunächst, wie jemand, er oder sie, rüberkam. Also die rein optische Botschaft, die schon unterwegs war, ehe auch nur die erste Silbe gesprochen worden war. Wortlos und permanent. Da kam es natürlich vor allem auf Charisma an, das aber so selten anzutreffen war wie das weiße Einhorn. Alles andere war zweitrangig.

Was vor allem zählte, waren eine tadellose Frisur, ein harter, aber freundlicher Blick, ein markantes Kinn und die Stirn, so zu tun, als ob Schönheit allein ein Verdienst wäre. Was ja angesichts der umfassenden Bemühungen der meisten auch durchaus zutraf.

Was dann aber von diesen schönen Menschen verströmt wurde, war dagegen eher zweitklassig. In der Regel zumindest, aber das war den Verantwortlichen wurscht.

Hauptsache, es war laut genug, hatte einen gewissen Unterhaltungswert und sicherte dem Worthülsenspender einen Platz in den Schlagzeilen. Bei den miesen Kurzzeitgedächtnissen der meisten Menschen kam es auf echte Inhalte gar nicht mehr an.

Genau da begann für Palinski aber die akustische Umweltverschmutzung.

Obwohl er fairerweise einräumen musste, dass es nach wie vor auch intelligente Politiker gab. Zum Beispiel den …, na, wie hieß er noch schnell? Der Name würde ihm schon noch einfallen.

Verstand und Eloquenz waren also nicht hinderlich, falls alles andere passte. Aber nur dann.

Eher als störend wurde dagegen Herz empfunden, stand es doch viel zu oft dem entgegen, was der externe Verstand, also die Spindoktoren und Coaches, so vorgab.

Obwohl es gerade das Herz war, vorzugsweise das für den kleinen Mann, das immer öfter angesprochen wurde. Apropos, von der ›kleinen Frau‹ hörte man eigentlich so gut wie nie etwas. Das wäre zugegebenermaßen auch etwas, na ja, problematisch. Denn die Phrase von der ›kleinen Frau auf der Straße‹ konnte ja leicht missverstanden werden, die am Herd war wieder politisch unkorrekt, ja, und der Hinweis auf die arbeitslose, im AMS-Kurs (Arbeitsmarktservice) sitzende zwar zutreffend, aber politisch nicht erwünscht.

Wie auch immer, der letzte hässliche Charismatiker und gleichzeitig erste Politiker mit überwältigender Medienpräsenz war wohl der legendäre Bruno Kreisky in den 70ern und 80ern des letzten Jahrhunderts gewesen. An den konnte sich Palinski gut erinnern. Das war wirklich ein beeindruckender Mensch gewesen, selbst oder gerade nach Zwentendorf.

Aber man musste so einen Wahlkampf natürlich auch aus anderen Perspektiven sehen. Die berühmte ›Umwegrentabilität‹ im Auge behalten. Immerhin ging es ja um den Standort. Und natürlich auch um Arbeitsplätze.

Übrigens, eine faszinierende Überlegung: Man beschloss einfach Neuwahlen und schuf damit kurzfristig einen Bedarf an zusätzlichen Arbeitskräften in bestimmten Branchen. Die Arbeitslosenzahl sank daraufhin ganz von selbst um ein paar Tausend Leute und beschönigte damit die offizielle Statistik.

Und schon hatte die Regierungspartei ein erstes starkes Argument für ihre Wiederwahl. Nach dem Urnengang waren die Jobs zwar schnell wieder weg, aber dann brauchte sie ja auch keiner mehr wirklich. Außer den neuerlich Arbeitslosen vielleicht.

Aber jetzt einmal ganz ohne Zynismus. Grund zum Jubeln hatten in dieser Zeit nur jene Branchen, für die diese Orgie an demokratisch legitimierter Volksverblödung den allvierjährlichen warmen Regen und damit vielfach auch das wirtschaftliche Überleben für die Zeit bis zu den nächsten Wahlen bedeutete.

Inzwischen hatte der 37er wieder angehalten, und Palinski war ausgestiegen. Die knapp 100 Meter Weg zum Kommissariat schienen erfreulicherweise frei von Wahlwerbung zu sein. Nein, doch nicht, zu früh gefreut, da war wieder eines dieser gestylten Gesichter. Und das auf jeder Fläche des Dreieckständers.

Na ja, auch diese drei Ecken, äh, … Wochen würden vergehen. Wohl oder übel und vor allem ganz von selbst.

*

Die Vernehmung Lorenzo Bertollinis durch Inspektor Heidenreich war längst im Gange, als sich Mario Palinski bei Franka Wallner, der Leiterin der Kriminalabteilung, am Koat Hohe Warte meldete.

Die erst kürzlich zur Oberinspektorin aufgestiegene Franka war die Frau seines alten Freundes Helmut Wallner, der es inzwischen zum Chefinspektor und an einen wichtigen Schreibtisch im Landeskriminalamt gebracht hatte.

Ganz gegen seine Gewohnheiten kam Palinski, der sonst immer gern ein wenig mit Franka schwätzte, sofort zur Sache.

»Was werft ihr dem armen Buben eigentlich vor?«, wollte er mit leicht ärgerlichem Tonfall wissen. »Was kann er euch hier erzählen, was er euch nicht auch schon in seinem Büro hätte erzählen können?«

Es war nicht zu übersehen, dass sich Franka, die über

das nahe Verhältnis des guten Freundes zur Familie Bertollini natürlich Bescheid wusste, im Augenblick nicht wohl in ihrer Haut fühlte.

»Ich persönlich kann mir ja auch nicht vorstellen, dass Lorenzo etwas mit dem Tod dieses Herrn Sanders zu tun hat«, eröffnete sie dem völlig verblüfften Palinski. »Tatsache ist aber, dass der junge Mann immerhin am Tatort war. Falls es einen solchen überhaupt gibt«, relativierte sie sofort wieder. »Auf dem einen Glas wurden seine Fingerabdrücke gefunden. Und zweitens: Wie es aussieht, könnte Sanders vergiftet worden sein, wir wissen allerdings noch nicht, mit welchem Mittel. Falls das wiederum zutrifft, dann wurde das Toxin möglicherweise über die Pizza zugeführt. Also hätte Lorenzo auch die Möglichkeit dazu gehabt.«

»Ich weiß, ich weiß«, grummelte Palinski. »Was aber bei dieser unheiligen Dreifaltigkeit noch fehlt, ist ein Motiv. Und damit werdet ihr euch schwertun, sehr schwer«, betonte er fast triumphierend. »Was hat Lorenzo mit diesem Herrn Sanders zu schaffen gehabt? Gar nichts. Und ohne Motiv …«, er machte eine Handbewegung, die so viel wie ›Alles nur heiße Luft‹ oder etwas Ähnliches bedeuten mochte.

»Genau das ist es, was wir derzeit überprüfen«, versicherte Franka. »Und falls es so ist, wie du sagst, dann ist der junge Mann in einer Stunde wieder draußen, und die Sache für ihn erledigt.« Sie blickte Palinski direkt an. »Ich meine, du weißt doch inzwischen, wie wir vorgehen. Vorgehen müssen, egal, ob uns das angenehm ist oder nicht. Und Kollege Heidenreich ist ja schließlich auch keiner, der kleine Pizzabäcker zum Frühstück verspeist.«

Im Moment, in dem ihr der verunglückte Scherz über die Lippen gekommen war, hatte ihn die Oberinspektorin auch schon wieder bereut. Palinski konnte manchmal so verdammt dünnhäutig sein, und das Letzte, wonach ihr war, war ein Streit mit dem Freund.

Aber der hatte sich offenbar wieder beruhigt, ja, er hatte sogar so etwas wie ein schiefes Grinsen im Gesicht. »Na ja«, meinte er, »dann werde ich halt warten, bis ihr mit der Befragung fertig seid. Ich hab's seiner Mutter versprochen«, fügte er entschuldigend hinzu. Und Franka, die wusste, wie viel Mamma Maria Mario bedeutete, nickte verständnisvoll.

»Gut«, schloss sie und stand auf. »Bleib du ruhig hier sitzen, ich gehe einmal nachschauen, wie die Dinge stehen.«

Nachdem die Oberinspektorin den Raum verlassen hatte, begann Palinski zu überlegen, welchen Anwalt er, für den Fall der Fälle, den Bertollinis empfehlen konnte.

Er, der vor vielen Jahren selbst Jus studiert hatte, mit viel materiellem, aber wegen seiner damals überbordenden Prüfungsangst ohne jeglichen formalen Erfolg, hatte sich in der Folge finanziell einige Jahre mit Paukerkursen über Wasser gehalten. Dabei hatte er einigen sehr talentierten Studenten zu guten Abschlüssen und damit indirekt auch zu ihren heute durchaus wohlgefüllten Töpfen verholfen. Da musste sich doch etwas machen lassen.

Was war mit Grissly? Herwig Griesbach war ein fast zwei Meter großer Mensch, der tatsächlich wie ein gutmütiger Teddybär wirkte. Aber Vorsicht: Ebenso wie Bären keine Kuscheltiere sind, sondern sich in reißende Bestien verwandeln, wenn sie gereizt werden, konnte Dr. Griesbach im Verhandlungssaal des Straflandesgerichtes Wien zum unbarmherzigen Gegner der Staatsanwaltschaft mutieren. Und das mit ausgezeichneten Ergebnissen.

Aber auch Frau Dr. Valentini wäre eine gute Wahl als Rechtsvertreterin für Lorenzo. Die Evi Lichner, er konnte sich noch gut an die kleine zierliche Studentin erinnern, die zuerst dem halben Paukerkurs den Kopf verdreht hatte, um dann einem gewissen Sergio Valentini, einem Obstgroßhändler aus der Emilia Romagna, auf den Leim zu gehen.

Na ja, vielleicht war Evi nach ihrer Scheidung ein wenig allergisch gegen alles Italienische. Am Besten, er versuchte es zunächst einmal mit Grissly. Falls es sich als notwendig erweisen sollte, aber damit war ja eigentlich nicht zu rechnen.

Jetzt betrat Franka wieder den Raum, und ihr ernstes Gesicht hätte Palinski eigentlich warnen müssen. Aus irgendeinem Grund ignorierte er das Zeichen aber und platzte mit seinem »Na, alles klar? Kann ich Lorenzo jetzt mitnehmen?« einfach heraus.

Franka blickte Palinski mehrere Sekunden lang an, ehe sie den Kopf schüttelte.

»Was willst du damit andeuten?« Palinski war es, als ob man ihm einen Kübel Eiswasser hinten in das Hemd gegossen hätte. Ganz genau entlang der Wirbelsäule.

Natürlich wusste er, was diese international gebräuchliche Kopfbewegung bedeutete, es wäre ihm in diesem Moment aber lieber gewesen, dem wäre nicht so.

»Warum?«, fragte er schließlich resigniert. »Sag bloß, der Bub hat was gestanden.«

Wieder schüttelte die Oberinspektorin den Kopf. »So schlimm ist es nicht«, äußerte sie dann. »Aber Lorenzo hat uns eine Geschichte aufgetischt, die sowohl eindeutig der Aussage einer Zeugin widerspricht als auch den objektiven Beweisen. Immerhin weist das eine der beiden Weingläser einen wunderschönen Fingerabdruck auf. Obwohl Lorenzo bestreitet, auch nur im selben Raum mit Wilhelm Sanders gewesen zu sein.«

»Und wer ist die Zeugin?«, wollte Palinski wissen.

»Marika Sanders, die 21-jährige Tochter des Toten«, gab Franka bekannt. »Sie gibt an, dass Lorenzo und ihr Vater seit einiger Zeit Streit miteinander hätten, weil er sich an Marika herangemacht habe. Wilhelm Sanders soll ihn als ›Scheiß-Itaker‹ oder auch als ›Katzelmacher‹ bezeichnet haben. Du weißt aber schon, dass ich dir das gar nicht sagen dürfte. Also verwende es bitte nur inoffiziell.«

Palinski war von Frankas Haltung enttäuscht. Gut, formell hatte sie natürlich recht mit dem, was sie gesagt hatte. Andererseits, bei den bisherigen Fällen waren diese Bedingungen noch nie gestellt worden.

Palinski musste allerdings zugeben, dass es auch nie zuvor die Gefahr eines Interessenkonflikts gegeben hatte. Und der lag in der aktuellen Geschichte zweifellos vor.

»Na gut«, er seufzte auf, »das ist gewissermaßen eine neue Situation. Wir müssen eben aufpassen und fair miteinander umgehen. Was kannst du mir darüber hinaus sagen?«

»Etwas, was dir gar nicht gefallen wird.« Man merkte Franka Wallner an, dass ihr das Folgende nicht leichtfiel. »Im Futter von Lorenzos Überjacke haben wir ein kleines Fläschchen entdeckt, mit einer noch unbekannten Substanz. Es könnte sich um das Gift handeln, nach dem wir suchen. Diese Frage wird aber das Labor rasch klären.« Sie atmete tief durch. »Auf jeden Fall müssen wir bei dieser Lage der Dinge Lorenzo vorläufig festnehmen. So leid es mir persönlich auch tut.«

Palinski schluckte schwer. »Und wenn ich für Lorenzo bürge?«, versuchte er das Unmögliche. »Ich übernehme einfach die Verantwortung für ihn.«

»Und das Gericht verurteilt dich dann zu 15 Jahren Haft, falls der junge Mann abhaut?«, Franka blickte ihn traurig an. »Entschuldige, Mario, aber du weißt selbst, dass dein Vorschlag Blödsinn ist.«

Mist, dachte Palinski, was war los mit ihm? Natürlich hatte Franka völlig recht, und er führte sich auf wie ein Idiot. Aber was sollte er bloß Mamma Maria sagen? Er hatte richtig Schiss vor dieser Begegnung.

»Kann ich dann wenigstens mit Lorenzo sprechen?« Dieses Zugeständnis zumindest musste er der beinharten Kripochefin entlocken können. »Ich muss seiner Mutter schließlich irgendetwas sagen«, fügte er leicht verzweifelt hinzu.

Franka seufzte auf, blickte ihn an und nickte zögernd. »Na gut, aber du weißt, dass …«

»Das ist mir schon bewusst«, fiel ihr Palinski ins Wort, »und ich bin dir auch sehr dankbar.«

20 Minuten später verließ ein seelisch reichlich zerknirschter Palinski das Kommissariat und machte sich schweren Herzens auf den Weg zu Mamma Maria.

2.

Dienstag, 22. Oktober

Nachdem Palinski gestern nach dem emotional bewegenden Rapport bei Maria Bertollini noch mit Dr. Herwig Griesbach gesprochen und dem Anwalt einen ›sehr frühen‹ Termin gleich am nächsten Morgen abgerungen hatte, saß er jetzt, es war erst kurz nach halb acht, im Besprechungszimmer der Kanzlei in der Herrengasse.

Gott sei Dank hatte irgendeine mitleidige Seele Kaffee und Briochekipferln bereitgestellt und ihm damit wahrscheinlich das Leben gerettet, denn Palinski war heute Morgen zu spät wach geworden und hatte daher keine Zeit mehr für sein existenzielles Frühstück gehabt.

»Also, dann noch einmal von vorne«, forderte Grissly seinen ehemaligen Pauker auf, ehe er einen Schluck von seinem dampfenden Häferl Milchkaffee nahm. »Damit ich sicher sein kann, dass ich bei der Kurzfassung auch alles richtig verstanden habe: Lorenzo Bertollini hat vorgestern kurz vor 23 Uhr noch die Bestellung einer gewissen …«, sein suchender Blick glitt über den vor ihm liegenden Notizblock, »… Marika Sanders entgegengenommen. Da er die junge Frau von früheren Bestellungen her kennt und sie gern sieht, hat er ihr zugesichert, die Lieferung in die Hameaustraße auf seinem Heimweg in den …«, der Anwalt warf wieder einen Blick auf seine Mitschrift, »... 3. Bezirk selbst vorzunehmen. Das klingt ja wie Wien–München über Budapest. Mann, der muss wirklich verknallt in die Kleine sein. ›Auf dem Heimweg‹, da lachen ja die Hühner.«

»Es ist doch völlig irrelevant für die Sache selbst, dass Lorenzo einen Umweg auf sich genommen hat, um die Pizza selbst zuzustellen«, wandte Palinski ein.

»Nicht unbedingt«, entgegnete Grissly, »immerhin ist das ein knallhartes Indiz dafür, dass der junge Mann einen weiteren Grund gehabt haben muss, die Lieferung selbst auszuführen. Er hatte also etwas vor. Doch was? Vielleicht Herrn Sanders umzubringen? Oder war sonst keine Möglichkeit mehr gegeben, die Bestellung zu erledigen?«

»Bist du jetzt Lorenzos Anwalt oder nicht?« Palinski war fast ein wenig sauer. Der ehemalige Schüler und nunmehrige Starverteidiger führte sich auf wie der Staatsanwalt.

»Erstens habe ich das Mandat noch nicht übernommen«, stellte Dr. Griesbach fest, »aber das ist nur ein formeller Einwand. Zweitens, und das ist eines meiner wichtigsten Prinzipien: Die unangenehmsten Fragen, die meinem Mandanten gestellt werden, kommen von mir. Und von sonst niemandem. Damit bin ich bisher sehr gut gefahren. Ist das klar?«

Klar war das klar, und nicht nur das. Es war auch von bestechender Logik. Etwas widerwillig zwar, musste Palinski doch zugeben, dass er vielleicht nach wie vor ein leidlich guter Rechtstheoretiker war, was die Praxis betraf, aber ein absolutes Armutschkerl.

»Aber du wirst das Mandat übernehmen?«, fragte Palinski und hoffte, damit gleichzeitig seine taktische Blindheit zu überspielen.

»Wir werden sehen«, Grissly ließ sich nicht vorzeitig festnageln. »Jetzt aber weiter im Text: Marika Sanders hat ihm dann die Tür geöffnet und ihn ins Haus gebeten. Ein weiteres Zeichen dafür, dass da mehr am Laufen war als eine reine Speisenauslieferung.«

»Ja«, stimmte Palinski zu, »die beiden haben sich quasi übers Pizzazustellen kennengelernt und sympathisch gefunden. Sie sind ein-, zweimal auch außerhalb des Hauses aufeinandergetroffen. Aber weiter als bis zu dem unverbindlichen Du, das bei dieser Generation ja durchaus üblich ist, sind sie noch nicht gekommen.«

»Es besteht also keine sexuelle Beziehung zwischen den beiden«, stellte Grissly fest und machte sich eine Notiz.

»Laut Lorenzo nein«, antwortete Palinski. »Er hat ihr angeblich noch nicht einmal ein kameradschaftliches Busserl gegeben.«

»Gut«, der Anwalt schien zufrieden. »In der Küche fordert diese Marika Lorenzo auf, Platz zu nehmen, da sie erst das Geld holen muss. Und sie bietet ihm ein Glas Wein an. Hat Lorenzo dabei die Jacke, in der man später dieses Fläschchen bislang unbekannten Inhalts gefunden hat, weiter getragen oder ausgezogen? Und falls er die Jacke nicht mehr anhatte, wo hat sie sich während seines Aufenthaltes in der Küche befunden?«

Falls der Begriff ›überfragt‹ jemals zugetroffen hatte, dann hier und jetzt. Palinski saß da wie vom Donner gerührt und hatte einen leeren Kopf. Dass so etwas von Keine-Ahnung-Haben überhaupt möglich war, war für ihn keine sehr erbauliche Erkenntnis.

Dabei war ihm die Bedeutung der Antworten auf diese Fragen nur zu klar. »Tut mir leid, aber das weiß ich nicht.« Er wollte das Versäumnis rasch wiedergutmachen. »Wenn du willst, kann ich aber versuchen, noch heute mit Lorenzo zu sprechen.«

»Nein, lass nur«, Grissly winkte ab. »Wenn, dann unterhalte ich mich gleich selbst mit dem jungen Mann. Wie lange ist Lorenzo in der Küche sitzen geblieben?«

»Also auf die Minute genau weiß ich das nicht, aber immerhin hat es für ein Glas Wein gereicht«, antwortete Palinski. »Als Marika ihm nachschenken wollte, hat er abgelehnt, weil er ja mit dem Auto unterwegs war.« Er überlegte. »So, wie Lorenzo es geschildert hat, würde ich sagen, vielleicht 20 Minuten.«

»Und war diese Marika die ganze Zeit bei ihm in der Küche?«

»Einmal soll sie mit der Pizza hinausgegangen sein«, erinnerte sich Palinski. »Dann später erneut, um das Geld zu holen. Sie ist mit einem brandneuen Fünfziger wiedergekommen und hat damit bezahlt.«

»Gut«, der Anwalt wirkte nachdenklich und schrieb wieder etwas in seinen Notizblock. »Danach ist Lorenzo sofort gegangen?«

»Na, vielleicht hat er noch sein Glas ausgetrunken«, wandte Palinski ein, »so genau weiß ich das nicht. Aber zumindest bald darauf.«

»Okay. Und wie lautet jetzt die Version der Marika

Sanders?« Grissly blätterte um und begann eine neue Seite.

»Das hat mich Franka Wallner nicht wissen lassen«, bedauerte Palinski. »Nur so viel, dass ihre Darstellung des Vorfalls völlig von der Lorenzos abweicht.«

»Das ist nicht gut«, brummte der Grissly, »das ist gar nicht gut. Es bedeutet aber auch, dass einer von beiden lügt. Nur wer?«

»Na, das ist doch wohl klar«, begehrte Palinski auf. »Oder glaubst du wirklich, dass Lorenzo schuldig sein könnte?« Wieder war sehr viel von einem Vorwurf in seiner Stimme mitgeschwungen. »Gut, du kennst den Burschen nicht«, räumte er ein.

»Als Verteidiger ist es an sich völlig unerheblich, ob ich meinen Mandanten für schuldig halte oder nicht«, stellte der Anwalt fest. »Ich bin in beiden Fällen verpflichtet, mein Bestes zu geben. Obwohl ich zugeben muss, dass mir das ein wenig leichter fällt, wenn ich von seiner Unschuld überzeugt bin.« Dr. Griesbach stand auf. »Gut, dann fahren wir zu deinem Lorenzo. Ich werde mit ihm sprechen, und falls dabei nichts an den Tag kommt, was dagegenspricht, werde ich seine Vertretung übernehmen.«

Palinski fiel ein riesiger Stein vom Herzen. »Das ist wunderbar, ich danke dir. Falls ich irgendwie helfen kann, musst du es nur sagen.«

»Und ob du das kannst«, erwiderte Dr. Griesbach. »Ich gehe eigentlich davon aus, dass du mit deinen Talenten und Möglichkeiten alles unternehmen wirst, was mir den Beweis der Unschuld Lorenzos ermöglicht. Also recherchieren, recherchieren und nochmals recherchieren. Mir beweismäßig zuarbeiten. Du musst mir assistieren wie dieser Privatdetektiv in der Serie ›Ein Fall für zwei‹ dem Anwalt. Wie heißt der bloß gleich? Me…, Mar…, Mahov…?«

»Matula«, sagte Palinski und schluckte, »Josef Matula.« Er blickte an sich hinunter, und seine Augen stolperten dabei über die schon recht beachtlichen Rundungen um seine Taille. Wie sollte er es je schaffen, sich unter dem schließenden Gitter einer Garage gerade noch ins Innere zu rollen? Oder auch nur ein einziges Mal ähnlich spektakuläre Leibesübungen zu absolvieren, wie das Matula ständig tat? Und zwar mehrmals pro Folge. Das würde nie klappen, er würde mit Sicherheit beim ersten Mal zwischen dem Rollgitter und dem Beton stecken bleiben. Oder liegen, mit irgendeinem gebrochenen Glied. Na egal, da musste er trotzdem durch.

Ergeben nickte er mit dem Kopf. »Ist in Ordnung, ich übernehme das Recherchieren.«

Weit hatte er es gebracht, jetzt war er sogar schon zum Matula degradiert.

*

Als grüne Bezirksrätin, die im Hauptberuf eine AHS leitete und dazu selbst unterrichtete, wenn auch nur im Ausmaß von sechs Wochenstunden, war Wilma Bachler natürlich auch im laufenden Wahlkampf engagiert. Nur am Rande und in einem zeitlich überschaubaren Rahmen zwar, aber immerhin. Und das belastete sie mehr, als sie vorher angenommen hatte.

Es war weniger der Zeitaufwand, der ihr zu schaffen machte, als vielmehr diese geistige … Wüste, diese dummen, die Vergesslichkeit der Menschen fest einkalkulierenden Aussagen, die man über sich ergehen lassen musste, diese intellektuelle Sauerstoffunterversorgung.

Und dann erwartete man womöglich auch noch von ihr, derart geistlose, verletzende Statements abzugeben, nur um bei einigen Idioten vordergründig zu punkten.

Dabei konnte politische Auseinandersetzung so spannend, so anregend sein, wenn sie unter gescheiten, kultivierten Menschen guten Willens stattfand und nach gewissen Regeln ablief. Die gestrige Veranstaltung im Festsaal des Bezirksamtes war anfänglich ein ganz gutes Beispiel dafür gewesen.

Zur Diskussion in einer sehr bunten Runde, in der sich neben den Vertretern fast aller Parteien auch die einiger NGOs befunden hatten, war das Thema ›Integration heute und was wir alle täglich dafür tun können‹ gestanden.

Anfänglich hatte sich die in Anbetracht der höchst unterschiedlichen Positionen der Teilnehmer recht sensible Debatte unter der Leitung eines kroatischstämmigen Journalisten des öffentlich-rechtlichen Fernsehens sehr kompetent und diszipliniert entwickelt. Ja, selbst Heinz Cäsar Ehrenhalber, der Chef der FDÖ (Freie Demokraten Österreichs), hatte diesmal darauf verzichtet, Wilma als giftgrüne Märchentante zu apostrophieren, was er bei anderen Gelegenheiten bereits getan hatte.

Je sachlicher und seriöser sich die Veranstaltung entwickelte, desto unzufriedener wurden jene Zuhörer, die sich nicht ganz zu Unrecht etwas mehr ›Äktschn‹, etwa ein fröhliches gegenseitiges Abwatschen der verschiedenen Teilnehmer, erhofft hatten und sich in ihren Erwartungen enttäuscht sahen.

Das war der Stand nach einer knappen Stunde gewesen. Die mehr von Gemeinsamkeiten als von Trennendem geprägte Stimmung hatte tatsächlich begonnen, ein wenig einschläfernd zu wirken, als plötzlich, aber nicht ganz unerwartet, Nora mit einigen ihrer Anhänger den Saal betrat.

Schlagartig hatte sich Nervosität unter den Diskussionsteilnehmern am Podium ausgebreitet. Das Auditorium dagegen wachte auf und harrte erwartungsvoll der Dinge, die jetzt folgen würden. Und die wenigen erschienenen Medienvertreter machten sich bereit, nur um ja nichts zu versäumen.

Denn die vor einigen Wochen vom ›PGÖ (Patriotisches Gewissen Österreich) – Die wahren Freien‹, einer Abspaltung der FDÖ, vorgestellte Quereinsteigerin ließ einen hohen Unterhaltungswert für den weiteren Abend erwarten. Nora, der ›Eiserne Besen‹, wie sie sich selbst nannte, war jederzeit gut für einen veritablen Skandal.

Die inzwischen 48-jährige ehemalige Studienabbrecherin der Richtungen Volkswirtschaft, Biologie und Archäologie hatte sich bis zu ihrem 40. Lebensjahr mit diversen Jobs als Komparsin, Kameraassistentin, Schönheitstänzerin und freie Journalistin über Wasser gehalten.

Dann plötzlich war sie vom Fernsehen entdeckt und als ›strenge Herrin‹, das war eine kleine Sprechrolle in einer Sexklamotte, besetzt worden. Nora hatte es verstanden, diese Chance optimal zu nutzen und sich mit ihrer provokanten Darstellung der Puffmutter in ›Bumsfidel in Buxtehude‹ ins Rampenlicht des Massengeschmacks zu spielen.

Heute kannte keiner mehr das Machwerk, aber jeder im deutschen Sprachraum hatte längst von Nora Lefleur, wie ihr Künstlername gelautet hatte, gehört.

In der Folge hatte die wortgewaltige Frau ihren Ruhm genutzt und eine Sadomasoshow bei einem deutschen Privatsender moderiert. Dabei hatte die Mutter einer bereits erwachsenen Tochter den Produktionsassistenten Siegfried Michael Bender kennengelernt und sich in den gleichaltrigen Mann verliebt. Keine drei Monate später wurde geheiratet und die ›Schmuddellady‹ folgte ihrem ›Schatzibutzi‹ von Düsseldorf nach Wien. Hier begann sie mit Lebenshilfeberatungen, hielt Seminare ab und wirkte in Werbespots und Fernsehfilmen mit.

Weltanschaulich hatte sich die ehemalige Kryptokommunistin mit den Jahren unaufhaltsam vom linkslinken Rand des politischen Spektrums nach rechts entwickelt. Und dabei den breiten Bereich von Mitte links bis Mitte rechts einfach übersprungen.

Eines Tages war sie kurzerhand rechtsradikal aufgewacht und hatte durch ihre Statements auch dafür gesorgt, dass daran kein Zweifel aufkommen konnte.

Mit dieser Positionierung und ihrem Bekanntheitsgrad war Nora Bender-Nicerec ein Glücksfall für das PGÖ. Der einzige Wermutstropfen war, dass die beantragte Namensänderung von Nicerec auf Niederle aus bürokratischer Willkür nicht mehr rechtzeitig vor den Wahlen durchging.

Da war sie nun, Nora, ›der Eiserne Besen, der gut kehrt‹, wie ein begnadeter Texter formuliert hatte, und nur zu gern bereit, der dahinsiechenden Diskussion neues Leben einzuhauchen.

In Wilma krampfte sich noch jetzt alles zusammen, wenn sie sich an die nun folgende Stunde erinnerte. Die angenehme, sachorientierte Atmosphäre, die bisher geherrscht hatte, war mit einem Schlag weg gewesen. Plötzlich waren die Diskussionsteilnehmer nur mehr ängstlich bemüht, ihre offiziellen und daher ohnehin bekannten Positionen zu wiederholen. Nur bloß nichts Neues aussprechen und den ›Gegnern‹, von denen es plötzlich nur so wimmelte, keine Angriffsfläche liefern. Ja, auch Wilma hatte sich in dieser Situation in eine befristete Stimmbandlähmung geflüchtet, worauf sie im Nachhinein gar nicht stolz war.

Im Gegensatz dazu hatte der ›Eiserne Besen‹ das Gesetz des Handelns an sich gerissen und die Veranstaltung in eine Bühne für ihre wahlkämpferische Selbstdarstellung umfunktioniert.

Dieses Weib war wie …, wie eine … Autobombe, fand Wilma und genierte sich im selben Moment für den bösen Vergleich. Eigentlich hatte sie ja, Gott sei Dank, nicht die geringste Erfahrung mit Autobomben. Aber so vernichtend, ihre Umgebung verschlingend wie ein Explosivkörper kam ihr diese Nora vor. Man konnte sie vielleicht auch mit einem Tsunami vergleichen, schade, dass ihr dieses Bild nicht schon früher eingefallen war.

Gestern Abend hatte Wilma erstmals kurz bereut, in die Politik gegangen zu sein. Für derart brutale, ordinäre Auseinandersetzungen war sie nicht geschaffen. Innerlich hatte sie dem unmöglichen Weib die Pest an den Hals gewünscht.

Aber auch den anderen Teilnehmern war es nicht viel besser ergangen. So hatte sich der ›Besen‹ vor allem auf den kroatischstämmigen Diskussionsleiter und seinen leichten Akzent eingeschossen. Die verbalen Attacken fanden ihren Höhepunkt in der Forderung, der Journalist solle wie alle anderen ›miesen Ausländer‹ auch aus Österreich abgeschoben werden. Mit dem daraufhin einsetzenden Wirbel war die Veranstaltung endgültig beendet worden.

Wilma hatte noch gehört, wie Jure Antovic irgendetwas für sie Unverständliches geflucht hatte.

Ein sprachkundiger Vertreter der ›Integrationsplattform‹ hatte sie dann aufgeklärt, dass Antovic ›Der Blitz soll dieses Weib erschlagen oder sonst irgendjemand‹ gesagt haben sollte. Auf Kroatisch, natürlich.

Das war Wilma sprachlich zwar entschieden zu weit gegangen, andererseits konnte sie den Zorn des von Frau Bender-Nicerec mehrfach schwer beleidigten Mannes verstehen.

Sie blickte betreten aus dem Fenster ihres Direktionsbüros im Gymnasium in der Klostergasse. Die Erinnerung an den gestrigen Abend war ihr unangenehm.

Irgendwie peinlich, die ganze Geschichte, sogar sehr, dass man sich gegen dominante Typen wie diese Nora so gar nicht behaupten konnte.

Wilma beschloss, die gestrigen Ereignisse ganz einfach zu verdrängen und sich jetzt auf etwas Angenehmes zu konzentrieren.

Wie vielleicht auf … ihre Hochzeit in einigen Tagen.

Na ja, solange ihr nichts Besseres einfiel. Sie lächelte.

*

Palinski war gleich am Morgen wieder ins Kommissariat gepilgert, um mit Franka Wallner den Modus Operandi in diesem Fall mit seiner etwas ungewöhnlichen Konstellation zu besprechen. Immerhin arbeitete er erstmals nicht für die Polizei, sondern für den Verdächtigten.

Er sah darin aber kein Problem, sofern Franka beziehungsweise Inspektor Heidenreich seinem Vorschlag zustimmten, dass er sämtliche Ergebnisse seiner Recherchen auch der Polizei mitteilte und umgekehrt auch alle Informationen von ihr erhielt.

Franka Wallner war einverstanden, denn ›es gibt ohnehin nur eine Wahrheit und der sind wir beide verpflichtet. Und ich kenne dich und vertraue dir.‹

Erfreulicherweise schloss sich auch Heidenreich dieser Einschätzung an, sodass einer Kooperation wie bisher nichts mehr im Wege stand. Außer vielleicht – hm, den Grissly musste er schon noch von den Vorteilen dieses Arrangements für seinen Mandanten überzeugen.

Der Fall selbst versprach reichlich mysteriös zu werden. Oder besser gesagt, er war es eigentlich schon. Schuld daran war die Aussage von Marika Sanders, der Tochter des Opfers.

Kurz nach 23 Uhr sei Lorenzo Bertollini, ein Bekannter, der einen Pizzazustelldienst betrieb und ihren Vater öfter beliefert hatte, erschienen. »Da ich um 23.30 Uhr mit Freunden im Lollipop in der Innenstadt verabredet war, war ich etwas in Eile, habe Lorenzo aber zu meinem Vater geführt, da dieser mit ihm sprechen wollte. In Vaters Zimmer habe ich den beiden Wein eingeschenkt, Lorenzo zehn Euro gegeben und bin dann gegangen.« Als Grund für den Wunsch des Vaters, den Pizzabäcker zu sprechen, vermutete die 21-jährige Marika bestehende Unstimmigkeiten zwischen den beiden. »Vater wollte nicht, dass ich mit einem Ausländer etwas anfange, und hatte wahrscheinlich die Absicht, das Lorenzo ein für alle Mal klarzumachen. Dabei war gar nichts zwischen uns. Mein Gott, wir waren ein-, zweimal aus und haben uns zum Abschied geküsst. Vater muss das gesehen haben, auf jeden Fall hat er mir nach dem zweiten Ausgehen jeden weiteren Kontakt verbieten wollen. Lächerlich, was? In welchem Jahrhundert leben wir eigentlich?« Sie habe dann die beiden Männer sich selbst überlassen und sei gegangen. Als sie gegen 5 Uhr nach Hause gekommen war, seien die Polizei und der Notarzt anwesend gewesen. Aber leider …

Im Protokoll war an dieser Stelle vermerkt, dass ›die Zeugin zu weinen begonnen‹ hatte.

Palinski, der schon zahlreiche Protokolle gelesen hatte, darunter auch einige mit äußerst widersprüchlichen Aussagen, hatte dermaßen voneinander abweichende Angaben noch nicht erlebt. Es war, als ob sich zwei völlig verschiedene Vorgänge in ein und dasselbe Protokoll verirrt hätten, obwohl zumindest einer der beiden da überhaupt nichts verloren hatte. Ratlos blickte er zu Inspektor Heidenreich, der ihm gegenübersaß.

Der zuckte nur mit den Achseln und meinte: »Damit ist auf jeden Fall klar, dass zumindest eine der beiden Aussagen vorsätzlich falsch ist. Aber welche? Entweder sitzt dieser Lorenzo ordentlich in der Scheiße, oder Marika Sanders hat ihn fürchterlich hereingelegt.« Heidenreich klopfte mit dem Stift ein Stakkato auf seine Schreibtischplatte. »Die Frage ist nur, wer lügt und wer nicht? Oder lügen beide?«

Palinski unterdrückte den Reflex, Mamma Marias Jüngsten automatisch in Schutz zu nehmen. Er musste sich in Zukunft stärker um zumindest äußerliche Objektivität bemühen, um seine wohlmeinenden Freunde bei der Ordnungsmacht nicht zu irritieren. »Gut, dann analysieren wir doch die beiden Aussagen im Hinblick auf ihre Wahrscheinlichkeit«, regte er an.

»Da ist zunächst das Glas mit Lorenzos Fingerabdrücken, das am Tisch neben dem Opfer gestanden ist«, begann Heidenreich. »Aber …«

»Aber das kann die Sanders hineingetragen haben. Er gibt ja zu, ein Glas Wein getrunken zu haben«, hatte Palinski da auch schon eingeworfen und dem Inspektor keine Chance gelassen.

Heidenreich blickte sein Gegenüber etwas erstaunt

an, dann sagte er: »Genau das wollte ich eben auch zu Bedenken geben. Wenn Sie mich jetzt jedes Mal über den Haufen reden wollen, kommen wir nicht weiter.«

Das war eine unüberhörbare Zurechtweisung gewesen, und sie war zu Recht erfolgt, wie Palinski zugeben musste. Etwas mehr Contenance würde ihm für die Zukunft nicht schlecht stehen.

»Tut mir leid«, räumte er ein, »aber das ist mein Engagement. Es wird nicht mehr vorkommen.«

Der Inspektor lächelte milde, wohl um anzuzeigen, dass er den Vorfall nicht zu ernst nahm. Noch nicht zumindest. Dann fuhr er fort. »Weiters steht außer Zweifel, dass Lorenzo bezahlt worden ist. Nach seinen Angaben von Marika, und zwar erst einige Zeit, nachdem er gekommen war. Aber das dürfte uns auch nicht weiterbringen.«

Palinski nickte stumm, obwohl ihm im Zusammenhang mit diesem Geldschein irgendein Gedanke im Hinterkopf herumspukte. Aber bislang nicht genug Form angenommen hatte, um ihn fassen zu können.

»Dann Lorenzos angebliche Anwesenheit oder ... Nicht-Anwesenheit im Zimmer Wilhelm Sanders. Nach seiner Aussage kannte er den Mann überhaupt nicht persönlich, hatte ihn nie gesehen«, führte Heidenreich an. »An dem Abend nicht und auch vorher nie. Dem stehen die Angaben der Frau entgegen. Nicht nur, dass sich die beiden gekannt haben sollen, nein, sie sollen angeblich sogar im Streit miteinander gelegen haben, da der Vater nicht wollte, dass sich seine kleine Tochter mit einem jungen Mann aus Italien abgab. Sanders dürfte ein wenig xenophob veranlagt gewesen sein.«

Das Telefon auf Heidenreichs Schreibtisch begann zu klingeln, doch der Inspektor kümmerte sich nicht darum. »Was aber am schwersten wiegt, ist wohl der Hinweis des offenbar im Sterben liegenden Opfers auf den Pizzamann. Falls er damit nicht den Verdächtigten gemeint hat, wen dann?« Jetzt hob er endlich den Hörer ab und meldete sich mit »Heidenreich.« Dann hörte man einige Minuten nur des Inspektors ungläubige Reaktionen auf das Gehörte: »Nein, so etwas … Das gibt es doch nicht … Was soll man davon halten?«, machten es Palinski unmöglich, irgendwelche Rückschlüsse auf Art und Inhalt der Informationen zu ziehen. Bloß, es musste sich um etwas Ungewöhnliches handeln, so viel glaubte er, heraushören zu können.

Schließlich war es so weit und Heidenreich hatte das Gespräch beendet. Sein neuerliches »Na, so etwas« brachte zwar noch immer keinerlei Transparenz in die Angelegenheit, ließ aber den Schluss zu, dass bald etwas Bedeutsames folgen würde.

»Na und?«, beteiligte sich jetzt auch Palinski an dieser minimalistischen Kommunikationsform, nachdem ihn die Neugierde langsam zu übermannen drohte.

»Das war das Labor«, teilte Heidenreich nach einigen endlos wirkenden Sekunden mit. »Ich habe ja um einen sofortigen Bericht gebeten, sobald raus ist, welche Substanz sich in dem Fläschchen befindet, das man im Futter von Lorenzos Jacke gefunden hat.«

»Ja und?«, Palinski fieberte der Antwort förmlich entgegen, »Was ist es denn?«

»Das können diese … Armleuchter noch immer nicht sagen«, brummte der Inspektor unzufrieden. »Da die Gerichtsmedizin im Körper von Sanders keinerlei Rückstände mehr gefunden hat und daher auch keinerlei Hinweis liefern konnte, muss es sich um ein Gift handeln, das sehr rasch abgebaut wird. Die Burschen im Labor haben jetzt schon alle gängigen Testverfahren angewandt, bisher aber kein Ergebnis. Da drüben«, er deutete unbestimmt in Richtung Stadt und meinte wohl das Labor damit, »macht sich langsam ganz schön Frust breit. Bei dem Zeug muss es sich offenbar um etwas ganz Seltenes handeln. Und vom Verdächtigten bekommen wir natürlich auch keinen Anhaltspunkt.«

»Na klar, der junge Bertollini hat ja auch keine Ahnung, wie das Flascherl in seine Jacke gekommen ist. Geschweige denn, was sich darin befand«, konterte Palinski leicht feindselig.

»Dann frage ich mich nur, wie seine Fingerabdrücke draufgekommen sind?«, stellte der Inspektor mit leisem Triumph in der Stimme fest.

»Seine Fingerabdrücke sind …?« Das hatte Palinski nicht gewusst, und das war gar nicht gut. Also wirklich nicht. Nein, das war keine gute Nachricht.

Aber auch dafür würde sich sicher bald eine plausible Erklärung finden.

*

Der 71-jährige Hans Hermann Prodinger und sein Schäferrüde Vickerl, ein ehemaliger Polizeihund, der mit seinem Herrl in Pension gegangen war, genossen den milden Herbsttag auf einem ausgedehnten Spaziergang durch das Grünland im Nordwesten Wiens. Zunächst waren die beiden mit dem Autobus von Grinzing auf den Kahlenberg gefahren. Von hier aus wollten sie zur Josefinenhütte auf eine Jause und später weiter auf den Leopoldsberg.

Aber schon nach vielleicht 300 Metern auf dem Weg zur Josefinenhütte wurde Vickerl plötzlich unruhig und begann, wie wild und scheinbar völlig unmotiviert zu bellen. Gleichzeitig zerrte er in eine bestimmte Richtung in den Wald, und dem früheren Hundeführer war sofort klar, dass sein ›Partner mit der kalten Schnauze‹ etwas entdeckt haben musste. Erfahrungsgemäß waren die professionellen Entdeckungen Vickerls immer eher unangenehmer Natur. Und das war sehr dezent formuliert.

Vorsichtig folgte Prodinger Vickerl ins Dickicht des Wienerwalds zu der Stelle, an der der Hund mit der Schnauze in einen Haufen Herbstlaub eintauchte und gleichzeitig durch seine Körperhaltung anzeigte, dass er hier eine Leiche gefunden hatte. Und tatsächlich, als der Expolizist die oberste Schicht Laub abgetragen hatte, wurde zunächst der entblößte Oberkörper und dann der Kopf einer Frau mittleren Alters sichtbar. Einer hübschen, gut gewachsenen Frau, deren Gesicht Prodinger irgendwie bekannt vorkam. Er hatte sie bereits einmal gesehen, da war er sich ganz sicher. Auch wenn er im Moment nicht wusste, wo, und schon gar nicht, wie ihr Name war.

Prodinger besaß zwar ein Handy, und das als Ersatz

für einen Festnetzanschluss, den er in seiner jetzigen kleinen Wohnung nicht mehr hatte. In seinem Alter war der ehemalige Polizeibeamte aber nicht mehr daran zu gewöhnen gewesen, dieses ›Telefonierding‹ immer auch einzustecken und mit sich herumzutragen.

Daher musste er einige Zeit warten, bis er ein weiter oben am Spazierweg vorbeikommendes Paar durch lautes Rufen und heftiges Gestikulieren dazu bringen konnte, die Polizei zu alarmieren. Dann setzte er sich neben seinen Hund auf den Boden und wartete, bis die ehemaligen Kollegen am Ort des Leichenfundes eintrafen.

Prodinger nutzte die Zeit, um nachzudenken und sich fest vorzunehmen, sein Mobiltelefon in Zukunft besser vielleicht doch mitzunehmen. Falls er es nicht wieder vergaß, das nächste Mal, wenn er nochmals eine Leiche finden sollte.

*

Ehe Palinski sich auf den Weg zu Grissly machte, um den Anwalt Lorenzos über sein Gespräch mit Heidenreich zu informieren, musste er erst noch eine seiner Meinung nach völlig überflüssige Pflichtübung hinter sich bringen. Warum? Weil er es Wilma vor zwei Wochen versprochen und sie ihn seither jeden Tag daran erinnert hatte.

Also stand er jetzt vor jenem Kasten in Wilmas Wohnung, in dem sich seine eher selten getragene Garderobe befand. Also die stadtfeine Kleidung, die man von ihm bei einem Anlass wie einer Hochzeit nun einmal erwartete. Ja, erwarten durfte, wie er zugeben musste.

Statt der kommoden Jeans und Schnürlsamthosen, die er jeden Tag zu tragen pflegte. Mit Pullover, Strickjacke oder ausnahmsweise auch einmal mit Sakko. Einem mit Lederflecken an den Ellbogen.

Aber Hochzeit war Hochzeit, auch wenn sie vorerst nur vor dem Standesbeamten stattfinden sollte. Für diesen Fall musste Palinski wohl oder übel das sich selbst auferlegte Anzug- und Krawattenverbot verletzen.

Apropos verletzen. Dass Wilma allen Ernstes vermutete, der gute dunkle Anzug könnte ihm nicht mehr passen, hatte ihm wirklich ein wenig zugesetzt. Gut, er hatte in den Jahren, die er das gute Stück nicht mehr angehabt hatte, sicher ein, zwei Kilo zugenommen. Aber sowohl Hose als auch Sakko waren ihm seinerzeit um einiges zu weit gewesen. So viel, dass er jetzt ohne Weiteres auch fünf zusätzliche Kilogramm, die er ja ohnehin nicht hatte, unterbringen hätte können.

Lässig fuhr er mit beiden Beinen in die Hose und zog sie hoch. Oder besser, versuchte, sie hochzuziehen. Zwar gelang es ihm, den Hosenbund fast bis zur Leibesmitte hochzubekommen, dann aber war Schluss. Da half auch kein Baucheinziehen, Atemanhalten oder sonst etwas. Um die Hose auch schließen zu können, müsste er den rund 15 Zentimeter breiten Abstand zwischen dem Knopf auf der einen und dem Loch auf der anderen Seite überbrücken.

Das war der falsche Anzug, ja, das musste der falsche Anzug sein. Er hatte vor dem dunklen Anzug, den er eigentlich suchte, einen anderen besessen, der genau so ausgesehen hatte. Den hatte Wilma wohl ebenfalls aufgehoben, sonst hätte er ihn jetzt ja nicht erwischen können. Die Gute konnte halt nichts wegwerfen.

Erwartungsvoll zeppelte er, die zu enge Hose wie eine lose Fußfessel um die Knöchel flatternd, zum Kasten und blickte hoffnungsfroh hinein. Aber da war nichts mehr außer dem beigen Kakianzug, der ihm vorigen Sommer noch gepasst hatte. Oder war das vor zwei Jahren gewesen?

Ah, da war ja noch der schwarze Blazer, der im Büro hing. Mit der dunkelgrauen Flanellhose hier, er holte das gute Stück von einem einsamen Kleiderbügel, würde er auf dem Standesamt sicher auch eine sehr gute Figur machen.

Zwei Minuten später stand fest, dass der Abstand zwischen Knopf und Knopfloch am Bund zwar nur knapp zwölf Zentimeter betrug, aber bis zum Standesamttermin unüberbrückbar war.

Verdammt, was war da eigentlich los? War die Kleidung etwa feucht geworden und daraufhin eingegangen? Oder hatte Wilma die Sachen zu heiß gewaschen? Wenn sie schlechter Laune war, wusch sie alles in der Waschmaschine, was ihr in die Hände kam. Und wenn's ein Smoking war. Halleluja.

Bekümmert drehte er sich halb um und betrachtete seine Kehrseite. Wenn er daran dachte, dass auch er einmal, wie hieß das heute gleich so treffend, einen richtigen Knackarsch gehabt hatte, packte ihn die Wehmut.

Man konnte es drehen und wenden, wie man wollte, ihm war über die Jahre hinweg schlicht und ergreifend das ›n‹ abhandengekommen.

Palinski versuchte, sich frei von dem Anflug an Selbstmitleid zu machen, der ihn gerade einzuholen drohte.

Was soll's?, dachte er sich. Jede Jahreszeit hatte ihre schönen Seiten. Alles, was er jetzt auf seine alten Tage tun musste, war, sich einen neuen dunklen Anzug zu kaufen. Was ihn zwar aus mehreren Gründen magerlte, vor allem, weil Wilma wieder einmal recht gehabt hatte. Aber auch, weil er es etwas übertrieben fand, wegen einer Hochzeit einige 100 Euro nur für einen Anzug ausgeben zu müssen.

Andererseits, Tina und wahrscheinlich auch Harry würden ebenfalls eines Tages heiraten, und da würde sich dann der neue Dunkle sicher nicht schlecht machen. Er musste nur achtgeben, dass er nicht weiter zunahm und ihm der Anzug dann wieder nicht passte.

So gesehen waren die paar 100 Euro sogar gut investiert, sozusagen als Eintrittsgeld in eine ernährungsbewusstere Zukunft. Das würde Wilma sicher auch gefallen. Jetzt musste er sich aber rasch ein Taxi rufen, sonst schaffte er das heute alles nicht mehr.

*

Die Reaktion seiner Kollegen auf die weibliche Leiche im herbstlichen Laub des Wienerwaldes bestätigte Prodingers Verdacht, dass es sich dabei um die sterblichen

Überreste einer relativ prominenten Person handeln musste.

»Jo sog amoi, is des ned …«, stammelte der erste Beamte. »Mia foid da Naume ned ei, oba die Oide is haas, die woa erst vor Kurzem im Fernsehen.«

»Des is doch die mit da Sendung, wos die deppaten Nockaten vahaun, mit ana Peitschn und so«, wusste der andere, der offenbar Kabelfernsehen zu Hause hatte. »Und die kennan goa nimma aufhearn vur lauta Glickseligkeit. Die perversn Schweindln, die. Oba a Hetz woas scho.«

»Jo, jo«, sinnierte der erste, »und jetz is tot. So schnö ged des.«

Dann rief der dienstältere der beiden Polizisten seinen Vorgesetzten im Kommissariat Döbling auf der Hohen Warte an und informierte ihn. Der wieder meldete den offensichtlichen Mord, denn die arme Frau hatte neben Kopfverletzungen vor allem eine Stichwunde am Rücken, direkt auf Höhe des Herzens, sofort der Kriminalabteilung.

Franka Wallner seufzte schwer auf. Ihre Abteilung war dank der sich anbahnenden Grippewelle unterbesetzt und daher ohnehin gut ausgelastet. Sie hoffte allerdings auf die Wirksamkeit der internen ›Prominentenklausel‹, die vorsah, dass Verbrechensopfer, die als Künstler, Wirtschaftskapitäne oder Politiker in der Öffentlichkeit standen, dem Landeskriminalamt zu melden waren. Dieses entschied dann, den Fall zu übernehmen oder auch nicht.

Im LKA Wien kannte die Döblinger Oberinspektorin einen der leitenden Herren besonders gut, nämlich ihren Helmut. Das war Chefinspektor Helmut Wallner, und den rief sie auch an.

Und so kam es, dass sich Hans Hermann Prodinger etwas später sehr wundern musste, als sich zwei eher hochrangige Kriminalbeamte am Fundort der Leiche mit einem intensiven Kuss begrüßten.

Der alte Hundeführer, der sich ziemlich sicher war, dass da auch die Zunge mit im Spiel gewesen war, fand das irgendwie unpassend. Im Dienst, hier im Wald und neben der Leiche. Also wirklich, das tat man einfach nicht. Auch wenn die beiden Beamten verschiedenen Geschlechts waren.

Zu seiner Zeit hätte es das sicher nicht gegeben. Aber leider war es nicht mehr seine Zeit, auch wenn es im Moment fast ein wenig anders aussah. »Gell, Vickerl.«

*

Als Erstes hatte Mario Palinski Dr. Herwig Griesbach von den Fingerabdrücken Lorenzos auf dem in seinem Jackenfutter gefundenen Fläschchen berichtet. Grissly hatte das aber vorhergesehen und auch eine Erklärung dafür. »Herr Bertollini hat sich erinnert, dass ihn Frau Marika Sanders in der Küche gebeten hat, ihm das Fläschchen zu reichen, das hinter ihm auf einem Wandregal stand«, berichtete er. »Das war, während Lorenzo das Glas Wein getrunken und auf sein Geld gewartet hat.«

Die Bitte sei ebenso wie ihre Erfüllung so völlig beiläufig erfolgt, dass sich sein Mandant zunächst nicht daran hatte erinnern können. Das Fläschchen musste ihm später von Marika in die Jacke gesteckt worden sein, durch ein Loch in der Jackentasche direkt hinein in den gefütterten Bereich.

»Nicht dumm«, anerkannte Grissly, »denn so sieht das aus, als ob es bewusst versteckt worden wäre. Ich habe mir aber das Loch in der Jackentasche näher angesehen. Das ist keine geplatzte Naht oder ein durchgescheuerter Stoff, sondern eindeutig ein Schnitt. Jemand hat ein Loch in den Taschenboden geschnitten. Ich habe schon beantragt, dass die Jacke nochmals speziell darauf untersucht werden soll.«

»Ich werde Oberinspektorin Wallner darauf hinweisen und sie bitten, das von sich aus zu veranlassen«, bot Palinski an. »Dann geht das viel schneller, als wenn du es erst über das Gericht beantragen musst.«

Griesbach nickte zustimmend. »Übrigens wissen die noch immer nicht, was eigentlich in dem Fläschchen ist beziehungsweise womit man Sanders vergiftet hat. Professor Hornbuch von der Gerichtsmedizin ist ein Freund meines Vaters. Und ein alter Fuchs. Wenn der einmal ratlos ist, dann hat das etwas zu bedeuten. In dem Fall ist er ratlos, weil es bisher nicht gelungen ist, diese Substanz zu identifizieren. Man weiß einfach noch nicht, womit Sanders vergiftet worden ist.« Er lachte bitter. »Na, uns könnte es nur recht sein, wenn dabei überhaupt nichts herauskäme. Dann gäbe es nämlich keine Tatwaffe und damit auch keinen Mord.« Er grinste. »Zumindest könnte man so argumentieren.«

Während Grisslys letzter Worte war eine seiner

Anwaltsgehilfinnen zu ihm getreten und hatte ihm etwas ins Ohr geflüstert. Plötzlich kehrte gespannte Aufmerksamkeit in das etwas müde wirkende Gesicht des Anwaltes zurück und er bedeutete Palinski, den kleinen, hinter ihm stehenden Fernsehapparat anzuschalten.

Es war die Ankündigung einer Sondernachrichtensendung gewesen, auf die Griesbach von seiner Mitarbeiterin aufmerksam gemacht worden war. Und diese begann jetzt eben im TV.

Der Anlass dafür war wirklich außergewöhnlich: Das erste Mal in den mehr als 60 Jahren der Zweiten Republik war in Österreich während eines Wahlkampfes der Kandidat einer wahlwerbenden Partei ermordet worden.

Ob es sich dabei um eine politisch motivierte Straftat handelte, konnte die Polizei derzeit nicht sagen. Angesichts der notorisch exponierten Position des Opfers wollte man das aber auch nicht ausschließen.

Dem bisher sehr schmutzig geführten Wahlkampf stand hinsichtlich Schärfe und Intensität eine neuerliche, ungeahnte Zunahme, ja, ein Quantensprung bevor.

Es war bloß zu hoffen, dass sich die maßgeblichen Kräfte in den verschiedenen Lagern unter diesen Umständen rechtzeitig darauf besannen, sich wieder mehr auf das Gemeinsame zu konzentrieren und das Trennende nicht weiterhin auch noch künstlich ins Groteske zu verzerren. Und vor allem der Versuchung zu widerstehen, das schreckliche Geschehen in der einen oder anderen Art und Weise für ihre Interessen zu instrumentalisieren.

Falls dieser Drahtseilakt danebengehen sollte, stand dem Land eine schwere Zerreißprobe bevor. Davon war Palinski überzeugt und davor fürchtete er sich auch ein wenig.

*

Wilmas Schulfreundin Nene war immer schon eine Frau gewesen, die sich vor allem über das Sprechen definierte. Nicht über die Sprache, um das klarzustellen, sondern über das Sprechen. Sie plapperte gern und viel und, das musste ihr der Neid lassen, bei gelegentlichen Glücksfällen auch durchaus gescheit und originell. Und das alles in einer höchst urigen Diktion, einem Schönbrunner-wienerischen mit leichten Anleihen an transdanubische Töne, allgemein bekannt unter der Bezeichnung ›Das Floridsdorfer L‹.

Das Geheimnis, dem Naturereignis Nene gerecht zu werden, war es nun, einerseits genügend Geduld aufzubringen, um einen dieser seltenen intellektuellen Höhepunkte erwarten zu können, und andererseits noch fit genug zu sein, ihn auch als solchen zu erkennen.

Wilma war das in den letzten 30 Jahren vielleicht vier-, nein, fünfmal gelungen.

Für heute hatte Nene, die einem Komitee angehörte, das sich für die Wiederbestellung der bisherigen Regierung starkmachte, zu einer Wahlparty ›Für ein besseres Österreich‹ geladen. Ihre als Grüne bekannte ehemalige Schulkollegin war ihr da als bunter Farbfleck unter so viel Schwarz sehr willkommen. Und Wilma, die ja auch mit einigen der anderen Partygäste bekannt war, hatte zugesagt. Nicht unbedingt freudig, aber lieber ging sie zu Nele als zu den zur Diskussion stehenden Alternativen.

Die Party entwickelte sich programmgemäß nicht aggressiv, sondern durchaus moderat und machte mit der Zeit sogar fast so etwas wie Spaß, fand Wilma. Bis, ja, bis kurz vor 21 Uhr Frau Helma Bärbacher-Hofinger, die Frau des bekannten Großbäckers, erschien. Sie wissen schon, der mit dem Spruch ›Bärbacher bäckt's und allen schmeckt's‹.

»Habt ihr schon gehört?« Owohl die übergewichtige Frau ihren Atem vom Steigen in den ersten Stock noch nicht wieder unter Kontrolle hatte, musste *die* Neuigkeit des Abends unbedingt heraus. »Am Kahlenberg hat man die Leiche von Nora Bender-Nicerec gefunden, sie ist ermordet worden. Die Polizei schließt ein politisches Motiv nicht aus. Der Bundeskanzler und der Vorsitzende der großen Oppositionspartei haben sich mit dem Appell an die Bevölkerung gewendet, Ruhe zu bewahren und sich nicht provozieren zu lassen.« Mit »Es ist wirklich ein Wahnsinn. Der Herbert ist gerade unterwegs in die Kammer zu einer Krisensitzung« beendete sie atemlos ihren spektakulären Auftritt.

Wilma war mit einem Schlag schlecht geworden. Sie stürzte hinaus auf die Toilette, aber der verspürte starke Drang zum Erbrechen hatte sich doch als offenbar rein nervöse Reaktion herausgestellt. So ließ sie einfach das

Wasser rinnen, klatschte sich das kalte Nass ins Gesicht, trank einen Schluck und fühlte sich wieder ein wenig besser.

Diese … man sollte ja über Tote nichts Schlechtes sagen, aber in dem Fall ging das nicht anders, ohne zu heucheln. Also diese miese Person, die die Diskussionsveranstaltung gestern Abend mit ihrer schrecklichen Art quasi im Alleingang in die Luft gesprengt hatte, war ermordet worden. Irgendetwas im anarchischen Teil von Wilmas Seele tendierte zu leichtem Frohlocken, aber die zivilisierte Seite lehnte diese Reaktion entrüstet und voller Scham ab.

Wilma erschrak über den undifferenzierten Hass auf das Weib, der jetzt sogar posthum in ihr aufstieg.

Hätte sie dieser Frau etwas antun können, wenn sie die Gelegenheit dazu gehabt hätte? Ja, sie beschimpfen, vielleicht auch eine Ohrfeige im Affekt. Aber Mord? Niemals. Das ging doch entschieden zu weit. Und dennoch, wie es aussah, hatte jemand diese Frau ermordet. Nur weil sie politisch kranke, unannehmbare Vorstellungen vertreten hatte.

Das war deutlich außerhalb jeglichen Toleranzspielraumes. Dagegen musste man etwas unternehmen. Ihr fielen die beiden Männer in der vorletzten Reihe des Festsaales ein, die ihr wegen ihres eigenartigen Verhaltens gegenüber Bender-Nicerec aufgefallen waren. Es waren aber nicht die Aussagen selbst gewesen, die Wilma auf die beiden aufmerksam gemacht hatten, sondern deren unübersehbar aggressive Körpersprache.

Plötzlich überfiel sie der starke Drang, mit der Polizei, nein, mit einem der beiden Wallners über ihre Beobachtungen zu sprechen. Sie klatschte sich nochmals eiskaltes Wasser ins Gesicht, dann holte sie ihr Handy heraus und tippte zunächst die Rufnummer der Oberinspektorin ein. Die reagierte aber nicht, und so versuchte sie es erneut. Diesmal bei Frankas Mann im Landeskriminalamt. Und das mit mehr Erfolg.

3.

Mittwoch, 23. Oktober – tagsüber

Palinski saß auf der legendären Bank vor dem Fenster seines Büros. Ja, genau auf der, auf der er seinerzeit die Leiche Jürgen Lettenbergs gefunden hatte.

Das war sein Eintritt in die raue Welt der kriminalistischen Praxis als unentbehrliche Ergänzung zu den lichten Höhen kriminologischer Theorie gewesen.

Es war kurz nach 8 Uhr morgens, und Palinski dachte nicht an Lettenberg und all das, was seither geschehen war.

Im Augenblick dachte er auch nicht an Lorenzo oder an diese ermordete Neopolitikerin, die seine Wilma gestern so sehr verwirrt hatte, dass sie bis 2 Uhr morgens mit der Polizei zusammengesessen war und ihre Aussage gemacht hatte. Mehr als vier Stunden lang.

Eine harte Sache, obwohl oder gerade weil es ab circa 23 Uhr, als Palinski zu dem ›scharfen Verhör‹ gestoßen war, auch Wein und etwas zu essen gegeben hatte.

Das alles war ihm jetzt, während er auf ein Taxi wartete, aber völlig wurscht. Das Einzige, was ihn interessierte, war die Frage, ob er es heute schaffen würde, einen hochzeitstauglichen Anzug aufzutreiben. Bei den drei gestrigen Versuchen, jeder einzelne in einem guten Fachgeschäft für Herrenbekleidung, war er doch zu der etwas erschreckenden Einsicht gelangt, dass er sich in den letzten Jahren offenbar sukzessive aus dem Schema der gängigen Konfektionsgrößen hinausgefressen hatte. Und damit aus dem Rahmen des industriellen Prêt-à-porter gefallen war. Fast zumindest, denn ›der Herr würde Größe 65 oder 67 benötigen, die haben wir aber leider nicht lagernd‹, wie ihm sehr freundlich, aber völlig mitleidslos klargemacht worden war.

Immerhin hatte ihn einer der freundlichen Verkäufer, wohl voll des Mitleides bei der Vorstellung, den korpulenten Herrn in zu engen Jeans vor das Standesamt treten zu lassen, auf ein spezielles Geschäft für Übergrößen aufmerksam gemacht. So weit hatte er es also schon gebracht.

Dennoch, auf diesem Laden ruhte jetzt Palinskis ganze Hoffnung, und zu dem war er jetzt auch unterwegs.

Wo bloß das Taxi so lange blieb?

*

Im Gegensatz zu Palinski schienen das Land und viele seiner Menschen an diesem schönen Herbsttag von einer einzigen Nachricht beherrscht zu werden, dem Mord an Nora Bender-Nicerec, dem ›Eisernen Besen‹.

Die ersten Meldungen in den Medien, die sich zunächst fast ausschließlich auf die Tatsache beschränkten, dass diese Frau und Kandidatin des ›PGÖ – Die wahren Freien‹ erstochen worden war, gingen zeitlich fast Hand in Hand mit dem Schock, der sich über das gesamte Bundesgebiet verbreitet zu haben schien. Viele wirkten still und niedergeschlagen. Ganz so, als ob sie kollektiv um diesen Menschen trauerten.

Nicht um die konkrete Person, diese sicher eher umstrittene Frau, sondern wahrscheinlich um das erste politische Todesopfer seit Ernst Kirchweger im April 1965.

Seltsam, dass die öffentliche Meinung schon zu diesem Zeitpunkt fast nur von einer politisch motivierten Tat ausging und die Möglichkeit eines ›ganz normalen‹ Verbrechens lediglich der Ordnung halber in einem Nebensatz erwähnt wurde.

Ganz so, wie man beispielsweise die Unschuldsvermutung nach seitenlangen wilden Spekulationen über den Schuldigen oder die Schuldige anmerkte, weil sich das eben so gehörte.

Im Laufe des Vormittags war es dann aber vorbei gewesen mit dem beinahe pietätvollen Umgang mit dem Schrecklichen, das da geschehen war. Die oft ritualisiert wirkenden Regeln des politischen Marketings gewannen sukzessive wieder die Oberhand gegenüber dem anerzogenen Anstand im Umgang mit dem Tod.

Da die Mutter einer ihrer Schülerinnen gestern ebenfalls an der Diskussionsveranstaltung im Bezirksamt teilgenommen hatte, sah sich Wilma plötzlich gezwungen, in der Klasse zur ›Causa Prima‹ Stellung zu nehmen und die unterschiedlichsten Fragen zum Thema selbst, aber auch allgemeiner politischer Art zu beantworten. Und das tat sie denn mit wachsender Intensität und Begeisterung.

Es sollte für sie einer der lebendigsten Unterrichtstage überhaupt werden, allerdings auch einer der anstrengendsten.

*

Der Fahrer des Taxis war einer jener Typen, die das Klischee des hässlichen Wieners in jeder Beziehung eindrucksvoll bedienten.

Auf dem Weg zum Postamt 1190 in der Würthgasse, Palinski wollte auf der Fahrt in der Stadt schnell eine für ihn hinterlegte Postsendung abholen, war zunächst noch alles ganz in Ordnung. Nachdem das Taxi in die Gatterburggasse eingebogen war, blockierte allerdings ein ausparkendes Fahrzeug kurz die Fahrbahn.

»Die Jidlacks san bei Weitem die miesesten Autofohra«, stellte der Taxler ungefragt fest. Palinski war sich zunächst nicht sicher, ob er richtig verstanden hatte und ob das, was er gehört hatte, auch das bedeutete, was er befürchtete.

Inzwischen hatte der schwarze Minivan die Straße aber wieder freigegeben, und die Fahrt ging weiter.

»Is Ihna scho amoi aufgfoin, doss die Autos von die Judn die meistn Blechschädn von oin ham?«, wollte der Fahrer jetzt wissen und räumte damit jeden hinsichtlich seiner ersten Aussage verbliebenen Zweifel aus.

Nun war Palinski kein Streithansl, der jeden Anlass sofort freudig aufgriff. Aber er ging peinlichen Diskussionen auch nicht aus dem Weg, wenn sie geführt werden mussten – wie dies im gegenständlichen Fall geboten zu sein schien.

Allerdings war er, wie er sich später verschämt eingestehen musste, von dem eben Gehörten derart verblüfft, dass ihm die richtigen Worte fehlten.

Da war nicht nur der antisemitische Tenor, der ihm zu schaffen machte, sondern auch die wahnwitzige Vorstellung, dass ein Mensch, in concreto dieser … Taxifahrer, auf gut zehn Meter Entfernung und durch verdunkelte Scheiben hindurch nicht etwa nur das Geschlecht oder vielleicht auch Alter des Lenkers feststellen konnte. Nein, mitnichten. Er konnte angeblich sogar sein religiöses Bekenntnis erkennen. Und dann die Schlussfolgerung hinsichtlich des Schadensverlaufes bei Fahrzeugen von Haltern der Glaubenszugehörigkeit anhand eines offensichtlich völlig unbeschädigten Fahrzeuges. Das war eine wirklich ›beeindruckende‹ Leistung gewesen.

Nach dem kurzen Stopp am Postamt ging es weiter. Sowohl in die Stadt als auch mit den ungefragten Kommentaren. Diesmal hatte sich der ›Experte‹ die Grünen vorgenommen. »Des san die reinstn Ökonomiefaschisten«, stellte er fest und meinte damit andiskutierte Forderungen wie Geschwindigkeitsbeschränkungen, City-Maut und die Beseitigung der Steuerbegünstigung für Dieseltreibstoff. Dieser Themenmix war auch schuld daran, dass Palinski nicht ganz klar war, ob es sich bei den ›Ökonomiefaschisten‹ um einen simplen Lapsus Linguae handelte oder um eine eher raffinierte Wortschöpfung, die man bisher in Verbindung mit jenem gesellschaftspolitischen Lager kaum gehört hatte.

»Diese asozialen Typen treibn die aunständign klan Leit no in den Ruin«, fasste er schließlich den Tenor seiner Vorwürfe zusammen. »Und die vün Auslända, di di im Lond haum woin. Dabei nemmans den unsern die bestn Jobs wega. Ma muass jo nua amoi schaun, wüvü Ausländа allanich bei da UNO orbeitn.« Oh Gott, wenn Dummheit wehtäte.

Schließlich attackierte der streitbare Mensch auch noch die kürzlich eingeführte gesetzliche Verpflichtung des Fahrens mit Licht am Tage als unsinnige Geldverschwendung. In diesem Punkt, und nur in diesem einen, war Palinski übrigens derselben Meinung. Dennoch eröffnete ihm gerade dieses Thema eine Möglichkeit.

»Sie wissen aber schon, dass wir diese Regelung dem Energieminister verdanken, der von der Partei Ihres Vertrauens gestellt wird«, hielt er dem Fahrer vor.

»No jo«, versuchte der erstaunlicherweise etwas in die Ecke gedrängt wirkende Chauffeur zu relativieren. »Des ham erm seine Berater hoit eingredt.«

»Aber unterschrieben hat er es, und damit trägt er auch die Verantwortung dafür«, beharrte Palinski.

»Ah so«, der Gedanke schien dem Kerl neu zu sein. »Na jo, wenn des so is, daun is da Minister a a Oaschloch.« Das war wenigstens konsequent gedacht und damit direkt erfrischend.

Inzwischen hatte das Taxi das von Palinski angegebene Ziel, das ›Herrenmodehaus für den gestandenen Mann‹, erreicht und angehalten.

»Des mocht 14,40«, gab das Wiener Original, Gott beschütze die Stadt vor solchen Kleinoden, bekannt. »Brauchn's a Rechnung?«

Palinski brauchte keine. Dagegen kramte er verdächtig lange in seinem Geldbörsel herum. »Sehn Sie, mei Freind«, sagte er dann in einer Diktion, die man wohl für Jiddisch halten sollte. »Wir Jidlacks san net nur schlechte Autofahrer, wir san no viel schlechtere Schmattesgeber. Shalom.«

Dann drückte er dem etwas dumm aus der Wäsche blickenden Taxler den auf den Cent genau abgezählten Fuhrlohn in die Hand und stieg aus.

Es war schon seltsam, sollte es Palinski etwas später durch den Kopf gehen. Falls ein Autor je den Mut haben sollte, Szenen wie die mit dem Taxler oder einen Dialog wie jenen im Kaffeehaus zu Papier zu bringen, jeder Leser würde meinen, schlimm, diese überbordende Fantasie. Der Kerl übertreibt doch maßlos.

Aber ehrlich, Leute, so was erfand man nicht einfach, so was kam wirklich vor. Niemand würde sonst wagen, es aufzuschreiben.

*

Während das PGÖ in einer improvisierten Pressekonferenz die ›meuchlerische Tat‹ beklagte, aus dem ›Eisernen Besen‹ posthum eine Lichtgestalt à la Jungfrau von Orleans zu machen versuchte und den Untergang von Demokratie und Rechtsstaat an die Wand malte, fällten die Spitzen der beiden großen Parteien und der Grünen auf Initiative Letzterer einen historischen Beschluss.

In einer gemeinsamen Blitzaktion wollten sie für den heutigen Abend zu einer Demonstration aller aufrechten Bürger für ›Freiheit und Recht‹ und gegen das ›Diktat der Gewalt‹ aufrufen.

Als Höhepunkt der Veranstaltung sollte Nora Bender-Nicerecs gedacht werden, des ersten politischen Opfers seit 1965.

Diese Übereinkunft war den gerade in diesen Tagen mehr denn je in gegenseitigen Gemeinheiten verstrickten Häuptlingen nicht leichtgefallen. Schließlich hatten aber die Bedenken Albert Imhausens, des ehemaligen Rektors der Wiener Uni und jetzigen Chefs der Grünen, die Initiative zu dieser ›Manifestation gegen die Gewalt‹ nicht dem rechten Rand des politischen Spektrums zu überlassen, den Ausschlag gegeben. Und es war gut so, denn als in den Mittagsnachrichten erstmals zu den um 20 Uhr gleichzeitig in Wien und den Landeshauptstädten geplanten Gedenkmärschen aufgerufen wurde, war das PGÖ gerade dabei, mittels Eilmeldung an die Presseagenturen ein ähnliches Vorhaben für den darauffolgenden Abend anzukündigen. Was es aber nach dem Anruf eines Reporters mit der Bitte um Stellungnahme zum Aufruf der drei Parteien stocksauer und zähneknirschend rasch wieder bleiben ließ.

Es war schlimm genug, zwei Wochen vor der Wahl eine attraktive Kandidatin zu verlieren, noch dazu auf diese schreckliche Weise. Aber dann auch noch durch die politischen Gegner der Möglichkeit beraubt zu werden, daraus zumindest etwas politisches Kapital zu schlagen, war der Gipfel an Perfidie. Paul Nordbuck, der Listenführer und Chef der ›Wahren Freien‹-Partei, schäumte und schwor sich, es diesen krötenköpfigen Ungustln von anderen Parteichefs schon noch zeigen zu wollen. Diese arroganten Pimpfe, die ihn nicht ernst nahmen und sich hinter seinem Rücken lustig über ihn machten.

Und das Schlimmste war: Im vorliegenden Fall konnte er ihnen seine Meinung über diesen miesen Schachzug nicht einmal ins Gesicht speien. Im Gegenteil, er würde sogar böse Miene zum guten Spiel machen und an der Veranstaltung teilnehmen müssen. Immerhin war Nora ja seine Kandidatin gewesen.

Aber ihm würde bis dahin noch etwas einfallen. So sprang man mit einem Nordbuck einfach nicht um. Mit ihm nicht, nein, wirklich nicht. Schließlich war er dem kleinen Mann verpflichtet und hatte die Interessen der aufrechten Österreicher und Österreicherinnen wahrzunehmen. Und die waren alle mit ihm beleidigt worden.

Hoppla, jetzt musste er wirklich anfangen achtzugeben. Fast hätte er den Quatsch, den er täglich verzapfte, schon selbst geglaubt.

*

Während sich die Polizei auf ausdrückliche Anweisung von höchster Stelle, wie jetzt ohne nähere Erläuterung bekannt geworden war, vorrangig um den Fall Bender-Nicerec zu kümmern hatte, war Rechtsanwalt Dr. Herwig Griesbach unterwegs, um seinen Mandanten Lorenzo Bertollini aus der Untersuchungshaft zu bekommen.

Er war auf dem Weg zum Gericht, um die Aufhebung der Untersuchungshaft mangels weiterer Indizien zu beantragen. Immerhin bestand kaum Flucht-

und keine Verabredungsgefahr und auch keine Gefahr, die Tat zu wiederholen oder irgendwie abzuschließen. Außerdem stand immer noch nicht fest, worauf eine allfällige Anklage überhaupt lauten sollte. Und zu den Widersprüchen in den Aussagen: Trotz oder gerade wegen dieser gegensätzlichen Angaben war die ›Suppe‹ gegen seinen Mandanten doch ›sehr dünn‹ und rechtfertigte nach Ansicht des Anwalts absolut keine weitere Sicherungshaft.

Optimistisch und mit einem Liedchen auf den Lippen, betrat Grissly das Gerichtsgebäude, um mit dem Paternoster in den zweiten Stock zu fahren.

*

Palinski war selig. Wenn man erst einmal den Schock überwunden hatte, in einem Fachgeschäft für Übergrößen einkaufen zu müssen, dann war man hier wahrscheinlich ganz gut aufgehoben. Es gab in diesem Laden sogar Markenware, auch wenn die Marken kaum einer kannte außer den Bladen und denen, die auf dem Weg dazu waren. Da Palinski viele negative Eigenschaften hatte, Eitelkeit aber kaum dazuzählte, störte ihn der Mangel an Armani, Boss oder wie immer die ach so begehrten Labels auch heißen mochten, nicht im Geringsten. Hauptsache war, der Anzug passte, möglichst ohne Änderungen, denn er musste ihn schon übermorgen tragen. Und er sollte, na, mindestens die kommenden zehn Jahre halten, damit sich Palinski bei den nächsten Hochzeiten nicht wieder neu einkleiden musste.

Eine freundliche Verkäuferin, die – und das war sehr geschicktes Marketing – ebenfalls einige, allerdings recht appetitliche Kilos zu viel herumschleppte, konnte ihm gleich fünf Anzüge zeigen, die für ihn und seine Anforderungen infrage kamen. Eine nette, aber überflüssige Fleißaufgabe, denn Palinski hatte sich sofort für den ersten Anzug entschieden und war auch bei dieser Entscheidung geblieben. Dazu ein Hemd, ein Gürtel, der den neuen Dimensionen angepasst war, und … na ja, auch noch eine Krawatte. Seine hatte einen Fleck, war mindestens zehn Jahre alt und daher modisch nicht mehr ganz auf der Höhe der Zeit. Immerhin hatte sich seine schöne zukünftige Frau einen einigermaßen feschen Mann verdient. Zumindest mit einem Bindl ohne Flecken darauf.

Zufrieden holte Palinski die beiden 500-Euro-Scheine heraus, die er extra für diesen Zweck von der Bank geholt hatte, und reichte sie der Dame an der Kasse. Mit einer gewissen Grandezza, denn es war das erste Mal, dass er einen so großen Schein in Händen hielt. Und dann gleich zwei davon.

Die ältere, etwas üppige Kollegin der Verkäuferin, die ihn bedient hatte, tippte den Rechnungsbetrag ein, öffnete die Geldlade und blickte etwas verunsichert auf. »Herta«, rief sie in den Raum, »komm schnell einmal her!« Dann sah sie Palinski bittend an. »Können wir Ihnen vielleicht einen Kaffee anbieten? Uns ist leider das Wechselgeld ausgegangen. Herta muss nur kurz auf die Bank gehen, wechseln.«

Sie deutete beim Fenster hinaus zur Filiale der Austria Kredit auf der gegenüberliegenden Straßenseite, wo sich eine andere Person gerade Bares aus dem Geldautomaten neben dem Eingang holte.

»Danke, keinen Kaffee«, lehnte Palinski freundlich ab. »Das bisschen Warten macht mir aber nichts aus«, beruhigte er.

Fünf Minuten später war Herta wieder zurück, und der Kunde erhielt sein Wechselgeld, einen Hunderter, einen Fünfziger und einen Zehner. Alle Banknoten brandneu und nicht gefaltet oder zerknittert. So richtig frisch aus der Presse. Oder aus dem Bankomaten.

Palinski überkam es beim Anblick der Scheine siedend heiß. Konnte es sein, dass Marika Sanders das Geld für die Pizza erst vom Geldautomaten hatte holen müssen? Lorenzo hatte von einem jungfräulichen 50-Euro-Schein gesprochen. Auf den er zwei reichlich zerknitterte Zwanziger herausgegeben hatte. Palinski erinnerte sich, dass sich, genau wie hier auch, gegenüber dem Hause der Sanders eine Bankfiliale mit Geldausgabeautomaten neben dem Eingang befand. Sogar von derselben Bank, der Austria Kredit, falls er sich nicht irrte.

Verzweifelt suchte er sein Handy, hatte es aber offenbar im Taxi liegen gelassen. Na denn, Shalom. Von der miesen Type war sicher nicht zu erwarten, dass sie sich bemühen würde, ihm das gute Stück zu retournieren. Na, was sollte es, solange nicht mehr passierte.

»Entschuldigen Sie«, er wandte sich an Herta, »könnte ich wohl Ihr Telefon benutzen? Ich habe mein Handy …«

»Aber natürlich.« Die junge Frau schob ihm den Apparat hin. Einem Kunden, der eben mehr als 800 Euro abgeliefert hatte, konnte man diese kleine Bitte kaum abschlagen.

»Möchten Sie jetzt vielleicht einen Kaffee?«

Palinski nickte ergeben. Warum eigentlich nicht? Dann rief er seinen Mobiltelefonbetreiber an, um seine SIM-Karte sperren zu lassen, blieb aber in der Warteschleife hängen. Also zog er den Anruf an Grissly vor, damit der sich um das Band der Überwachungskamera beim Geldautomaten vis-à-vis vom Haus der Sanders kümmerte. Vielleicht trug das ja etwas zur Entlastung Lorenzos bei.

*

Die bisherigen Ermittlungen im Falle Nora Bender-Nicerec hatten ergeben, dass die Kandidatin des PGÖ gestern Abend nach dem Verlassen einer Veranstaltung im Döblinger Bezirksamt mit ihrem Tross, einem Leibwächter, einem Assistenten und einer Freundin, die sich als Pressereferentin bezeichnete und ihr überallhin nachlief, in einem Lokal in Grinzing eingekehrt war, um noch etwas zu essen und zu trinken. Kurz vor Mitternacht hatte sich die kleine Runde aufgelöst. Sven, der Leibwächter, hatte angeboten, Nora nach Hause zu fahren, doch die hatte darauf bestanden, den Weg nach Nußdorf zu Fuß in Angriff zu nehmen.

›Wenn ich jetzt in die Politik gehe, muss ich gut in Form sein‹, hatte sie noch gemeint, gelacht und Sven einen Kuss auf die Wange gegeben. Dann hatte sie sich auf den etwa 20- bis 25-minütigen Weg gemacht, war aber nach Aussage ihres Mannes niemals zu Hause eingetroffen.

Der Leibwächter, Sven Pribil, machte sich heftige Vorwürfe und erlitt bei seiner Befragung einen Nervenzusammenbruch.

Der Mann und die Tochter des Opfers waren zunächst im Kino gewesen und hatten dann in der gemeinsamen Wohnung bis etwa 2.30 Uhr auf die Rückkehr der Frau beziehungsweise Mutter gewartet. Dann waren die beiden zu Bett gegangen. Nein, Sorgen hatten sie sich zu diesem Zeitpunkt noch keine gemacht, denn ›die Mama hat schon manchmal einen draufgemacht, ohne das vorher groß anzukündigen‹, hatte die Tochter erklärt. Und der Göttergatte hatte nur betrübt dazu genickt und gemeint, dass er erst etwas erschrocken sei, als seine Frau am Morgen auch noch nicht zurück war. ›Das war schon ungewöhnlich.‹

Nach ersten Aussagen der Gerichtsmedizin war der ›Eiserne Besen‹ durch heftige Schläge auf den Kopf verletzt und dann durch einen Messerstich in den Rücken direkt ins Herz getötet worden. Ein zweiter Stich hatte das Opfer in die Lunge getroffen.

Der Tod war nach den fundierten Schätzungen der Experten zwischen 2 und 4 Uhr morgens eingetreten. Da am Fundort der Leiche kaum Blut gefunden worden war, stand auch fest, dass Tatort und Fundort nicht ident waren. Also musste die Tote in der Zeit von etwa 2.15 bis 4.15 Uhr auf den Kahlenberg und anschließend zur Fundstelle im Wald gebracht worden sein.

Sven hatte sich auf Höhe der Endstation der Linie 38 von Nora verabschiedet und sie Richtung Sandgasse gehen sehen. Welchen Weg sie dann aber tatsächlich genommen hatte, vermochte er nicht zu sagen. Ob sie die Sandgasse und Grinzinger Straße hinunter bis zur Heiligenstädterstraße und dann nach links gelaufen oder bereits bei der Armbrustergasse abgebogen war, um dann über die Kahlenbergerstraße zu gehen oder … Es gab eine Menge möglicher Routen, die sie auf dem Weg nach Hause genommen haben konnte.

Chefinspektor Helmut Wallner vom LKA Wien, der die hochbrisante Untersuchung leitete, war sicher, dass eine derart schwere, stark blutende Verletzung zwangsläufig Spuren am Boden hinterlassen haben musste. Und da es seit 48 Stunden keinen Niederschlag gegeben hatte und auch nicht anzunehmen war, dass irgendein braver Bürger die Blutlache am Gehsteig weggemacht hatte, beschloss er, nach dem Tatort suchen zu lassen. Dann schöpfte er aus der Fülle an Kompetenzen, die ihm der Innenminister über seinen persönlichen Vertreter Ministerialrat Dr. Schneckenburger verliehen hatte, und forderte 60 Polizeischüler für einen Praxiseinsatz an. Und genau das war der Grund, warum es etwa ab 15 Uhr in dem Teil des 19. Bezirks nördlich der Grinzinger Straße nur so von uniformierten Jugendlichen wimmelte, die in vier Gruppen und unter Anleitung von je zwei erfahrenen Spurensicherern den Boden unter ihren Füßen mit großem Eifer nach Blut oder sonstigen Hinweisen auf ein Verbrechen absuchten.

Die Aktion hatte sich natürlich binnen kürzester Zeit herumgesprochen und Vertreter der verschiedenen Medien angelockt, die sich gierig auf das seltsame Schauspiel stürzten. Dadurch wurde wieder das Interesse zahlreicher Einheimischer, aber auch vieler Touristen geweckt, die sich einer der langsam jeweils Kompaniestärke annehmenden vier Gruppen anschlossen und die Polizei bei der Arbeit behinderten. Die größte Gefahr lag aber darin, dass die immer weiter anwachsende Horde der Schaulustigen Spuren zerstörte oder ungewollt Beweismaterial vernichtete.

Wallner wusste sich in der Situation nicht anders zu helfen, als einerseits weitere 20 Beamte abzustellen, die darauf achten sollten, dass die Zivilisten nicht zu viel Unfug anstellten. Diese Unterstützung musste er sich allerdings erst bei mehreren Kommissariaten zusammenbetteln. Andererseits forderte Wallner von der PR-Abteilung des Präsidiums einige fremdsprachenkundige Öffentlichkeitsarbeiter und -arbeiterinnen an, die den in- und ausländischen Teilnehmern mit fachlichen Erklärungen zur Verfügung stehen sollten.

Als die vier Gruppen, vergleichbar dem 1. Mai oder zu Fronleichnam, so durch den Bezirk zogen, sah das Ganze aus wie ein höchst erfolgreicher Tag der offenen Tür bei der Wiener Polizei. Der noch dazu weit mehr Aufmerksamkeit in den Medien fand als jede Veranstaltung des Korps zuvor. Am Abend wurde Wallner sogar vom Polizeipräsidenten persönlich angerufen und zu dem großen publizistischen Erfolg beglückwünscht. Man war sehr zufrieden mit der Arbeit des Chefinspektors und froh über das äußerst positive Echo in den Medien.

Dass der Tatort trotz intensivster Bemühungen der Polizei und zuletzt mehr als 1.200 zivilen ›Helfern‹ aus welchen Gründen auch immer nicht gefunden worden war, spielte wegen des medialen Erfolgs schlussendlich keine große Rolle mehr.

*

Der Tatsache, dass Grissly dem Sohn eines Vorstandsdirektors der Austria Kredit vor einigen Jahren bei Gericht aus einer größeren Bredouille geholfen hatte, war es zu verdanken, dass dem Wunsch des Anwalts, das Überwachungsband vom 20. Oktober sehen zu können, nach einem Anruf sofort entsprochen wurde. Und nicht nur das. Der nach wie vor dankbare Vater hatte auch veranlasst, dass eine Kopie des Bandes angefertigt und dem Anwalt gleich darauf per Boten zugestellt wurde.

Da vier Augen mehr sahen als nur zwei, wartete Grissly mit der Filmvorführung bis zum Eintreffen Palinskis, den er informiert und der ihm sein sofortiges Kommen zugesagt hatte. Ein zweiter, wahrscheinlich viel wesentlicherer Grund für das Zuwarten war allerdings der Umstand, dass der Anwalt – ehrlich – nicht genau wusste, was sein Freund und ›Matula‹ darauf eigentlich zu sehen erwartete. Und inwieweit seine Beobachtungen, falls er überhaupt welche machte, zur Entlastung seines Mandanten beitragen sollten. Diesen zweiten Grund wollte Griesbach aber nicht zugeben, nicht einmal sich selbst gegenüber.

Apropos Mandant. Das Gericht hatte dem Antrag

auf Aufhebung der Untersuchungshaft zugestimmt. Mit einem bürokratischen Trick, einem Formfehler, der … na ja, der halt eingetreten war, hatte die Staatsanwaltschaft allerdings eine Verzögerung der Freilassung Lorenzos erreicht. Der arme Junge musste jetzt eine weitere Nacht hinter Gittern verbringen, würde aber morgen früh entlassen werden.

Grissly freute sich schon auf das Gesicht, das Palinski machen würde, sobald er die gute Nachricht vernahm. Und auf das eventuell zu erwartende köstliche Essen.

Kurz nach 16 Uhr traf Palinski dann endlich ein. Er freute sich vor allem darauf, Mamma Maria die frohe Botschaft bald persönlich überbringen zu können. Dann ging es endlich los. Da außer Streit stand, dass Lorenzo die Pizza kurz nach 23 Uhr geliefert hatte, spulte Grissly das Band so weit vor, bis die am Band eingeblendete Zeit mit der 23 anfing.

Das, abgesehen von sich gelegentlich vorbeibewegenden Fahrzeugen und Passanten, statische Bild zeigte den Bereich vor dem Geldautomaten sowie im Hintergrund die Eingangstür des genau gegenüberliegenden Hauses der Sanders. Zunächst folgten fünf Minuten und 36 Sekunden, deren dramaturgischer Höhepunkt das Passieren des stadtauswärts fahrenden Linienbusses darstellte. Dann kam der erste Bankkunde, ein offensichtlich betrunkener junger Mann, der vorerst Schwierigkeiten hatte, mit seiner EC-Karte in den dafür vorgesehenen Schlitz zu treffen. Nach drei vergeblichen Versuchen wollte der Mann, dessen Fahne man fast riechen konnte, schon aufgeben, versuchte es aber doch noch einmal. Und … bingo!

Darauf folgten weitere sechs Minuten nervenzerfetzenden Nichtgeschehens, bevor es plötzlich Schlag auf Schlag ging.

Während sich eine ältere Frau etwas umständlich daranmachte, dem Automaten einige Scheine zu entlocken, kam Bewegung in den Hintergrund des Bildausschnittes. Die Eingangstür war geöffnet worden, wodurch die Lichtverhältnisse kurz verändert waren, jemand war von der gegenüberliegenden Seite auf die Straße getreten und überquerte sie. Während die ältere Frau ihr Geld verstaute und ihre Karte wegsteckte, wurden hinter ihrem Kopf lange, helle, wahrscheinlich blonde Haare sichtbar. Dann war das komplette Gesicht einer in natura wahrscheinlich sehr hübschen jungen Frau erkennbar, die aber in der grob verzerrenden Optik des Überwachungsvideos irgendwie vulgär wirkte. Das musste Marika Sanders sein. Keiner der beiden Männer hatte sie bisher gesehen, aber sie entsprach exakt der von Lorenzo gelieferten Beschreibung.

Die Sanders führte ihre Karte ein, tippte die hoffentlich nur ihr bekannte Zahlenkombination und nahm dann einige Scheine an sich. Darunter auch zwei brandneue Fünfziger. Die steckte sie weg, drehte sich um, überquerte wieder die Straße, öffnete auf der anderen Seite eine Haustür und betrat das Haus.

Ende der Vorstellung.

Das war natürlich alles andere als sensationell gewesen, denn das Abheben von Geld aus einem Automaten war auch während der Nachtstunden an und für sich kein strafrechtlich relevantes Verhalten.

»Kannst du das Band noch einmal zurückspulen?«, bat Palinski, der sich einbildete, irgendetwas gesehen, aber nicht richtig registriert zu haben. Es war natürlich auch möglich, dass er sich das nur wünschte, weil ihm das bisher magere Ergebnis eher unangenehm war. Dabei war ihm die Idee mit der Überwachungskamera ursprünglich so toll vorgekommen. »Bis zu dem Moment, in dem die Sanders mit dem Eintippen des Codes beginnt«, grenzte er nachträglich ein.

Griesbach kam der Bitte ohne sonderliche Begeisterung nach und drückte dann auf Zeitlupe.

Langsam spielte sich der Geld-Hol-Vorgang neuerlich vor den Augen der beiden ab. Palinski war aufgestanden und bis auf 15 Zentimeter an den Bildschirm herangetreten. Er starrte konzentriert auf die gespenstisch langsamen Abläufe in schwarz-weiß, ganz so, als ob er eine bisher übersehene Aktion telekinetisch erzwingen wollte.

Aber … da …war … einfach nichts. Oder? … Doch!

»Halt das Band an«, schrie er plötzlich auf, »dann lass es in Zeitlupe zurücklaufen. Ja, ja, gut so und … jetzt … halt.«

Und tatsächlich, falls Palinski nicht einer optischen Täuschung aufgesessen war, war die Haustür offenbar von innen für die gerade von der anderen Straßenseite kommende Marika Sanders geöffnet worden. Nur einen Spaltbreit, aber doch deutlich genug erkennbar durch den plötzlich helleren Streifen am Bild.

Nachdem sie das Ganze wiederholt hatten, hatte auch Grissly erkannt, was da noch zu sehen gewesen war.

»Wahnsinn«, sagte er nach einer kurzen Pause anerkennend. »Ich werd verrückt. Falls das nicht Lorenzo war oder das Opfer im Rollstuhl, und beides würde ich ausschließen, dann war noch jemand im Haus.« Er klopfte sich fest auf die muskulösen Schenkel und lachte laut auf. »Das ist ja fantastisch. Da war noch jemand im Haus!«

Dieser erste Erfolg motivierte ungemein. Die beiden verfolgten die Aufzeichnung bis zur Kennung 0.00 mit gespannter Aufmerksamkeit. In der Hoffnung, möglicherweise auch noch Lorenzos Verlassen des Hauses dokumentieren zu können.

Aber vergebens. Grisslys Mandant musste während des mehrmaligen Passierens des Linienbusses unbemerkt das Haus verlassen haben. Ebenso wie Marika Sanders, die ab 23.45 Uhr ein Alibi in einem Innenstadtlokal hatte.

Und der unbekannte Dritte natürlich.

Obwohl, das Haus konnte man auch über den Garten und einen weiter unten auf die Hameaustraße stoßenden Weg verlassen.

*

Im Laufe des Nachmittags hatte sich ein gutes Dutzend Leute bei der Polizei gemeldet, die angaben, in der vergangenen Nacht Dinge gesehen oder gehört zu haben, die in Verbindung mit dem Tod Nora Bender-Nicerecs standen oder zumindest stehen konnten.

Die meisten dieser Beobachtungen hatten sich rasch als irrelevant erwiesen. Die Aussage eines gewissen

Herbert F., der als Schankbursche bei einem Heurigen in der Probusgasse arbeitete und zur fraglichen Zeit auf dem Weg nach Hause war, schien die Ermittlungen der Polizei tatsächlich einen großen Schritt weiterzubringen. Als der Mann gerade durch die Eroicagasse gegangen war, sei ihm aufgefallen, dass ein weißes Auto ohne Beleuchtung langsam durch die Hammerschmidtgasse gerollt und plötzlich vor einer dunklen Einfahrt stehen geblieben sei. Dann sei der Fahrer des Fahrzeuges, vermutlich eines Mercedes schon älteren Baujahres, ausgestiegen und habe den Kofferraum geöffnet. Daraufhin habe er einen in der Auffahrt liegenden Körper aufgehoben, in den Kofferraum gehievt und diesen wieder geschlossen.

Natürlich hätte der Körper auch ein ähnlich geformter ziemlich großer Gegenstand gewesen sein können, hatte F. auf entsprechende Einwände der Kripo eingeräumt, aber er sei sich im Nachhinein ziemlich sicher, dass es sich um einen Menschen gehandelt hatte.

Schließlich sei das Auto am Zeugen, der sich hinter einem Baum versteckt hatte, vorbeigerollt, langsam und unbeleuchtet, um dann doch mit inzwischen eingeschalteten Scheinwerfern zu beschleunigen.

»Dadurch hab ich auch einen Teil des Kennzeichens erkennen können«, gab F. an. »›W 12‹, an die nächsten Ziffern kann ich mir aber nicht erinnern. Und am Schluss war da noch ein ›L‹.« Der Mann war richtig stolz. »Ich habe mir das g'merkt, weil ich an einem Zwölften Geburtstag hab und meine Freundin Ilse heißt.«

Großes Rätselraten bei allen, welche Bedeutung der Ilse bei dieser reifen Leistung zukam.

»Das ist doch klar«, stellte F. fest, »sie ist mein Liebling. ›L‹, Sie verstehen?«

Gewisse Zweifel an der Bedeutung der Aussage ergaben sich weiterhin aus dem Umstand, dass der Zeuge von der Probusgasse zu sich nach Hause, und das befand sich auf der Billrothstraße, über die Eroicagasse gegangen sein wollte. Das erschien den Beamten zumindest …, na ja, originell.

Darauf angesprochen, druckste F. etwas herum, rückte aber schließlich damit heraus, dass er noch eine Frau in der Kahlenbergerstraße besucht habe. Nein, nicht Ilse.

Deswegen hätte er ja auch nicht sofort alles gesagt und die Polizei nicht gleich in der Nacht verständigt. Denn Ilse dürfe das alles nicht wissen.

Der Lokalaugenschein ergab, dass sich an dem von F. als ›die Einfahrt‹ bezeichneten Ort tatsächlich Haare und Blutspuren fanden. Milde gestimmt, sicherten die Beamten F. zu, Ilse nichts zu erzählen. Immerhin verdankte man es dem Mann, dass man jetzt endlich eine konkrete Spur hatte. Hochgefühl ergriff alle Beteiligten, denn eine rasche Aufklärung von so spektakulären Fällen wie diesem war besonders in Vorwahlzeiten bei den Politikern der Regierungsparteien äußerst willkommen. Da konnte es schon eine außertourliche Beförderung oder zumindest eine offizielle Belobigung geben.

*

Wie im Zeitalter des World Wide Web nicht anders zu erwarten, spielte sich ein Großteil der verbal immer schärfer werdenden Auseinandersetzung um den Tod Nora Bender-Nicerecs im Internet ab. Da wurde gepostet und gebloggt, dass sich die Bits und Bytes nur so bogen. Zwischen den überwiegend auf niederstem Niveau formulierten Beiträgen gab es nur ganz vereinzelte und schüchtern vorgetragene Einwände gegen die inzwischen als sicher angesehene politische Natur dieses Mordes.

›Wie können Sie so sicher sein, dass nicht beispielsweise ein Mord aus Eifersucht vorliegt?‹, wollte ein ›Nach.Denklich‹ im Gästebuch der vom PGÖ in Windeseile speziell eingerichteten Nora-Bender-Nicerec-Seiten auf ihrer Homepage wissen.

›Wäus ebn ned so is‹, stellte ein ›Apoka.Lypse‹ apodiktisch fest, und ein ›Lustmolch‹ erwiderte darauf durchaus charmant: ›Wer soll denn auf die Funzen schon eifersüchtig sein?‹

Übrigens, da stand tatsächlich ›Gästebuch‹ im Menü, für eine zumindest kurzfristige Änderung in ›Kondolenzbuch‹ oder etwas Vergleichbares hatte die Gage des Webmasters wohl nicht gereicht.

Es wäre aber ungerecht, den Eindruck zu erwecken, dass man sich nur beim PGÖ derart … flüchtig mit dem schrecklichen Ereignis auseinandersetzte. Nicht viel anders ging es bei den diversen Onlinenachrichten, Weblogs und Tagebüchern zu, die glaubten, zu dem Thema etwas beitragen zu müssen.

Wenn man davon ausging, dass die schlimmsten Ausrutscher primitiver und menschenverachtender Art von einer aufmerksamen Zensur wieder verbannt worden waren, und das durfte man getrost, dann mussten die unbereinigten Fassungen wirklich ganz arg gewesen sein. Der Gedanke, dass sich die gefährlichen Irren mit Aussagen wie ›Tod den Linken‹ oder ›Hängt alle Rechten auf‹ mehr oder weniger gleichmäßig über das gesamte politische Spektrum verteilten, war dabei auch nicht wirklich tröstlich.

Ministerialrat Dr. Michael ›Miki‹ Schneckenburger, der schon den Vorgänger des derzeitigen Innenministers Dr. Manfred Eislinger im Bundeskriminalamt vertreten hatte und so etwas wie seine linke Hand war, schüttelte angewidert den Kopf. Er hatte sich jetzt eine halbe Stunde lang ein Bild über die sich im Internet abzeichnende Stimmung im Lande gemacht. Und die erschien ihm zunehmend gefährlicher zu werden. Heute Abend würden nach vorsichtigen Schätzungen der Polizei allein in Wien mindestens 150.000 Leute an der kurzfristig anberaumten Demonstration am Stephansplatz teilnehmen, in den Landeshauptstädten wurden jeweils zwischen 5.000 und 20.000 erwartet. Angesichts der höchst unterschiedlichen Weltanschauungen, die da im öffentlichen Raum aufeinanderprallen würden, bekam Schneckenburger es mit der Angst zu tun. Bei der herrschenden aufgeheizten Stimmung konnte eine einzige unbedachte Äußerung, eine überzogene Reaktion das Pulverfass zur Explosion bringen und im schlimmsten Fall zu bürgerkriegsähnlichen Tumulten führen. Wie ihm berichtet worden war, waren einige einschlägig bekannte Gruppen, denen es vor allem um Gewalt ging, im Anmarsch auf Wien und andere Veranstaltungsorte.

Der Ministerialrat schaltete seinen PC aus, dann griff er zum Telefon, um mit dem obersten Wiener Polizisten die weitere Verstärkung der für den Einsatz bei den Demonstrationen vorgesehenen Sicherheitskräfte zu besprechen. Als kleiner Bub hatte er unbedingt Lokomotivführer werden wollen, später dann auch Zirkusdirektor und Flugkapitän. An Tagen wie diesen bereute Schneckenburger, seine früheren Berufswünsche nicht mit mehr Beharrlichkeit verfolgt zu haben.

4.

Mittwoch, 23. Oktober – abends

Auf dem Weg zurück in sein Büro beschloss Palinski, seinen Mitarbeiter Florian Nowotny ein bis zwei Tage zur Beobachtung Marika Sanders und des Hauses in der Hameaustraße abzustellen. Vielleicht konnte man ja auf diesem Weg dem geheimnisvollen Dritten auf die Spur kommen.

Er begann gerade, nach seinem Handy zu suchen, um Franka Wallner über die aktuellen Entwicklungen zu informieren, als ihm einfiel, dass ihm das gute Stück ja abhandengekommen war. Wahrscheinlich verschollen im unendlichen Universum eines ewig gestrigen Ungustls mit Taxikonzession, der heute seine Bahn gekreuzt hatte. Was blieb ihm also anderes über, als sich auf die Suche nach einem der heute immer seltener gewordenen Telefonhütteln zu machen? Soweit er sich erinnerte, hatte es etwa 200 Meter stadteinwärts einmal ein öffentliches Telefon gegeben. Die Frage war nur, ob es heute noch immer da war. Ja, und funktionieren musste der Apparat natürlich auch noch.

Palinskis Optimismus wurde belohnt, das Hüttel mit seiner typisch gelben und bereits stark abblätternden Farbe stand da, wo es schon immer gestanden hatte, die Verbindung zwischen Hörer und Apparat war nicht unterbrochen und das System insgesamt intakt.

Florian war von seinem aktuellen Auftrag durchaus angetan. So gern er seine überzeugenden Talente am Computer auch einsetzte, war er doch froh, einmal hinauszukommen. Die frische Luft der kriminalistischen Praxis zu schnuppern. Er kündigte an, sich innerhalb der nächsten halben Stunde auf den Weg zu machen.

Oberinspektorin Franka Wallner war wieder nicht sonderlich überrascht, von der Existenz einer dritten Person im Hause Sanders zu hören. »Wir haben das schon vermutet«, gab sie an. »Sind aber wegen dieser anderen Geschichte«, damit meinte sie wohl die Ermordung Frau Bender-Nicerecs, »noch nicht dazu gekommen, diesem Verdacht nachzugehen. Im Moment drehen unsere Chefs völlig durch. Na ja, ein möglicherweise politischer Mord, keine drei Wochen vor den Wahlen. Das legt einige zusätzliche Nerven frei. Übrigens, falls du vorhaben solltest, irgendwann in Wien einen Einbruch zu begehen, dann mach das heute Abend.« Sie lachte bitter auf. »Heute werden nämlich so gut wie alle Kollegen, uniformierte wie zivile, wegen dieser Demonstration in der City unterwegs sein.«

*

Florian Nowotny hatte seinen Beobachtungsposten so gewählt, dass er neben dem Haus auch die Einmündung des weiter unten in die Hameaustraße führenden Weges beobachten konnte. Sofern sich Marika Sanders oder eine dritte Person nicht über den Hang hinauf zur Salmannsdorfer Straße absetzte, was sich in der herrschenden Dunkelheit eher schwierig gestalten würde, dann konnte er die zu observierenden Personen eigentlich nicht verfehlen.

Um sich die Zeit zu vertreiben, begann der junge Polizist, der sich vom Dienst hatte beurlauben lassen, um Jus zu studieren, die Fakten über den toten Wilhelm Sanders zu rekapitulieren, die er recherchiert und für seinen Chef in einem Bericht zusammengefasst hatte.

Sanders war Miteigentümer einer florierenden Import-Export-Gesellschaft gewesen, die mit allem handelte, was sich günstig einkaufen und mit entsprechendem Gewinn wieder verhökern ließ.

Dazu gehörte billiges Spielzeug aus Korea ebenso wie Zweite-Wahl-Badeschlapfen aus Indien oder Präzisionsoptik aus Kasachstan. Der Trick bei Sanders' Geschäften war, dass er quasi riesige Mengen Restposten aufkaufte, die ihm hierzulande als Sonderangebote von den verschiedenen Supermarktketten aus der Hand gerissen wurden. Jeder verdiente daran, und das gar nicht schlecht. Und obwohl natürlich auch schadhafte Ware dabei war, hatte Sanders kein schlechtes Gewissen. Seinen eigenen Aufzeichnungen zufolge lag die Chance eines Konsumenten, einen fehlerfreien oder zumindest die ersten Tage funktionierenden, von ihm importierten Artikel zu beziehen, immerhin bei über 75 Prozent. Das knappe Viertel, das am selben Tag erkennen musste, dass es echten Ramsch erworben hatte, regte sich bei diesen Preisen auch nicht ernsthaft auf, wenn das Klumpert nicht funktionierte. Das zahlte sich bei den Preisen wirklich nicht aus. Sanders war demnach weniger mit

Handel als schon vielmehr mit Glücksspiel beschäftigt gewesen, wie er sich selbst immer wieder grinsend eingestanden hatte. Mit einer Gewinnchance von immerhin 3:1 – wo wurden einem solche Quoten sonst noch geboten?

Dass vor einigen Jahren ein Kleinkind eine dieser giftigen Plastikmärchenfiguren verschluckt hatte, die Sanders in einer Stückzahl von 20 Millionen sehr günstig aus Taiwan importiert und damit ganz Mitteleuropa überzogen hatte, und daran elendiglich erstickt war, hatte dem Millionär leidgetan. Aber nicht zu sehr, denn mit Kollateralschäden musste man eben leben.

Vor mehr als zwei Jahren hatte sich Sanders Glückssträhne dann allerdings verkehrt. Nach einem schweren Autounfall war der Mann wochenlang im Spital gelegen. Von der Hüfte abwärts gelähmt, konnte er sich seither nur mehr mithilfe des Rollstuhls fortbewegen. Sein neues Leben hatte seiner Frau dann zunehmend nicht mehr konveniert und dazu geführt, dass sie ihren Mann Anfang letzten Jahres mit einem Immobilienzampano aus Sindelfingen in Richtung Andalusien verlassen hatte. In der Folge hatte Sanders seinen Laden sehr günstig verkauft und sich auf Börsengeschäfte gestürzt. Ziemlich erfolgreich, wie selbst seine Feinde und Neider, und davon gab es eine Menge, anerkennen mussten.

Wie auch immer, jetzt war der Kerl tot, und es gab sicher einige Leute aus seiner Geschichte, die als Verantwortliche dafür infrage kamen. Aber wer?

Sanders war eine echte Krätzen, also ein echter Widerling, gewesen. Egal, ob man über Tote nur Gutes reden sollte oder nicht, Florian hielt ihn für einen Kotzbrocken der Sonderklasse.

Jetzt schien Bewegung in die Szene zu kommen. Die Haustür öffnete sich, Marika Sanders, die Florian dank des Fotos erkannte, trat heraus und ging zu dem hellblauen VW-Golf, der vor der Garage stand. Die Frau stieg ein, startete das Fahrzeug, und Florian hatte Mühe, rechtzeitig zu seinem Moped zu kommen. Um die Beobachtung der Frau fortzusetzen, möglichst unauffällig natürlich.

*

Der Mann, der vergangene Nacht in der Hammerschmidtgasse etwas, das wie ein menschlicher Körper aussah, in den Kofferraum seines Autos verladen hatte, hieß Arthur. Arthur war 34 Jahre alt, arbeitslos und lebte bei seiner Mutter in einer Gemeindebauwohnung. Sein Vater hatte sich vor einem halben Jahr im Badezimmer erhängt.

Der 61-jährige Selbstmörder hatte sein tristes Dasein, und insbesondere seine Unfähigkeit, als Langzeitarbeitsloser einigermaßen adäquat für seine Familie sorgen zu können – neben Arthur gab es da noch die erst 17-jährige Sylvia – als Grund für diesen ultimativen Schritt genannt. Kenner der familiären Verhältnisse munkelten allerdings, dass die dominante Art von Arthurs Mutter, wie sie mit seinem Vater umgesprungen war und ihn ihre Missachtung hatte spüren lassen, diese Wahnsinnstat letztlich ausgelöst hatte.

Wo die Gene nun einmal so hinfielen, war mitunter

schon erstaunlich. Sylvia terrorisierte ihre Mitmenschen fast genauso penetrant wie ihre Mutter.

Arthur dagegen war ganz der Vater. Im Unterschied zu diesem wurde er aber von der Mama heiß geliebt und bevormundet, dass es ihm manchmal den Atem raubte. Tatsächlich musste er um jedes Fuzzerl Freiraum kämpfen, wobei dieser Begriff irreführend war. Vielmehr ›erarbeitete‹ er sich seine unbeobachteten Lebensphasen hart durch Schwindeln, Lügen und Betrügen. So hatte er der Mama beispielsweise erzählt, dass er einen Job als Blumenverkäufer in den Heurigenbetrieben hatte. Und tatsächlich konnte man Arthur häufig mit einem riesigen Strauß Rosen durch Grinzing oder Sievering streifen sehen. In Wirklichkeit waren die Blumen, die er bei Gelegenheit natürlich auch verkaufte, aber nur Tarnung. Um alleinstehende gstopfte Heurigenbesucher ausfindig zu machen, die er in der Folge auf ihrem Heimweg überfiel und nach Möglichkeit um Bargeld und Wertsachen erleichterte. Dabei ließ er sich allerdings nur auf bombensichere Gelegenheiten ein, was in der Praxis regelmäßig weibliche Opfer bedeutete. Denen er ebenso regulär die Handtasche zu entreißen pflegte und dann darauf vertraute, schneller laufen zu können als sein jeweiliges Opfer.

Das hatte bisher auch immer funktioniert und ihm ein durchaus ansprechendes Körberlgeld zum Erlös aus dem Blumengeschäft und zu seiner Notstandshilfe eingebracht.

Gestern Nacht hatte zunächst alles wie immer gewirkt. Die Voraussetzungen schienen ideal für einen raschen, gefahrlosen Coup zu sein. Aber dann war plötzlich alles anders gekommen. Die ganze Sache war ihm total entglitten. Einfach so aus dem Ruder gelaufen. Wenn Arthur nur daran dachte, trieb es ihm die Tränen in die Augen. Dieses Ende hatte er wirklich nicht gewollt. Nein, wirklich nicht. Er war doch ein guter Bub, wie seine Mama immer zu sagen pflegte.

*

Die große Uhr am Stephansplatz zeigte erst kurz nach 19 Uhr an. Dennoch war der Platz im Zentrum Wiens bereits von mindestens 30.000 Menschen besucht. Wie es bei solchen Gelegenheiten oft der Fall war, hatte das Ganze auch ein wenig von Volksfest an sich, das bedeutete mobile Händler sowie Standln und Buden mit Getränken, Würsteln und anderen Fressalien.

Auf der rasch aufgebauten Bühne versammelte sich langsam auch das ›spontan‹ gebildete Proponentenkomitee, das offiziell zu dieser ›Manifestation gegen die Gewalt‹ aufgerufen hatte. Es bestand aus Künstlern und sonstigen Prominenten, die den beiden Großparteien so nahestanden, dass sie sich gewissen … Anregungen nur schwer entziehen konnten. Auch wenn das der Allgemeinheit nicht unbedingt bekannt war und auch nicht werden sollte. Die Parteien waren nämlich übereingekommen, dass mit Ausnahme des Bundespräsidenten kein Politiker zu Wort kommen sollte, um diese traurige, in Anbetracht der politischen Lage vor allem aber auch recht heikle Situation nicht außer Kontrolle geraten zu lassen. Das Schlimmste wäre, wenn die Veranstaltung der extremen Rechten die Plattform lieferte, um eine Dolchstoßlegende in die Welt zu setzen. Das musste unbedingt verhindert werden. Außer dem Staatsoberhaupt würden daher lediglich der Wiener Erzbischof, die Tochter der Ermordeten und eine Schulkollegin zu Wort kommen.

Wilma Bachler, die grüne Bezirksrätin, die Nora Bender-Nicerec am Vorabend noch live in Höchstform erlebt und gehasst hatte, hatte sich den ganzen Tag über für ihren Zorn auf diese Frau geniert. Die jetzt tot irgendwo in einem Kühlschrank in der Gerichtsmedizin lag und bei allem, was sie in ihrem Leben so getan hatte, eines sicher nicht verdient hatte. Nämlich ein solches Ende zu finden. Das hatte kein Mensch verdient, auch ›Nora, der Eiserne Besen‹ nicht.

Schon gleich nach dem ersten Aufruf zu der abendlichen Veranstaltung war für Wilma festgestanden, dass sie an diesem Abend am Stephansplatz dabei sein musste. Wahrscheinlich, um dieses ungute Gefühl loszuwerden. Was sie besonders schön fand, war, dass sie nicht nur von einigen ihrer Schülerinnen begleitet wurde, sondern auch von Tina und Harry, ihren beiden Lieblingen.

Ob Mario auch kommen würde? Keine Ahnung, sie hatte ihn den ganzen Tag über weder gesprochen noch gesehen.

*

Palinski dachte gar nicht daran, an einer ›Totenfeier für eine obskure Pseudopolitikerin‹ teilzunehmen. Ihm war die politische Brisanz der Situation und damit die

Bedeutung der Veranstaltung durchaus bewusst. Er erachtete die Vorgangsweise aus der Sicht der staatstragenden Parteien auch für richtig. Aber bitte ohne ihn.

Abgesehen davon, dass er jede Menge zu tun hatte, lagen ihm derartige, von strategischen Überlegungen bestimmte Inszenierungen mit ihrem hohlen Pathos schwer im Magen.

Nach einem kurzen Besuch bei Mamma Maria, bei dem er ihr versprochen hatte, Lorenzo am nächsten Morgen höchstpersönlich aus der Untersuchungshaft abzuholen, war er jetzt in sein leeres Büro zurückgekehrt. Richtig, Florian war ja hinter der Sanders her, und Margit Waismeier war natürlich schon lange zu Hause. Also begann er, selbst an seiner tollen italienischen Kaffeemaschine zu hantieren und einen Cappuccino zuzubereiten. Dann wollte er es sich hinter seinem Schreibtisch bequem machen und sich dem von Florian zusammengestellten Bericht über Wilhelm Sanders widmen. Vielleicht ergab sich doch irgendwann die Spur eines Motivs. Auch die Polizei tappte in diesem Punkt noch völlig im Dunkeln.

Als er die Milch geräuschvoll aufschäumte und sich vornahm, morgen ja nicht zu vergessen, ein neues Handy zu kaufen, ohne so ein Ding kam man sich inzwischen ja richtig nackt vor, fiel ihm siedend heiß ein, dass er seine SIM-Karte noch immer nicht hatte sperren lassen. Falls der antisemitische Taxler beschlossen haben sollte, das entfallene Trinkgeld über einige Anrufe nach Neuseeland oder in die Äußere Mongolei zu kompensieren, dann konnte das sehr teuer werden.

Doch immer, wenn die Not am größten war, war Gott am nächsten, wie eine alte Volksweisheit wusste. Gerade als er seinen Handybetreiber auf der Hotline über das Schicksal seiner SIM-Karte informieren wollte, ertönte, Sie werden es nicht erraten, das geliebte, lang vermisste und heiß ersehnte, unique Didelidö, dideli-dei, didelidö, didelidei seines Handys. Palinski dachte an Visionen, Zwangsvorstellungen nach einem langen, anstrengenden Tag. Oder einen fürchterlich realistisch wirkenden Ausdruck seines Wunschdenkens. Egal, es klang einfach … wunderbar.

Als ihm dann aber klar wurde, dass jetzt gleich das bittere Erwachen folgen würde, das grausame Wieder-eintauchen in sein derzeit handyloses Leben, da sah er es plötzlich vor sich. Sein Handy, zwecks Aufladens des Akkus verbunden mit der Saft führenden Nabel-schnur, lag genau dort, wo er es am Abend vorher hin-gelegt und dann vergessen hatte.

Das war kein simples Erfolgserlebnis, nein, das war schiere Glückseligkeit, die ihn nun erfüllte. Es war fantastisch, und der Taxifahrer konnte ihn jetzt erst recht …

Am Apparat war Franka Wallner, die ihm aufgeregt mitteilte, dass das Labor jetzt endlich zu wissen glaubte, welche Substanz sich in jenem Fläschchen befand, das im Futter von Lorenzo Bertollinis Jacke gefunden worden war.

»Stell dir vor, es handelt sich um Botulinumtoxin«, sprudelte sie förmlich heraus, »des Typs A. Was immer das auch zu bedeuten hat. Die Substanz ist landläufig als Botox bekannt und wird in der Medizin verwendet.«

Palinski glaubte, schon davon gehört zu haben. »Ist das nicht das Zeug, das du dir in … 20 Jahren unter die Haut spritzen lassen wirst, um deine Gesichtsfalten loszuwerden?«, scherzte er, doch die Oberinspektorin fand das gar nicht so lustig.

»Das ist nicht sehr witzig«, ermahnte sie, »aber wir scheinen das Gleiche zu meinen. Es gibt jetzt bloß ein Problem. Das Botox in dem Flascherl war so stark verdünnt, dass es kaum möglich war, jemanden damit zu ermorden. Der Professor Bellmann vermutet, dass die Gesamtmenge bestenfalls ausreichte, um leichte Lähmungserscheinungen hervorzurufen.«

»Das Gift ist doch oral verabreicht worden?«, vergewisserte sich Palinski. »Oder sind Einstichstellen bei dem Toten gefunden worden?«

»Das Botox ist nicht mit der Pizza, sondern muss mit dem Wein in den Körper des Opfers gelangt sein«, teilte Franka mit, »aber wie gesagt, selbst die in diesem Fläschchen mögliche Gesamtmenge hätte nicht ausgereicht, um Sanders zu töten.«

»Ja, und was bedeutet das jetzt?«, Palinski ahnte es längst, wollte es aber aus dem Mund der Polizistin hören.

»Na ja«, meinte diese nach einigen Sekunden des Schweigens. »Ich kann der Staatsanwaltschaft natürlich nicht vorgreifen. Aber eines steht fest: Dicker ist die Suppe gegen Lorenzo dadurch nicht gerade geworden.«

»Aber wenn Wilhelm Sanders nicht vergiftet worden ist«, wunderte sich Palinski, »woran ist der Mann dann eigentlich gestorben?«

»Gute Frage«, gab die Oberinspektorin zu. »An der

Antwort arbeiten wir. Das kann aber dauern. Wir stehen nämlich wieder ziemlich am Anfang.«

*

Marika Sanders hatte ihren Wagen in der Tiefgarage bei der Oper abgestellt und war dann durch die Fußgängerzone gebummelt. Florian war zwar ein fescher Bursche, aber von eher durchschnittlicher Erscheinung. Das kam seiner derzeitigen Aufgabe sehr entgegen. Ging er doch in der Menge auf der Straße unter und konnte dem Objekt seiner Observanz unauffällig folgen.

Auch in dem Kaffeehaus in einer Seitengasse des Graben, in dem Marika nach einigem Suchen einen geeigneten Platz für sich auserkoren hatte, war er in dem verstaubten Plüsch seiner Sitzecke perfekt in seiner Umgebung aufgegangen. Hier war es relativ ruhig, aber draußen am Graben und vor allem weiter vorne zum Dom hin hatten sich inzwischen die Massen eingefunden. Es war bereits kurz vor 20 Uhr, und am Stephansplatz sollte die Demonstration gegen die Gewalt demnächst losgehen.

Marika wartete anscheinend auf jemanden. Sie holte eine Zigarette heraus und ließ sich von dem Mann an ihrem Nebentisch Feuer geben. Obwohl sich die beiden Menschen anscheinend nicht kannten, wirkte diese Geste zwischen ihnen irgendwie vertraut. Nicht nur, dass sie dabei mehrere Worte wechselten, nein. Einen Moment lang hatte sich Florian sogar eingebildet, der etwa 35-jährige Mann hätte der jungen Frau beim Feuergeben ein, zwei Sekunden lang die Hand gestreichelt.

Florian entschied sich für ein rasches Cola. Während er darauf wartete, betrat ein etwa 30 Jahre alter Mann das Lokal, trat zu Marika Sanders, küsste sie leicht auf den Mund und nahm Platz.

Vorsichtig brachte Palinskis Assistent seinen Fotoapparat, mit dem man auch telefonieren konnte, in Position und lichtete Marikas Begleiter unauffällig ab. Da niemand wusste, wie der Unbekannte im Haus der Sanders an jenem Abend ausgesehen hatte, konnte es sich bei dem Mann hier sehr wohl um den Gesuchten handeln. Oder auch nicht. Ein Foto konnte jedenfalls nicht schaden.

Da in diesem Moment der Mann, der Marika Feuer gegeben hatte, aufgestanden war und sein Profil darbot, nutzte Florian auch diese Gelegenheit und lichtete den Kavalier ab. Half es nichts, so würde es auf keinen Fall schaden.

Florian vergewisserte sich, dass die Qualität der Bilder zwar mangelhaft, die abgebildeten Personen aber einwandfrei zu erkennen waren. Er überlegte kurz, sie gleich weiter an Palinski zu senden. Da er aber wusste, dass sein Chef seit jeher mit Handys und deren Bedienung auf Kriegsfuß stand, entschloss er sich, ihm später einen Ausdruck der Bilder vorbeizubringen.

Während der Kavalier den Raum wahrscheinlich Richtung Häusl verließ, ließen sich Marika und der Unbekannte an ihrem Tisch die Speisekarte bringen und erweckten damit den Eindruck, länger sitzen bleiben zu wollen.

Florian war sich nicht sicher, ob es noch Sinn machte, abzuwarten. Schließlich war es jetzt nach 20 Uhr, und daheim im Büro wartete das Internet darauf, von ihm durchforstet zu werden.

Während er überlegte, betrat ein neuer Spieler den Platz. Der Mann, der eben das Café betreten hatte, sah sich um, als ob er jemanden suchte.

Florian, der den Neuankömmling sofort erkannt, ja, bei verschiedenen Gelegenheiten sogar das eine oder andere Wort mit ihm gewechselt hatte, wollte ihn schon grüßen. Zunicken halt, wie man das eben machte, wenn man jemanden traf, den man zwar kannte, aber nicht gut genug, um ihn an seinen Tisch zu bitten.

Aber der Neuankömmling blickte nicht in Florians Richtung, sondern ließ seinen Blick über den vorderen Teil des Lokals wandern. Dabei hatte er Marika Sanders entdeckt und ging nach kurzem Zögern auf sie zu. Dort gab es dann eine relativ herzliche Begrüßung, wenn auch ohne den intimen Anflug wie vorhin bei dem anderen Mann.

Florian konnte der Versuchung nicht widerstehen, noch ein Foto zu machen. Möglicherweise würde ihm sein Chef gar nicht glauben, auf wen er hier gestoßen war.

Genau in dem Moment, in dem er den Auslöser betätigte, nahm er am äußersten linken Rand seines Blickfeldes eine Bewegung war. Er konnte nicht genau erkennen, was es war, registrierte es aber instinktiv als Zurückschrecken. Jemand hatte den Raum betreten und sich in derselben Sekunde wieder zurückgezogen. Das sollte Florian aber erst viel später bewusst werden.

Das Gesicht, das Palinski angesichts dieser Entwicklung machen würde, wollte sich Florian auf keinen Fall entgehen lassen.

Inzwischen waren alle aufgestanden, der unbekannte Mann nickte dem Ober zu. Dann verließ die kleine Gruppe das Lokal.

Sofort war Florian von seiner Sitzbank aufgesprungen und schlängelte sich an dem Tisch vorbei. Beim Vorbeigehen schnappte er sich ganz beiläufig den Löffel, mit dem der Unbekannte eifrig seinen Caffè Latte umgerührt hatte, und wickelte ihn in eine Papierserviette mit Werbeaufdruck der Kaffeemarke. Da mussten erstklassige Fingerabdrücke drauf sein.

Florian zahlte am Tresen. Während er auf sein Retourgeld wartete, nahm er wahr, wie der Kavalier vom Nebentisch wieder an seinem Tisch Platz genommen hatte. Bei dem musste wohl etwas mit der Verdauung nicht stimmen, so lange, wie der am Abort gewesen war.

Als Florian endlich auf die Straße getreten war, war von Marika und ihren beiden Begleitern nichts mehr zu sehen. Sie waren eingetaucht in die riesige Menschenmasse, die zur ›Demonstration gegen die Gewalt‹ erschienen war. Da machte das Suchen nach ihnen wohl wenig Sinn.

Na gut, da konnte man eben nichts machen. Florian fand, dass er heute ohnehin recht erfolgreich gewesen war.

Was Palinski wohl sagen würde, wenn er ihm berichtete, dass sich Alfredo, der mittlere der drei Bertollini-Brüder, gerade vorhin mit Marika Sanders getroffen hatte?

*

Inzwischen war auch der Halter des cremefarbenen Mercedes 200 D, Baujahr 1983, mit dem amtlichen Kennzeichen ›W 12 344 L‹ ausfindig gemacht worden. Es handelte sich dabei um einen gewissen Ferdinand Passwenger, wohnhaft in Wien 21, Pius-Parsch-Platz 12.

Sofort nach Eintreffen der Meldung hatte Chefinspektor Helmut Wallner vom Landeskriminalamt zwei Beamte losgeschickt, um den Mann noch heute vorläufig festzunehmen und zur Vernehmung im Präsidium vorzuführen.

Jenseits der Donau stellte sich dem Vorhaben allerdings ein unüberwindbares Hindernis in den Weg. In dem Wohnhaus Pius-Parsch-Platz 12 gab es keinen Bewohner mit dem Namen Passwenger. Vom Hausmeister der Nummer 10 mussten die Polizisten erfahren, dass Ferdinand Passwenger vor einiger Zeit, ›einem knappen Jahr oder so‹, wie der Majordomus schätzte, verstorben war. Nein, jetzt erinnere er sich wieder genau, Selbstmord begangen hatte.

Ja, da gebe es angeblich auch eine Frau und Kinder, aber wo die jetzt wohnten? Keine Ahnung.

Also alles wieder zurück an den Start. Dem Umstand, dass ein Mitarbeiter Wallners mit dem heutigen Journalbeamten im Wiener Meldeamt hin und wieder zum Kegeln ging, war es zu verdanken, dass relativ rasch nach der Pleite in Floridsdorf drei infrage kommende Adressen vorlagen. Die eines Viktor Passwenger in Simmering, eines Dr. Rupert Passwenger in Hietzing und einer Yvonne Passwenger in der Heiligenstädterstraße in Döbling.

Der massierte Einsatz der Polizei bei der Demonstration in der Inneren Stadt hatte zur Folge, dass in den Abendstunden in den Kommissariaten lediglich Journaldienst gemacht werden konnte. Um die drei Adressen aufzusuchen, herauszufinden, welcher Passwenger der gesuchte war, und den Mann oder die Frau in der Folge zum Schottenring zu bringen, war einfach kein Personal vorhanden.

Helmut Wallner hatte daher zwei Optionen: Entweder er verschob die weiteren Aktivitäten auf morgen, oder er zog selbst los, um die beinharte Feldarbeit zu erledigen.

Ein Anruf aus dem Innenministerium schaffte ihm die Qual der Wahl vom Hals. Der Herr Minister hatte das dringende Bedürfnis, den leitenden Beamten in der Causa ›Nora Bender-Nicerec‹ zu sprechen, und das möglichst gleich.

Arthur würde wohl nie erfahren, welch hohem Herrn er seine vorläufig letzte Nacht in Freiheit und mütterlicher Geborgenheit zu verdanken hatte.

*

Bis auf ein kleines Handgemenge, das entstanden war, als einige PGÖ-Rabauken unbedingt, also im Zweifel offenbar sogar mit Gewalt, durchsetzen wollten, dass nach dem Erzbischof und dem Bundespräsidenten auch ihr Spitzenkandidat Paul Nordbuck zu den rund 120.000 Menschen im Herzen Wiens sprechen durfte, war die beeindruckende Demonstration bisher völlig friedlich verlaufen.

Jetzt sprach gerade Martha Berbeck, die die ermordete Kandidatin schon aus Volksschultagen kannte, und berührte mit ihren schlichten Worten des Gedenkens die Demonstranten auf eine faszinierende Art und Weise. Danach sollte Lucia Nicerec, die ›geliebte Tochter der Verblichenen‹, das Wort ergreifen. So hatte sie der betont auf Würde und Trauer bedachte Fernsehkommentator den angeblich mehr als eine Million Zusehern zu Hause vor den Fernsehschirmen vorgestellt.

Ja, tatsächlich, mehr als eine Million Zuschauer, und das zur Primetime. Ein Wahnsinn, die machtvolle Demonstration gegen die Gewalt war ein echter Quotenhit, trotz ›Traumschiff‹ im anderen Programm.

Als Florian im Büro eintraf und es kaum erwarten konnte, seinen Chef über die jüngsten Entwicklungen zu informieren, schaltete Palinski den Fernseher aus, und der Quotenhit hatte einen Zuseher weniger. Im Grunde genommen hatte er alles gesehen und gehört. Was die Tochter der armen Seele zu sagen hatte, konnte er sich lebhaft vorstellen, auch wenn es ihn nicht wirklich interessierte. Dennoch setzte er, eher gewohnheitsmäßig als wirklich beabsichtigt, die Aufnahmefunktion des angeschlossenen Videorekorders in Gang.

»Alfredo Bertollini hat sich in der Stadt mit dieser Marika Sanders getroffen«, platzte es aus Florian förmlich heraus. »Und ein dritter, der, von dem ich dir das Foto geschickt habe, war auch dabei.« Jetzt, da es heraus war, fühlte sich Florian sichtlich wohler. Er strahlte Palinski an. »Gelt, da schaust aber, das hast du dir nicht gedacht?«, posaunte er triumphierend.

In der Tat, Palinski war einigermaßen baff. Was hatte Lorenzos Bruder mit der Sache zu tun? War da möglicherweise ein Bruderzwist am Kochen? Und wie sollte er Mamma Maria diesen seltsamen Zufall beibringen, ohne ihr wehzutun?

Alfredo arbeitete als Zahlkellner im Restaurant, Giorgio, der älteste der Bertollini-Brüder, war so eine Art Geschäftsführer. Und Lorenzo? Na ja, der war Magister und Chef seines eigenen Ladens. Schon möglich, dass sich der mittlere Bruder in dieser Konstellation irgendwie benachteiligt fühlte. Aber dass er so weit gehen würde, seinen eigenen Bruder ins Gefängnis zu bringen, nein, das konnte sich Palinski beim besten Willen nicht vorstellen.

Vielleicht war das alles auch nur reiner Zufall, und Alfredo kannte diese Marika eben. Wien hatte zwar 1,6 Millionen Einwohner oder so. Mit Pendlern und Touristen waren noch viel mehr Menschen in der Stadt. Und doch war es nur ein großes Dorf, in dem einer den anderen kannte.

Ja, so war es wahrscheinlich. So musste es einfach sein, denn Mamma Maria beibringen zu müssen, dass einer ihrer Lieblinge den anderen … Unvorstellbar.

Gut, dass Florian so vif gewesen war und einen Fingerprint des Unbekannten mitgebracht hatte. Damit konnte mit Sicherheit festgestellt werden, dass der Mann, dessen Foto ihm sein Mitarbeiter überreicht hatte, der unbekannte Dritte aus dem Sanders-Haus war. Und damit basta.

Natürlich sollte der Ordnung halber auch überprüft werden, ob einer der Fingerabdrücke, die man im Hause gefunden hatte, Alfredo gehörte. Aber das würde bloß eine Formsache sein. Auf jeden Fall sollte er etwas besorgen, das der Bursche definitiv in der Hand gehalten hatte. Palinski hatte auch schon eine Idee, wie er das unauffällig bewerkstelligen konnte.

*

Chefinspektor Helmut Wallner hatte seinen neuen obersten Herrn und Meister, Innenminister Dr. Manfred Eislinger, der nach dem Rücktritt Dr. Josef Fuscheés erst seit knapp fünf Monaten im Amt war, noch nie persönlich getroffen. Im Gegensatz zu seinem eher extrovertierten Vorgänger schien Eislinger das Rampenlicht eher zu scheuen und lieber aus der sicheren Geborgenheit seines Ministerbüros zu agieren.

Wallner hatte noch keine Meinung zu dem neuen Minister, der in einem Monat möglicherweise nur als eine Übergangslösung bezeichnet werden würde. Gerüchteweise hatte er aber gehört, dass der Chef nach außen hin sehr freundlich und verbindlich wirkte, dass aber Vorsicht geboten war. Denn, wie Ministerialrat Dr. Schneckenburger, ein guter Bekannter und enger Freund Palinskis, einmal im Zungen lockernden Zustand mittelschwerer Trunkenheit von sich gegeben hatte, der Minister ›hat keine Ahnung und ist so was von unsicher. Und wenn er das Gefühl hat, dass ihm jemand überlegen sein könnte, kann er ganz schön gemein werden. Aber wirklich.‹

Wahrscheinlich war das der Grund dafür, dass sich der Miki, immerhin die rechte Hand des ›neuen Alten‹

und sein Vertreter im Bundeskriminalamt, in letzter Zeit immer so verdammt deppert anstellte. Aber gekonnt, das musste ihm der Neid lassen.

Im Augenblick wartete Wallner mit Schneckenburger im Vorraum zum Büro des Ministers, bis die kleine, rot aufleuchtende Lampe neben der Tapetentür wieder ausging und anzeigte, dass der Chef sein Telefongespräch endlich beendet hatte.

»Und du hast keine Idee, was er«, Wallner deutete mit dem Kinn in Richtung Büro, »von mir will?«

Schneckenburger schüttelte den Kopf. »Er sagt mir auch nur das Notwendigste, und das erst, wenn es eigentlich schon erledigt sein sollte. Der Mann ist ungemein misstrauisch. Ich hoffe nur«, er senkte die Stimme, »dass das hier bloß eine Episode ist, die nach den Wahlen Vergangenheit sein wird.«

Inzwischen war das rote Licht neben der Türe ausgegangen.

»Schnell«, der Ministerialrat stieß den Chefinspektor an, »gehen wir, ehe er ein neues Gespräch beginnt.«

Der Minister war mit dem Gardemaß von gut zwei Metern deutlich größer als seine beiden auch nicht gerade klein gewachsenen Beamten. Leutselig, oder was der Mann zumindest dafür hielt, schüttelte er den beiden die Hand. Dabei fühlte sich die seine irgendwie an wie … eine tote Forelle, die vor einer Woche ihren letzten Zucker gemacht hatte. Irgendwie schlitzig, schleimig, völlig ohne eigene Energie. Wenn ihm der Mann eine Prothese hingehalten hätte, Wallner hätte den Unterschied gespürt. Aber in positiver Hinsicht. Es war wie in dem bösen Witz mit dem Glasauge des

SS-Mannes, das menschlicher blickte als sein echtes. Auf jeden Fall war ihm der Mann noch unsympathischer, als er es aufgrund von Fotos und Fernsehbildern ohnehin gewesen war.

»Schön, Herr Chefinspektor«, begann er, »dass wir einander auch persönlich kennenlernen. Jetzt berichten Sie einmal über den aktuellen Stand in der Sache ›Nora Bender-Nes…, Nid…‹, na, Sie wissen schon, wen ich meine.«

Wallner referierte über den Hinweis des Zeugen, auf die groß angelegte Suchaktion nach dem Tatort und darauf, dass die Verhaftung eines Verdächtigen unmittelbar bevorstand. »Wir hätten uns den Mann schon heute Abend geholt«, erklärte er, »aber unsere gesamte Mannschaft ist in die Innenstadt zu dieser Demonstration abkommandiert worden.« Er zuckte mit den Achseln. »Aber morgen früh gehört er uns.«

»Gut, gut«, meinte der Minister, aber es klang nicht so, als ob das auch seine ehrliche Meinung wäre. »Ja, ja, die Demonstration, damit haben wir verhindert, dass diese … Hansln vom Demokratischen Zentrum eine Heldensaga aus der Geschichte machen.« ›Hansln‹ hatte überaus abfällig geklungen. »Das hat heute ja sehr gut geklappt. Aber wir können jetzt nicht jeden Tag bis zu den Wahlen Demonstrationen ansetzen, um diese Hirnis ruhigzustellen.« Jetzt lachte er verächtlich. »Daher liegt der Regierung viel«, er blickte Wallner von oben herab an, »sehr viel daran, dass die Sache so rasch wie möglich aufgeklärt und als ganz normaler, gemeiner Mord ohne jeglichen politischen

Hintergrund dargestellt wird. Was er ja auch ist, wie Sie und ich wissen.« Dabei blickte er Wallner nachdrücklich und mit einer gewissen Härte direkt ins Gesicht. »Ich hoffe, wir haben uns verstanden.«

Dem Chefinspektor war es völlig unerklärlich, wie Freund Schneckenburger je auf die Idee hatte kommen können, dass dieser widerliche Mensch unsicher war. Falls dem wirklich so sein sollte, dann konnte der Minister das zumindest hervorragend verbergen. Aber bitte, das war damals eine Geschichte im Suff gewesen, vielleicht hatte er den Ministerialrat auch nur falsch verstanden.

Wallner hatte bis dahin mehrere Minister überlebt und war nicht so leicht ins Bockshorn zu jagen. Darüber hinaus hatte er auch einen guten Bekannten bei einem Meinungsforschungsinstitut, und der schwor Stein und Bein, dass es in der nächsten Regierung keinen Innenminister dieser Partei geben würde. »Derzeit sieht es zwar so aus, als ob es sich um einen stinknormalen Mord oder Totschlag handeln würde«, erwiderte er daher äußerlich unbeeindruckt. »Aber wir kennen natürlich das Motiv des Täters noch nicht. Da kann man die eine oder andere Überraschung nicht ausschließen«, fügte er fast keck hinzu.

»Also ein politischer Mord kommt mir nicht infrage«, der Minister wirkte erregt. »Damit brauchen Sie mir gar nicht kommen, hören Sie?« Er holte ein Taschentuch hervor und wischte sich einige Schweißtropfen von der Stirn. »Das wäre inakzeptabel, hören Sie? Inakzeptabel!« Jetzt brüllte der Minister förmlich. »Damit brauchen Sie mir gar nicht kommen, hören Sie? Wagen Sie es ja nicht!« Ohne sich weiter um die beiden Besucher zu kümmern, drehte sich Dr. Eislinger um und verließ das Büro durch eine kleine Tür.

»Das ist das ministerielle Scheißhaus«, klärte der erkennbar frustrierte Ministerialrat den Chefinspektor auf. »Und er hat einen nervösen Magen. Einen sehr nervösen Magen. Da kotzt er sich jetzt aus, dann leckt er seine Wunden und holt sich vielleicht einen runter. Wer weiß das schon genau. Auf jeden Fall ist er nachher immer etwas entspannter.« Er schob Wallner in Richtung Ausgang. »Wie auch immer, die Audienz ist damit beendet.«

Der Chefinspektor wollte das alles nicht so recht glauben, doch ein dumpfes, wiederholtes und seiner Natur nach unverkennbares Röhren, das aus dem besagten Kämmerchen drang, schien Schneckenburgers Befund zu bestätigen.

*

In Grinzing und den anderen Heurigenorten ging es an diesem Abend etwas ruhiger zu als sonst. Wahrscheinlich hatten die vielen Menschen, die an der Demonstration teilgenommen hatten – die Polizei sprach von 120.000 Teilnehmern –, es vorgezogen, gleich in der Stadt zu saufen.

Nach Absingen der Bundeshymne waren die Massen mehr oder weniger bewegt in den verschiedenen Pubs, Kneipen und Discos verschwunden. Um auf ihre höchstpersönliche Weise weiter zu trauern.

Die geniale Idee, die Leute nach Beendigung der

Demonstration sicherheitshalber zwei Strophen lang abkühlen zu lassen und damit mögliche abschließende Rüpeleien zwischen den verschiedenen Gruppierungen zu verhindern, stammten von Professor Doktor …, wie war der Name noch? Na, Sie wissen schon, der immer dabei war, wenn es im Fernsehen etwas zu diskutieren gab.

Egal, der etwa 35-jährige Mann mit dem riesigen Rosenstrauß, der in Grinzing von einem Lokal zum anderen wanderte und seine Blumen zum Stückpreis von 3,50 Euro verkaufte, ab fünf Rosen holte er auch eine Vase herbei, natürlich kostenlos, war nicht unzufrieden. Um ehrlich zu sein, heute war er vor allem unterwegs, um auf andere Gedanken zu kommen. Sich abzulenken von dem, was gestern geschehen war und was er gar nicht gewollt hatte. Beim Gedanken daran füllten sich seine Augen mit Tränen. Dabei hielt er Ausschau nach jemandem, mit dem er sprechen konnte. Vorzugsweise ein weibliches Wesen, eine Frau wie seine Mutter. Der er erklären konnte, dass das am Vortag nur ein Unfall gewesen war und er das gar nicht gewollt hatte. Wirklich nicht.

Später, als er seine Blumen zur Gänze losgeworden war, folgte er dieser netten älteren Dame, die ihm heute, nein, es war ja schon nach Mitternacht, die ihm gestern Abend 2 Euro Trinkgeld gegeben hatte. Dazu hatte sie zu der neben ihr sitzenden Frau bemerkt, dass ›der junge Mann‹ sie an ihren Sohn erinnere. Er hatte das ganz genau gehört.

Die Frau, die durch die Managettagasse ging, vernahm die Schritte hinter sich und begann, sich schneller zu bewegen. Anscheinend bekam sie es langsam mit der Angst zu tun. Angst vor ihm, dachte Arthur, das war doch lächerlich. Wo er sie doch an ihren Sohn erinnerte.

Vielleicht sollte er trachten, schnell zu ihr aufzuschließen, damit sie keine Angst mehr haben musste. Er begann zu laufen.

5.

Donnerstag, 24. Oktober – untertags

Der Tag begann sehr früh und auch sehr hektisch. Vor allem für Arthur Passwenger. Gegen 6 Uhr morgens standen zwei Kriminalbeamte vor der Tür der Gemeindewohnung im geschichtsträchtigen Karl-Marx-Hof, in der Yvonne Passwenger mit ihren beiden Kindern Sylvia, 17, und Arthur, 34, logierte.

Gegen den fast schon an Handgreiflichkeiten und damit an Widerstand gegen die Staatsgewalt grenzenden Protest der Mutter wurde ihr Liebling aus dem Bett geholt. Dann versuchte sie, wie eine tollwütige Glucke Arthurs kurzen Aufenthalt im Badezimmer und die Ankleidungsphase abzuschirmen. Nicht, weil sie sich davon weiß Gott was erwartet hätte, sondern aus reinem Widerspruchsgeist. Um den Bütteln des Staates zu zeigen, wer bei ihr zu Hause als Einzige das Sagen hatte.

Nachdem sie erkannt hatte, dass sie mit ihrer herrischen Art gegen die beiden Beamten nicht wirklich ankam, versuchte Mama Passwenger es mit Bestechung. Sie lud die Vertreter der Staatsmacht zu einem Frühstück ›mit allen Schikanen‹, wie sie es nannte, ein und konnte mit zwei angenommenen Häferln Kaffee zumindest einen Teilerfolg verbuchen.

Dann half aber nichts mehr, alle Optionen, die Abholung ihres Arthurs weiter hinauszuschieben, waren ausgeschöpft, und den beiden blieb nur ein tränenreicher Abschied.

Im Stiegenhaus meinte der Festgenommene, dass das nun einmal Mamas Art wäre und man ihr das nicht übel nehmen durfte. Mit einem gewissen Aufatmen stellte er fest, dass es gut sei, endlich einige Zeit ›aus diesem Mief herauszukommen‹. Dann wollte er wissen, ob man ihn wegen der Sache mit der Dame in Grinzing verhaftet habe. Die beiden Beamten blickten sich vielsagend an, gingen aber nicht näher auf den Grund ihres frühmorgendlichen Besuchs ein.

»Hierbei handelt es sich um keine Verhaftung«, stellte der Dienstältere der beiden fest, »sondern wir begleiten Sie lediglich zu einer Zeugenbefragung. Alles Weitere wird Ihnen der Herr Chefinspektor schon erklären.«

Wusch, Chefinspektor, Arthur war beeindruckt. Er kannte sich in der Hierarchie der Polizei nicht aus, aber Chefinspektor, das klang ganz schön hoch. Also musste er doch etwas Bedeutsames getan haben. Er, Arthur Passwenger, hatte endlich etwas von Bedeutung getan.

Da würde die Mama aber stolz sein, wenn sie davon hörte. Wo sie ihn doch bisher immer für einen Idioten gehalten hatte.

*

Knapp zwei Stunden, nachdem Arthur abgeholt worden war, wurde Lorenzo aus der U-Haft entlassen und traf wenig später, begleitet von seinem Anwalt und von Mario Palinski, im Mamma Maria ein. In ihrem Glück hatte Maria Bertollini ein sagenhaftes Frühstück vorbereitet und alle Leute, die Lorenzo kannten, dazu eingeladen.

Das riesige Büfett im Zentrum des großen Gastraumes hätte ausgereicht, eine Hundertschaft darbender Bundesheersoldaten nach einer einwöchigen Nulldiät im Manöver wieder aufzupäppeln. Offenbar war die Süditalienerin ehrlich der Meinung, dass die üblen Schergen der österreichischen Justiz ihr Carissimo Bambino in den 36 Stunden seiner Untersuchungshaft beinahe hatten verhungern lassen.

Während Palinski einen köstlichen Caffè Latte schlürfte und dazu herrlichen Prosciutto crudo in Mengen wickelte, deren Kauf er sich nicht hätte leisten können, na, das war schon ein wenig übertrieben, beobachtete er mit einer gewissen professionellen Neugierde, gepaart mit situationsbedingtem Misstrauen, die Begrüßung der Brüder untereinander. Insbesondere die zwischen Lorenzo und Alfredo.

Wenn er nicht gewusst hätte, was er dank Florians Qualitäten beim Observieren nun einmal wusste, worüber er aber mit noch niemandem gesprochen hatte, wäre ihm die Umarmung der beiden wahrscheinlich völlig harmlos erschienen. So aber entging ihm dieses leichte Zucken von Alfredos linkem Augenlid nicht, auch das sonst nur schwer erkennbare Pulsieren der kleinen Ader auf seiner Stirn war kaum zu übersehen. Klar, der Mann konnte seine Enttäuschung, dass der Bruder wieder frei war, nur schwer verbergen. Auch wenn er seinen uninformierten Mitmenschen vorspielte, und das durchaus talentiert, wie man zugeben musste, dass er sich sehr über Lorenzos Heimkehr freute. Bastardo, pfui Teufel.

Andererseits, jetzt hatten sich gewisse Zweifel bei Palinski geregt. Konnte es nicht ebenso gut sein, dass es für das Treffen zwischen Marika Sanders und Alfredo Bertollini in einem Stadtcafé eine völlig harmlose Erklärung gab? Er hoffte es, für Mamma Maria und ihre Familie hoffte Palinski es so sehr. Denn sein eigentlicher Verdacht würde der alten Dame das Herz brechen.

Wenn er bloß wüsste, wie er sich in dieser Scheißsituation richtig verhalten sollte.

*

Kurz nach 9 Uhr betrat eine aufgeregte Frau mittleren Alters das Kommissariat auf der Hohen Warte. Sie stellte sich als Mag. Vera Asbinova vor und gab an, die Physiotherapeutin von Wilhelm Sanders zu sein. Also … gewesen zu sein.

Sie wollte unbedingt mit dem für die Untersuchung der Todesumstände ihres Patienten zuständigen Beamten sprechen.

Da Inspektor Heidenreich gerade außer Haus war, wollte der diensthabende Beamte die Frau zunächst abwimmeln und auf einen späteren Termin vergattern.

»Ich habe die Nachricht von Wilhelms Tod gestern Abend in Bad Reichenhall erhalten und bin heute früh gleich losgefahren«, fuhr die resolute Magistra den Polizisten an. »Und das nicht, um mich jetzt von

Ihnen wegschicken zu lassen. Ich möchte sofort«, sie betonte das ›sofort‹ so, als ob sie damit eine Stahltüre aufschneiden wollte, »jemanden sprechen, der mit diesem Fall vertraut ist.«

In diesem Augenblick kam Franka Wallner gerade die Stiege herunter, um einen Termin außer Haus wahrzunehmen. Beeindruckt von dem energischen Auftreten der Frau, die den ohnehin etwas hilflosen Kollegen Banederl zur Schnecke zu machen schien, stellte sich die Oberinspektorin vor und bot ihre Hilfe an. Nachdem sie gehört hatte, wer ihr Gegenüber war und worum es ging, nahm sie sich sofort Zeit für Frau Asbinova.

»Macht es Ihnen etwas aus, mich in die Stadt zu begleiten? Ich muss um 10 Uhr bei Gericht eine Aussage machen, dann habe ich Zeit für Sie.«

Die Physiotherapeutin erkannte eine starke Frau, wenn sie ihr gegenüberstand. Und sie fand auch, dass das ein faires Angebot war. »Fein«, beschied sie daher, »das ist ein Wort. Wenn Sie wollen, können wir meinen Wagen nehmen. Ich bringe Sie nachher gern auch wieder hierher.«

Und so war es dann auch.

*

Wilma hatte den Rest der Woche freigenommen, um ihre Vorbereitungen für die Hochzeit am Samstagmittag treffen zu können. Zudem hatte sie das Bedürfnis, in Ruhe darüber nachzudenken, was dieser Schritt für sie bedeutete.

Was ihr ein wenig Sorgen machte, war der Umstand,

dass sie bei Mario seit einiger Zeit Veränderungen im Verhalten festzustellen glaubte. Zeitlich ließen sich diese Veränderungen an dem Zeitpunkt festmachen, an dem sie fix vereinbart hatten, sich endlich das Jawort zu geben.

Die wenigen Menschen, die davon wussten – Wilma hatte es ihrer Familie bisher absichtlich verschwiegen, um unerwünschte Reaktionen zu vermeiden –, waren gerührt von dem Gedanken, dass sie beide jetzt endlich doch noch zueinanderfanden, vereint wurden oder welch hohler Pathos einem sonst dazu einfiel. In Wilmas Augen war das purer Stumpfsinn. Warum sollten Mario und sie jetzt plötzlich glücklicher sein, ein erfüllteres Leben leben als bisher, nur weil ihre Beziehung einen offiziellen Status erhalten würde? Darauf hatte sie keine Antwort gefunden und auch niemand anderes hatte ihr eine geben können. Außer inhaltsleeren Floskeln wie ›Na, ich bitte dich …‹, ›Das gehört doch dazu‹ oder ›Na ja, aber überlege doch …‹ sowie Hinweise auf das Erbrecht und die Besuchsrechte im Krankenhaus war da wenig Substanzielles zu hören gewesen.

Die Leute hatten so getan, als ob ein Paar, das 27 Jahre lang ohne Trauschein mehr oder weniger, in Summe aber durchaus gut miteinander gelebt hatte, nicht schon längst geeignete Vorkehrungen für diese Fälle getroffen hätte. Zugegeben, diese speziellen Regelungen außerhalb des Eherechts kosteten zwar etwas mehr Geld. Aber die atmosphärischen und sonstigen Vorteile einer langjährigen Nicht-Ehe sollten einem schließlich etwas wert sein.

Wie gesagt, seit einiger Zeit hatte sich Mario verändert. Anscheinend begann er sich langsam psychologisch in die Rolle des Ehemannes einzufinden, sich vorzustellen, wie das wohl sein würde. Das hatte dann gelegentlich dazu geführt, dass er plötzlich zu fragen begonnen hatte, wo sie abends so lange gewesen sei, oder zu verlangen, dies zu tun und das doch lieber zu lassen.

Natürlich hatte er sich auch früher hin und wieder für das eine oder andere interessiert, aber da hatte es wenigstens nur nach Interesse geklungen. Je mehr Wilma darüber nachdachte, desto mehr klangen Marios jüngste Nachfragen allerdings wie die eines auf Kontrolle bedachten Ehemannes, der es zunehmend als sein Recht anzusehen schien, sich nach 27 gemeinsamen Jahren nunmehr auch in den letzten Winkel ihres bisherigen persönlichen Freiraumes einzunisten.

Nein, nein, so war es ja gar nicht. Energisch rief sich Wilma zur Ordnung. Wie jede starke Persönlichkeit hatte Mario natürlich auch seine Ecken und Kanten, aber insgesamt war er ein wunderbarer Mensch und Partner. Und sie passten hervor…, na ja, schon recht gut zusammen. Wie die bisherige gemeinsame Geschichte ausdrücklich bewies.

Nein, nein, das war sicher bloß die normale Panik, die einen vor der Eheschließung überfallen konnte. Olly hatte sie sogar ausdrücklich davor gewarnt. Aber das ging wieder vorüber. Sie freute sich darauf, Palinski-Bachler zu heißen, und ihre Ehe würde eine Erfolgsgeschichte werden.

Da war sie sich plötzlich ganz, ganz sicher.

*

Nachdem Arthur Passwenger in einen Befragungsraum gebracht worden war, informierte Inspektor Walter Brandl, einer der beiden Beamten, die mit der Abholung des ›Zeugen‹ befasst gewesen waren, Chefinspektor Wallner über eine Bemerkung des Vorgeführten.

»Er hat ganz beiläufig gefragt, ob es dabei um diese Frau in Grinzing geht«, meinte der Polizist, der nicht zu Unrecht den Schluss daraus gezogen hatte, dass die Frage indirekt einem Geständnis sehr nahe gekommen war. Eine Meinung, der sich Wallner nur anschließen konnte und die er kurz darauf auch telefonisch Ministerialrat Dr. Schneckenburger mitteilte.

Traude Wessing, eine junge Vertragsbedienstete aus Wallners Vorzimmer, die ihm gerade frischen Kaffee gebracht hatte, war ein cleveres Mädchen, das die Bedeutung der Information und die sich damit bietende Chance sofort erfasste. Nachdem sie des Chefinspektors Häferl mit dem dampfenden dunklen Gebräu gefüllt hatte, entschuldigte sie sich und marschierte direkt aufs Häusl. Dort versperrte sie zunächst die Tür, um vor Zeugen sicher zu sein. Dann nahm sie in einer der Zellen Platz, holte ihr Handy aus der Strumpfhose und tippte eine Nummer ein.

Gleich darauf war sie mit ihrem Freund Bernd Muteller verbunden, einem jungen Journalisten in der Chronik-Redaktion der größten Tageszeitung. Bernd hatte Traude versprochen, sie zu ehelichen, sobald er sich das leisten konnte. Für sie war das die unausgesprochene Aufforderung gewesen, ihm zu einem möglichst raschen Karrieresprung und einer damit verbundenen kräftigen Gehaltszulage zu verhelfen. Was lag also mehr auf der Hand, um rasch zu einem Ring am Finger zu kommen, als den Mann ihres Herzens mit der Exklusivinformation ›Mörder von Nora Bender-Nicerec verhaftet‹ und den wenigen bisher bekannten Details dazu zu versorgen?

Danach pinkelte sie noch, für alle Fälle quasi, um sich ein Alibi zu verschaffen, gefühlsmäßig zumindest, und verließ das stille Örtchen wieder, ohne dass ihr Aufenthalt hier irgendjemandem aufgefallen wäre.

*

Im Gegensatz zur offiziellen Regierungslinie hatte das Demokratische Zentrum Österreichs jedes Interesse daran, aus ›Nora, dem Eisernen Besen‹ eine Märtyrerin zu machen. Otto Plachowetz, der in der Wahlkampfzentrale des PGÖ in der Praterstraße für die Öffentlichkeitsarbeit zuständig war, hatte sich eine sehr zu Herzen gehende Legende der ermordeten Kandidatin einfallen lassen. Dazu ein paar Prisen Halbwahrheiten, einige zufällig ins Konzept passende Zitate aus dem Wahlkampf der letzten Wochen und die ganze miese Mischung einmal kräftig mit speziellen Ingredienzien bekannt bewährter Weltverschwörungstheoretiker angerührt.

Voilà, die perfekte Dolchstoßlegende war geschaffen. Und bereit, verbreitet zu werden. Über Fernsehen, Fax, Internet und natürlich auch die gesamte Palette der Printmedien.

Um einen dramaturgisch-rhetorischen Höhepunkt zu setzen, lud PGÖ-Spitzenkandidat Paul Nordbuck für diesen Abend übrigens zu einer alles vernichtenden ›Abrechnung der Braven, Fleißigen und Ehrlichen mit dem herrschenden Sumpf, der auch vor Mord nicht zurückschreckt‹ ins Hohe Warte Stadion in Döbling.

Als besonderen Gag hatte sich der in seiner politischen Argumentation überaus flexible Nordbuck nach eingehender Konsultation einiger weltanschaulich nahestehender Juristen, darunter befand sich auch ein Rechtsanwalt aus Schwechat, folgenden, seiner Meinung nach für die politischen Gegner tödlichen Aufruf als Abschluss seiner abendlichen Rede überlegt: Da die Kandidatenlisten nicht mehr verändert werden konnten, würde er alle rechtschaffenen Wähler einladen, aus Protest gegen den inzwischen anscheinend auch in Österreich herrschenden politischen Terror eine Vorzugsstimme für ›die ermordete Heldin Nora‹ abzugeben. Dazu würde er schluchzen, das machte sich immer gut. Und klarmachen, dass damit ein deutliches Zeichen an die das politische Klima in der Heimat zerlegenden Kräfte gesetzt würde. ›Ohne dass Sie, meine Damen und Herren, deswegen gleichzeitig auch uns wählen müssen. Denn die Stimmen für eine tote Kandidatin sind zwar ein deutliches Zeichen des Protests, kommen aber nicht dem PGÖ zugute. Denn Tote können nun einmal nicht in den Nationalrat einziehen.‹

Ja, so wollte er das sagen, heute und immer wieder bis zum Tag der Wahl. Je öfter, desto besser, umso mehr Leute würden es glauben. Schließlich war es ja auch ein Angebot an die Nicht-Wähler. Unter dem Motto ›Zeig dem Bartl, wo der Most ist, und mach dich nicht nass dabei‹ oder so ähnlich. Bei Zitaten kannte er sich nicht besonders gut aus.

Bis sich herausstellte, dass das alles nicht stimmte und die Stimmen derer, die ihm geglaubt hatten, sehr wohl seiner Partei angerechnet wurden, würde es schon zu spät sein. Was einmal lag, das pickte eben, wie es so schön hieß.

Dann würde er sich halt öffentlich entschuldigen müssen und einen Irrtum einräumen. Eine falsche Information in der Hektik des Wahlkampfes. Vielleicht auch einen seiner Berater feuern. Ja, das war's, Opfer machten sich immer gut. Die Hauptsache würde aber sein, dass diese Stimmen zählten und er als Retter des PGÖ in die Geschichte einging. Bis zu den nächsten Wahlen würden ihm die Leute die kleine List sicher nachsehen. Oder sie überhaupt vergessen haben. Es war ja sagenhaft, was die Leute so alles vergaßen. Der Großteil des Stimmviehs war wirklich zu blöd, um wahr zu sein.

Es wäre doch gelacht, wenn sich mit dem kleinen Trick die verdammten Hürden dieses undemokratischen Wahlrechts nicht aushebeln ließen, gab sich Nordbuck optimistisch. Er war mit der jüngsten Entwicklung nicht unzufrieden. Mit Nora Bender-Nicerec, komischer Name übrigens, war es wie mit den Indsmen früher in den Wildwestfilmen. Nur ein toter Indianer galt damals als ein guter Indianer. Hehehe.

Das durfte er aber nicht in seine Rede einbauen, obwohl es gut war. Verdammt gut sogar. Nordbuck lachte nochmals laut auf. Ob sich das auch auf die Migranten anwenden ließ? Nein, das konnte er wirklich nicht verwenden. Seine Leute fraßen zwar eine ganze Menge, um es danach wieder auszuspeien. Aber wenn er die Asylanten mit den Rothäuten verglich, würde sich sogar sein eigener Pressesprecher verkutzen. Was zu viel war, war zu viel.

*

Brav und ohne auch nur im Geringsten an irgendwelchen Widerstand zu denken, hatte sich Arthur in die Befragung durch Oberleutnant Bachmayer und Chefinspektor Wallner gefügt.

Zunächst hatte er Auskünfte über seine persönlichen Daten und seine Lebenssituation gegeben. Die beiden Polizisten waren wahnsinnig nett, fand der Arglose, immerhin hatten sie ihn sogar auf ein aus Kaffee und einer Wurstsemmel bestehendes Frühstück eingeladen. Nachdem er mit seinem Semmerl fertig gewesen war, war es richtig losgegangen.

»Wo haben Sie Frau Nora Bender-Nicerec eigentlich das erste Mal gesehen?«, wollte Wallner wissen.

Arthur vermutete, dass die Frau so hieß, um die es ging, war sich aber nicht ganz sicher. »Ist das der Name der Dame, die …?«, er sprach es nicht aus. »Ich habe sie gar nicht nach ihrem Namen gefragt, und sie hat ihn mir auch nicht gesagt.«

»Ja, das ist der Name der Frau, von der wir sprechen«, bestätigte der Chefinspektor. »Also, wo haben Sie sie das erste Mal gesehen?«

»Ich bin mir nicht ganz sicher, ob es beim Nagl oder beim Sulzer Ferdl war«, versuchte Arthur, sich zu erinnern. Abgesehen von der eigentlichen Tat erschienen ihm die Vorgänge dieser Nacht unter einer dicken Nebeldecke verborgen zu sein und sich jetzt nur mehr ganz schemenhaft abzuzeichnen.

Nach den Aussagen von Noras Begleitern hatte die kleine Gruppe allerdings beim Mitterhuber gegessen. Das Lokal lag direkt neben dem Sulzer Ferdl. Das war zwar eine Abweichung, aber die hatte nichts zu bedeuten.

»Und wieso ist Ihnen Frau Bender-Nicerec aufgefallen?«Jetzt beteiligte sich auch Oberleutnant Bachmayer an dem Frage-und-Antwort-Spiel.

»Na ja, sie ist, war irgendwie … n…, nein, schön, also ansprechend, und hat sehr nett gewirkt«, Arthur lächelte schüchtern. »Andererseits hat sie mich auch irgendwie an die Mama erinnert. Ich weiß nicht, warum, aber irgendwie … Ich mein, wenn man in den Raum gekommen ist, hat man sofort bemerkt, dass die Frau, na ja, dass sie eben da war.« Der Mann rang erkennbar um den richtigen Ausdruck.

»Sie ist da mit ein paar Leuten gesessen«, fuhr Arthur fort. »Aber man hat gleich gemerkt, wer an dem Tisch die Bienenkönigin gewesen ist und wer die Arbeiterinnen. Sie hat ihre Begleiter … im kleinen Finger gehabt.«

Das war ein interessantes Bild, dachte Wallner, jemanden im kleinen Finger haben. Das hatte er noch nie gehört.

»Und weiter?«, ermunterte er den wieder verstummenden Verdächtigen.

»Wie ich an den Tisch gekommen bin und meine Blumen angeboten hab, hat kein Einziger etwas gesagt«, erinnerte sich Arthur. »Die sind nur dagesessen und haben blöd geschaut. Dabei hab ich genau gespürt, die Frau Binder-Nicevek …«

»Bender-Nicerec«, warf Bachmayer ein, aber Wallner winkte ab.

»Ist ja egal, im Protokoll steht dann ohnehin der richtige Name. Tu mir nicht seinen Fluss unterbrechen, wenn er einmal redet«, ermahnte er den Kollegen freundlich. »Also, was haben Sie gespürt?«

»Ich hab ganz genau gespürt, dass die Frau Bender-Ne…, also dass die Frau eine Blume haben wollte. Aber ihre Begleiter waren zu blöd dazu. Oder zu geizig. Da hab ich ihr ganz einfach eine Rose geschenkt und hab gesagt ›Eine Rose für die Rose‹. Und sie hat gemeint, wie lieb das ist und wie schön, dass es wenigstens noch einen Kavalier auf der Welt gibt. Dann hat sie mich angelacht. Und der eine Trottel an dem Tisch hat noch etwas von ›schlechter Geschäftsmann‹ genuschelt, und von ›Frechheit‹, ›der Aff‹.«

Arthur hatte beim Erzählen einen ganz roten Kopf bekommen. Sich in Rage geredet. Oder war ihm die Erinnerung an den Vorfall peinlich?

»Gut«, meinte Wallner beiläufig und notierte etwas auf dem vor ihm liegenden Schreibblock. »Und wie ist es dann weitergegangen?«

Nachdem er bis auf drei Stück alle seine Blumen verkauft hatte, wollte sich Arthur so gegen 0.30 Uhr auf den Weg nach Hause machen. Als er die inzwischen schon völlig verwaiste Endstation der Straßenbahnlinie 38 erreicht hatte, sah er auf der gegenüberliegenden Straßenseite eine Frau Richtung Sandgasse gehen. Nein, nicht irgendeine Frau, sondern *diese* Frau. »Es war die nette Dame, der ich im Verlauf des Abends die Blume geschenkt hatte. Sie hat mich ebenfalls gesehen und mir sogar leicht zugewinkt«, erinnerte sich Arthur.

Ermutigt dadurch, war der Mann über die Straße gegangen und hatte der Frau die drei ihm noch verbliebenen Rosen hingehalten. ›Hier, die sind auch für Sie.‹

Frau Binder-N… oder wie immer sie auch geheißen hatte, Arthur konnte sich den Namen beim besten Willen nicht merken, hatte sich sehr darüber gefreut. Dann hatte sie ihn, ein wenig kokett, wie er herauszuhören gemeint hatte, gefragt, in welche Richtung er denn jetzt ginge.

›In welche Sie wollen‹, hatte er in einem Anflug schneidigen Charmes geantwortet und sie damit neuerlich zum Lachen gebracht.

›Ach, Sie sind mir schon einer‹, hatte die Dame gekudert, dann waren die beiden Richtung Heiligenstädter Straße losgezogen.

Als die beiden die Einmündung der Armbrustergasse erreicht hatten, hatte ihn die Frau mit sanftem Druck nach links dirigiert, hatte sich bei ihm eingehängt und war dabei spielerisch über seinen rechten Arm gefahren. Das hatte Arthur gefallen. »Ich bin sicher, sie hat mich gemocht«, vertraute er den beiden Kriminalbeamten an.

Und wie sie ihn gemocht haben musste, dachte Wallner etwas später, nachdem er gehört hatte, wie die Frau den offensichtlich etwas beschränkten Mann systematisch zu verführen begonnen hatte. Mit Streicheln, Komplimenten, die sein Selbstbewusstsein steigerten, mit koketten Blicken. Und Arthur war ein richtiger Kren darauf gewesen. Und dann, dann hatte sie ihn auch noch eingeladen.

»Sie hat mich sogar gefragt, ob ich nicht noch einen Kaffee bei ihr trinken möchte«, erzählte Arthur. »Ich habe aber abgelehnt, weil ich vorm Schlafengehen keinen Kaffee mehr vertrage. Dann hat sie mich gefragt, was ich denn vor dem Schlafengehen sonst noch so am liebsten mache.«

Daraufhin hatte er ihr gestanden, dass er sich am Ende des Tages gern mit einer Portion Eiscreme belohnte, am liebsten mit Erdbeer und Stracciatella.

›Darf es auch Himbeer und Schokolade sein?‹, hatte die Frau ausgerufen und gelacht, ›die habe ich nämlich im Tiefkühlfach.‹ Und er hatte nur mehr genickt, denn sprechen hatte er schon nicht mehr können. Weil es ihm vor lauter Vorfreude den Speichel im Mund zusammengetrieben hatte. Das waren nämlich seine zweitliebsten Sorten.

*

Palinski befand sich in einer veritablen Krise. Einerseits wehrte sich alles in ihm dagegen, die Möglichkeit, dass Alfredo Bertollini seinen Bruder Lorenzo aus welchen Gründen auch immer in Schwierigkeiten gebracht haben könnte, ernsthaft in Erwägung zu ziehen. Andererseits sprach aber eine ganze Menge dafür, dass es genau so gewesen sein musste.

Als das Kind dazwischen war Alfredo schon immer

in einer undankbaren Position gegenüber seinen beiden Brüdern gewesen. Giorgio, der Älteste, hatte bestimmte traditionelle Rechte als Erstgeborener und war Chef des Restaurants.

Lorenzo wieder, der Jüngste, war noch immer das Nesthäkchen, an dem seine Mutter mit besonderer Liebe hing. Nicht dass sie für Alfredo nicht auch alle Liebe aufgebracht hätte, zu der eine Mutter fähig war. Aber der Jüngste nahm nun einmal eine ganz besondere Stellung ein.

Noch dazu war er der einzige Akademiker in der Familie, enorm tüchtig und erfolgreich, und verdiente heute bereits mehr als der Rest seiner Familie zusammen.

Und Alfredo? Der 26-Jährige war von Giorgio zum Servicechef ernannt worden, damit er auch irgendeinen Funktionstitel hatte und sich nicht ganz so blöd vorkam. Im Grunde genommen war er aber nichts. Und das wusste er. Oder schlimmer, er fühlte es und litt darunter, da war sich Palinski völlig sicher.

Mit ein wenig Fantasie war es daher durchaus vorstellbar, dass Alfredo aus Eifersucht oder aus welchem sonstigen Motiv auch immer seinen jüngeren Bruder quasi aus dem Weg räumen hatte wollen, für eine gewisse Zeit zumindest, um dessen Aufgaben zu übernehmen. Und damit seine Fähigkeiten und letztlich auch seine Unentbehrlichkeit unter Beweis zu stellen.

Das war aber nur eines der möglichen Szenarien. Natürlich konnte auch der Streit um eine Frau wie Marika Sanders zu gewissen Missstimmungen im brüderlichen Miteinander führen. Bei diesen heißblütigen Italienern war alles möglich.

Und nicht nur bei diesen, ergänzte der politisch korrekte Teil Palinskis. Das Problem war jetzt, wie konnte er sich Klarheit hinsichtlich seiner Befürchtungen verschaffen, ohne Mamma Maria unglücklich zu machen und ihre Familie möglicherweise zu sprengen? Zumindest aber ihre Freundschaft zu riskieren.

Doch damit nicht genug. Wäre der Chef der Kripo Döbling irgendein Tom, Dick or Harry gewesen, dann hätte Palinski nicht das geringste Problem damit gehabt, seine Überlegungen und Bedenken für sich zu behalten und auch mit sich selbst auszumachen. Aber da war Franka Wallner, die Frau seines alten Freundes Helmut, mit der er selbst auch auf sehr gutem Fuß stand. Und der hatte er in ihrer Funktion als leitender Kriminalbeamtin am Koat Hohe Warte nicht nur versprochen, ihr über alle seine Erkenntnisse zu berichten. Nein, er fühlte sich darüber hinaus dazu verpflichtet. Vor allem, nachdem sich Inspektor Heidenreich, ihr Stellvertreter, gestern Abend den Knöchel schwer verstaucht hatte und sie nunmehr – nolens volens – unmittelbar für den Fall Sanders zuständig war.

Palinskis Dilemma war, dass er Alfredo zwangsläufig belastete, falls er jetzt, ohne mehr darüber zu wissen, mit Franka über seinen Verdacht sprach. Um aber mehr darüber in Erfahrung bringen zu können, würde er wiederum die Hilfe der Polizei benötigen. Das Ganze war ein Hund, der sich in den eigenen Schwanz biss und sich dabei wie wild im Kreis drehte.

Verdammte Scheiße, er konnte es drehen und wenden, wie er wollte. Um ein Gespräch mit Franka kam er einfach nicht herum. Besser, er brachte das so rasch wie möglich hinter sich.

*

Arthur und die freundliche Dame waren in der Hammerschmiedgasse angekommen. Dem bekennenden Gefrorenenliebhaber war das auch recht, er musste immer nur an Himbeer-Schokolade denken, an den Genuss, der ihm unmittelbar bevorstand.

Vor dem Haus mit der Einfahrt, in der man später die Blutspuren gefunden hatte, Arthur konnte sich an die Hausnummer nicht erinnern, war dann plötzlich alles ganz anders geworden.

»Als die Lily gesehen hat, in der Wohnung im ersten Stock brennt Licht, ist sie ganz unruhig geworden«, berichtete Arthur. »Dann hat sie noch ein bestimmtes Auto etwas weiter unten geparkt gesehen, einen Renault, glaube ich, und irgendetwas von ›Was macht denn der schon da?‹ gemurmelt. Danach hat sie mich in die Einfahrt gezogen und gefragt, ob ich nicht einen Pkw habe.«

Das war fast das Einzige, was Arthur besaß. Nach dem Tod des Vaters hatte der Sohn eben das Fahrzeug geerbt. Es einfach übernommen, ohne es umzumelden.

›Ja‹, hatte er daher Lilys Frage beantwortet, aber bevor er sie irgendwo hinbrächte, hätte er gern noch das Eis gegessen. Dabei hatte der durch den Gedanken an Himbeer und Schokolade stark gesteigerte Speichelfluss dafür gesorgt, dass er Lily mehrmals mit seiner überfeuchten Aussprache mitten ins Gesicht überraschte.

Langsam war die Frau etwas ärgerlich geworden. ›Sag, stellst du dich nur so deppert oder bist du wirklich so blöd?‹, hatte sie ihn angefahren. ›Du musst doch längst wissen, was ich wirklich von dir will. Genauso, wie du das von mir willst. Und dass das mit dem Eis nur ein Schmäh war. Das Einzige, was ich dir anbieten kann, sind ein paar Eiswürfel zum Lutschen.‹ Dann hatte sie geil gelacht, Arthur an die Wand gepresst und sich vorgebeugt, um ihn zu küssen. Gleichzeitig hatte sie begonnen, den Zippverschluss seiner Jeanshose herunterzuziehen und an seiner Unterhose herumzunesteln.

»Sie hat waaas?«, entfuhr es Bachmayer, der noch relativ wenig Erfahrungen mit solchen Befragungen hatte. Dieses unkontrollierte Erstaunen mit spekulativen Ansätzen brachte ihm einen strafenden Blick des Chefinspektors ein.

»Na, sie hat in meine Unterhose gegriffen und …«, der Mann tat sich richtig schwer, den Sachverhalt darzustellen. Wofür Wallner durchaus Verständnis hatte, wer konnte schon wissen, wie er selbst in einer solchen Situation reagierte?

»Na, was ist?«, fuhr ihn Bachmayer an, was ihm den nächsten mahnenden Blick einbrachte.

»Also, das war so.« Arthurs Kopf war inzwischen wieder knallrot angelaufen, und er stotterte. Nein, eigentlich nicht einmal mehr dieses. »Auf einmal hat sie … mein … Spatzi in der Hand gehabt, gedrückt und … zu reiben begonnen.«

Jetzt war es heraus, und Wallner notierte ›Nimmt Spatzi in die Hand.‹ Dann schüttelte er unmerklich den Kopf, strich das ›Spatzi‹ wieder durch und schrieb stattdessen ›Penis‹ hin. Wozu hatte man Allgemeinbildung.

Inzwischen ging mit dem Kollegen Bachmayer anscheinend die Fantasie durch. Mit glasigem Blick fixierte der Beamte Arthur. »Und was war weiter?«

»Mir ist ganz komisch geworden, so ähnlich, wie wenn die Mama zu mir kommt«, bekannte der Mann. »Aber so was macht man nicht, das ist unanständig«, betonte er. »Ich hab ihr gesagt, sie soll sofort aufhören, aber sie hat nur gelacht und ist in die Knie gegangen. Und dann wollte sie …«

Wallner konnte sich ungefähr vorstellen, was Lily gewollt haben mochte. »Wenn es Ihnen unangenehm ist, dann müssen Sie nicht weiter ausführen, was die Dame von Ihnen wollte. Sagen Sie uns lieber, wie haben Sie darauf reagiert?«

»Ich habe ihr gesagt, nein, ich habe sie angefleht, das bleiben zu lassen«, Arthur begann zu weinen. »Aber sie hat nicht darauf reagiert und einfach weitergemacht. Es war so grauslich«, der arme Kerl heulte jetzt richtig. »Ich hab das ja nicht gekannt, denn die Yvonne hat das nie mit mir gemacht.«

»Wer ist denn Yvonne?«, Wallner verlor langsam den Überblick.

»Das ist meine Mutter«, erklärte Arthur. »Seit ich 14 Jahre alt war, hat sie verlangt, dass ich sie Yvonne nenne.«

»Also gut. Wann hat sich denn Ihre Mutter, also Yvonne, das erste Mal mit Ihrem … Spatzi näher befasst?«, Bachmayer bewies mit dieser nicht unmittelbar zur Lösung des Falles beitragenden, dennoch aus juristischer Sicht relevanten Frage, dass er durchaus intelligent war und mitdachte. Das trug ihm zur Abwechslung einen anerkennenden Blick seines Chefs ein.

»Also, das erste Mal …«, Arthur dachte nach. »Ich bin nicht sicher, ob das das erste Mal war, aber ich erinnere mich an einen Kindergeburtstag, da muss ich fünf oder sechs Jahre alt gewesen sein. Da hab ich mich so schmutzig gemacht, dass Yvonne nachher mit mir in die Badewanne gegangen ist.« Er lächelte.

»Und wo war Ihr Vater damals?«

Arthur schüttelte den Kopf. »Genau weiß ich das nicht mehr. Aber entweder im Rausch, im Häfen oder auf Entzug. Er war eigentlich nie da, immer entweder besoffen, im Knast oder in Kalksburg. Nur einmal, da war er in Jesolo, mit einer Freundin. Aber da ist ihm Yvonne rasch draufgekommen. Ja, und danach war er im Krankenhaus. Und sie im Häfen.«

*

Über die undichte Stelle im Präsidium hatte natürlich auch das Fernsehen längst Wind davon bekommen, dass sich im Fall Nora Bender-Nicerec etwas tat. Ein 34-jähriger Tatverdächtiger war bei der Einvernahme und hatte den Mord angeblich bereits zugegeben. Diese Meldung gab natürlich die Schlagzeile für die Mittagsnachrichten ab, auch wenn zu dem Zeitpunkt noch nicht gesagt werden konnte, ob es sich nun um einen politischen Mord oder nur um ein ganz ordinäres Hinhaun mit Todesfolge handelte.

Inzwischen war sogar eine dritte Variante aufgetaucht, sozusagen die Synthese aus der These ›Politischer Mord, ja‹ und der entsprechenden Antithese.

Es wurde nicht mehr ausgeschlossen, dass ein rauschgiftsüchtiger Migrant, der mit dem Zeug angeblich auch handelte, scheinbar kein Wort Deutsch sprach und nicht nur das Erlernen der Sprache, sondern auch die Teilnahme an Heimatabenden und Kirtagen ablehnte, alles natürlich nur angeblich, beim Versuch seiner Abschiebung vier Polizisten krankenhausreif geprügelt hatte und dann auf der Flucht zurück in die Stadt auf die Frau getroffen war, in ihr eine führende Repräsentantin seiner ›Lieblingspartei‹ erkannte und sie daher erschlagen hatte. Im Übrigen galt natürlich die Unschuldsvermutung.

Gesichertes Wissen war allerdings nur, dass man derzeit noch nichts Genaues sagen konnte. Aber damit ließ sich natürlich keine Quote machen oder Reichweite erzielen.

Kommunikation, so hatte Palinski einmal von einem prominenten Repräsentanten der Branche gehört, bestand nicht darin, dass man die Wahrheit sagte. Nein, vielmehr darin, dass man überhaupt miteinander sprach.

Wie erhellend. So einfach war das.

*

Palinski hatte sich gegen Mittag endlich dazu durchgerungen, Franka Wallner die jüngsten Erkenntnisse im Fall Wilhelm Sanders zu beichten. Vor allem aber, sie in seine schmerzhaften Überlegungen hinsichtlich der möglichen Rolle Alfredo Bertollinis in dem von ihm entwickelten Familienkrimi einzuweihen.

Zunächst hatte er Franka allerdings nicht erreicht, da sie bei einer Verhandlung am Straflandesgericht war, wie man ihm im Kommissariat mitgeteilt hatte. Allerdings, wenn er sich einmal etwas vornahm, konnte Palinski sehr stur sein. Und so probierte er es im 15-Minuten-Takt so lange, bis sich die Frau Oberinspektor kurz nach 11.30 Uhr endlich meldete.

Um eine günstige Stimmung für seinen rhetorischen Drahtseilakt zu schaffen, hatte er die Oberinspektorin auf leicht hinterfotzige Art zum Mittagessen direkt ins Mamma Maria eingeladen. Der Hinweis auf den heute frisch eingetroffenen Branzino, also einen Wolfsbarsch, den die Mamma so trefflich in der Salzkruste zuzubereiten verstand, hatte Franka kaum die Chance zur Ablehnung gelassen. Allerdings hatte sie ihm mitgeteilt, dass sie nicht allein käme, sondern einen weiteren Gast mitbrächte. Jemanden, den auch Palinski sicher interessant finden würde.

Na gut, ihm sollte das recht sein. Sicher war sie mit einem Kollegen unterwegs. Ein Esser mehr würde sein Budget auch nicht mehr als überfordern, was sollte es also. Und so hatten sie sich für 13 Uhr direkt bei Mamma Maria verabredet.

*

Nach einer kurzen Pause, die Wallner dem offensichtlich angeschlagenen Arthur gegönnt hatte, ging es weiter. Die beiden Beamten hofften, jetzt bald zu einem Ende zu kommen, denn sie bekamen langsam Hunger.

»Diese Frau, Lily, hat Sie also unsittlich berührt«, stellte Bachmayer ungerührt fest und beförderte den Verdächtigen damit brutal wieder mitten ins thematische Zentrum der Vernehmung.

»Jjjaa«, zögernd stimmte Arthur zu. »Ich habe sie angefleht aufzuhören, aber sie hat nicht auf mich gehört. Dann habe ich versucht, ihren Kopf wegzudrücken, aber sie hat sich nicht wegdrücken lassen.« Er weinte wieder. »Es war so entwürdigend. Darf eine Frau so etwas überhaupt mit mir machen?«

»Nur, wenn Sie das auch wollen«, antwortete Wallner wahrheitsgemäß. »Sonst nicht.«

Schließlich hatte sich der geistig wohl ein wenig zurückgebliebene Mann nicht mehr anders zu helfen gewusst, als die Frau an den Haaren zu packen und ihren Kopf so lange hart gegen einen Betonsteher zu schlagen, bis sie erschlaffte und ihn freigab.

»Dabei habe ich unheimlich Angst gehabt, dass sie beißt«, vertraute er den beiden Polizisten an. Bachmayer machte schon wieder so ein Gesicht, als ob er loslachen wollte.

Wallner fand das allerdings gar nicht lustig, vielmehr hatte er Mitleid mit dem Mann. »Ich denke, das war's«, meinte er und schaltete das Aufnahmegerät ab. »Arthur, Sie sollten sich einen guten Anwalt nehmen, ich glaube, der könnte eine ganze Menge für Sie erreichen. Aber jetzt muss ich Sie festnehmen.« Er stand auf und drückte auf einen Knopf. Sofort erschien ein uniformierter Polizist und fragte den Chefinspektor nach seinen Wünschen.

»Bringen Sie den Mann in die Zelle«, wies Wallner den Polizisten an, »aber seien Sie nett zu ihm. Falls er Wünsche hat, dann erfüllen Sie sie ihm, soweit es möglich ist.«

Arthur wollte aber noch nicht gehen. Es sah ganz so aus, als ob er noch etwas auf dem Herzen hätte. »Herr Inspektor, wollen Sie gar nicht …«, begann er, doch Bachmayer unterbrach ihn sofort.

»Sie sind jetzt ruhig, die Vernehmung ist beendet«, fuhr er ihn fast an.

»Ja, aber …«, Arthur versuchte es wieder.

»Nix ›aber‹«, fuhr ihn der Oberleutnant an. »Also, aufstehen und Abmarsch.«

»Aber, Herr Inspektor«, der Mann schaute Wallner an. »Wollen Sie denn nicht wissen, wo …?«

Der Chefinspektor blickte auf. »Was ist denn noch, Arthur?«

»Ja, wollen Sie denn gar nicht wissen, wo ich die Leiche versteckt habe?«, wunderte sich der Geständige.

»Aber das wissen wir doch längst«, entgegnete Wallner, und Bachmayer lachte blöde dazu. »Die haben wir gestern Morgen im Wienerwald gefunden, neben dem Weg vom Kahlenberg zur Josefinenhütte.«

Arthur schaute zunächst etwas erstaunt, dann lachte er und mutmaßte leicht unsicher: »Sie wollen mich wohl auf den Arm nehmen? Gestern Morgen am Kahlenberg, na so ein Blödsinn. Die Leiche liegt nach wie vor im Kofferraum meines Autos.« Neuerlich lachte er, das Ganze schien ihn inzwischen unheimlich zu amüsieren.

»Auf dem Weg vom Kahlenberg zur Josefinenhütte.« Er schüttelte den Kopf. »Das ist gut.«

Wallner schaute Bachmayer einige Sekunden lang verdattert an. »Verdammt noch einmal«, sagte er dann. Und »Geben Sie sofort eine Großfahndung nach einem Mercedes …«, er warf einen Blick auf seine Aufzeichnungen, »200 D, weiß, Baujahr 1983, mit dem Kennzeichen ›W 12 344 L‹ heraus. Der Wagen steht wahrscheinlich irgendwo im 19. Bezirk.« Er blickte Arthur fragend an.

Der hatte inzwischen einen Schlüsselbund aus der Tasche gefischt und auf den Schreibtisch gelegt. »Hier«, meinte er freundlich, »die Schlüssel. Das Auto steht in der Heiligenstädter Straße Ecke Sickenberggasse.«

»Danke, sehr kooperativ«, anerkannte der Chefinspektor. »Das wird sich vor Gericht positiv für Sie auswirken.« Er schüttelte ungläubig den Kopf.

»Ich fürchte, Bachmayer, uns ist da gerade etwas Einmaliges gelungen. Wir haben einen Mord geklärt, ehe er überhaupt stattgefunden hat. Offiziell zumindest.«

»Und was ist jetzt mit der Bender-Nicerec?«, wunderte sich der Oberleutnant.

Wallner zuckte fragend mit den Schultern. »Alles wieder zurück an den Start«, murmelte er. »Und dann müssen wir herausbekommen, wie Arthurs Lily mit vollem Namen geheißen hat.«

*

Palinski, der irgendeinen Kriminalbeamten in Franka Wallners Begleitung erwartet hatte, war ziemlich erstaunt, nein, angenehm überrascht, als sie mit einer attraktiven Dame das Mamma Maria betrat. Einer Vera Asbinova, wie er gleich darauf erfuhr.

Franka, die das vorher mit der Magistra besprochen hatte, klärte Mario auf, dass Frau Asbinova Herrn Wilhelm Sanders physiotherapeutisch betreut hatte und kurz davor gestanden war, ihren Patienten zum Mann zu nehmen.

›Na, so etwas‹, wollte Palinski gerade erwidern, ›ich heirate auch in Kürze. Am kommenden Samstag, um präzise zu sein.‹ Aber unter den gegebenen Umständen, immerhin war der Bräutigam dieser Frau kalt, starr und nicht mehr zu verwenden, erschien ihm das dann doch unpassend. Und so nickte er nur mit dem Kopf.

»Ehe Sie sich fragen, warum ich jetzt nicht in Tränen vor Ihnen sitze«, begann die Therapeutin zu erzählen, »darf ich Folgendes erläutern. Wilhelm und ich sind …, waren gute Freunde. Kein Liebespaar, nur sehr gute Freunde. Was wir vorgehabt haben, war eine reine Vernunftehe. Aber auf Basis echter Freundschaft. Ich gebe durchaus zu, dass die Aussicht auf die damit verbundene finanzielle Sicherheit eine gewisse Rolle bei meiner Entscheidung gespielt hat. Das war aber nur ein Aspekt unter mehreren. Also, das Geld war sicher nicht das entscheidende Argument.«

Palinski war unwillkürlich beeindruckt von der Offenheit der Frau. Andererseits, eine reine Liebesheirat hätte er ihr angesichts der näheren Umstände auch nicht abgenommen.

»Ich bin seit letztem Freitag in Bayern bei einem Kongress und auf einer Fachmesse gewesen«, fuhr die

Asbinova fort. »Wilhelm und ich haben regelmäßig telefoniert, täglich mindestens einmal. Nachdem ich ihn seit Sonntag nicht erreichen und mir auch niemand sagen konnte, was mit ihm los war, habe ich mich gestern ins Auto gesetzt und bin einfach hergefahren.« Nun hatte sich doch so etwas wie Trauer über ihr Gesicht gelegt. »Leider haben sich meine Befürchtungen als berechtigt erwiesen.«

»Kennen Sie eigentlich Lorenzo Bertollini, der …?«, wollte Palinski jetzt wissen, aber die Frau ließ ihn gar nicht ausreden.

»Ich habe gehört, dieser junge Mann soll etwas mit dem Tod Wilhelms zu tun haben«, fiel sie ihm ins Wort. »Na, so ein Blödsinn. Ich habe den …, wie heißt er noch, ach ja, Lorenzo ein-, zweimal gesehen, wenn ich die Pizza entgegengenommen habe. Wilhelm war ja fast süchtig nach dem Zeug. Also, dieser junge Mann, der hat sicher nichts damit zu tun. Abgesehen davon hätte Wilhelm einen Fremden nie so nahe an sich herangelassen. Dazu war er viel zu vorsichtig.«

»Aber Herr Sanders hat Lorenzo angeblich wiederholt als ›Katzelmacher‹ und ›Spaghettifresser‹ beschimpft. Und Streit mit ihm wegen Marika Sanders gehabt. Er wollte angeblich nicht, dass sie sich mit dem ›Itaker‹ abgibt«, entgegnete Palinski.

»So ein Unsinn«, begehrte die Asbinova auf, »Wilhelm hätte solche Ausdrücke nicht einmal zum Spaß verwendet. Wer hat das behauptet? Ich wette, das war Marika selbst, dieses Biest.«

Inzwischen hatten die drei eine hervorragende Minestrone als ersten Gang hinter sich gebracht, und das bei einem italienischen Menü obligatorische Pastagericht, Cannelloni ricotta e spinaci, stand unmittelbar bevor.

»Wenn ich Sie richtig interpretiere, sind Sie nicht unbedingt ein Fan von Herrn Sanders' Tochter«, meinte Palinski zu der Physiotherapeutin. »Darf ich Sie fragen, wie Ihre Beziehung zu dieser Marika ist?«

»Falls man die wenigen Augenblicke, die ich mit der Dame«, so, wie die Asbinova dieses Wort betonte, klang es wie ein Schimpfwort, »zu tun hatte, eine Beziehung nennen möchte, dann war diese sehr schlecht. Sie ist ein anmaßendes, intrigantes, verzogenes, mieses kleines Stück Scheiße.«

Das war schon sehr … offen, unverblümt, ja, … erstaunlich, auf jeden Fall aber ehrlich. Auch wenn die Antwort politisch sicher nicht ganz korrekt war.

»Einmal hat sie zu mir gesagt, dass ich mir gar keine Hoffnung auf das Geld ihres Vaters machen brauchte«, fuhr die Physiotherapeutin fort. »Sie würde schon zu verhindern wissen, dass ich auch nur einen Euro mehr als mein normales Honorar aus ihm heraushole.« Das habe damals bedrohlich geklungen, merkte sie an. »Obwohl Marika zu diesem Zeitpunkt gar nicht gewusst haben konnte, dass Wilhelm und ich …« Das verschämte Dideli-dum, didelidei von Frankas Handy veranlasste Frau Asbinova, den Satz unbeendet zu lassen. Vorläufig zumindest.

Ein Blick auf das Display verriet der Oberinspektorin, dass es sich um einen Anruf ihres Göttergatten handelte. Und der rief sie auf dem Dienstapparat nur an, wenn die Dringlichkeit und die Wichtigkeit der entsprechenden Angelegenheit sehr hoch war.

»Ja«, meldete sich Franka knapp, hörte dann konzentriert zu, verzog überrascht das Gesicht und sagte: »Das darf doch nicht wahr sein. Ich komme sofort.«

Den beiden erwartungsvoll blickenden Leuten an ihrem Tisch teilte sie achselzuckend mit, wie sehr sie es bedauerte, »Sie zwei mit dem Wolfsbarsch in der Salzkruste allein lassen zu müssen. Tut mir leid, aber ich muss sofort weg. Ein höchst außergewöhnlicher Autodiebstahl wurde eben gemeldet. Aber wir sollten unbedingt noch weiter miteinander sprechen«, wandte sie sich an Frau Asbinova. »Was halten Sie von morgen Vormittag, 10 Uhr? Kommen Sie doch bitte aufs Kommissariat.« Und speziell an Palinski gerichtet fuhr sie fort: »Auch wir müssen unser Thema später ausdiskutieren. Tut mir leid.«

»Ja, aber …«, Mario war leicht irritiert, da ihm eben die Regie entglitten war. »Autodiebstahl, das ist doch keine Aufgabe für die Kripochefin des Koats Hohe Warte«, stellte er nicht ganz unberechtigt fest.

»Normalerweise nicht«, bestätigte die Oberinspektorin. »Wenn sich aber wie in diesem Fall angeblich eine Leiche im Kofferraum befinden soll, sieht das etwas anders aus.«

6.

Donnerstag, 24. Oktober – nach 16 Uhr

Ministerialrat Dr. Miki Schneckenburger, der von seinem neuen, etwas introvertierten und misstrauischen Chef ständig krass unterfordert wurde, hatte eine neue Leidenschaft entdeckt. Eine Tätigkeit, der heute keinerlei Exklusivität mehr anhaftete, ganz im Gegenteil. Das war aber nicht immer so und noch vor einigen Jahren sogar ganz anders gewesen. Surfen im Internet nannte sich diese Leidenschaft, also die Erforschung auch der letzten Abgründe des World Wide Web von seinem Schreibtisch im Innenministerium aus. Eine wunderbare Sache, die sich noch dazu hervorragend als innovative Aufgabenstellung und ebensolche Pflichterfüllung darstellen ließ. Solange er der gelegentlichen Versuchung, auch einmal auf das reiche Spektrum pornografischer Angebote einzugehen, widerstand.

Am liebsten trieb sich Miki dort herum, wo gechattet und gepostet wurde, wo sich mehr oder weniger Wahnsinnige versteckt hinter mitunter höchst skurrilen Nicknames die unverschämtesten Sachen unverblümt um die Ohren hauten.

Besonders viel Spaß machte es dem Ministerialrat im Moment, sich mit den geistigen Absonderungen auseinanderzusetzen, die das Thema Nummer eins, ›Nora, der Eiserne Besen – Politmord ja oder nein?‹, bei den Usern und Userinnen ausgelöst hatte. Mein Gott, was da für ein Schrott verzapft wurde. Sigmund Freud würde wohl alles über diese Spinner wissen, dachte Schneckenburger in einem Anflug von Zynismus. Er selbst wusste nur wenig, aber das reichte ihm.

Da waren einerseits die Verschwörungstheoretiker, die nicht nur eine simple, politisch motivierte Tat in der überhitzten Atmosphäre vor einer wichtigen Wahl annahmen, sondern gleich einen ersten Schritt auf dem Weg zur Vernichtung der Menschheit darin vermuteten. Und was für ungemein originelle Argumente dafür teilweise angeführt wurden. Jeden Autor politischer Thriller hätte der pure Neid gefressen.

Andererseits waren aber auch die Kommentare der permanent brunftigen Kloakenhirsche nicht von schlechten Eltern, die alles und jedes als unvermeidliche Konsequenz allgegenwärtigen Sex ansahen. Wobei die unterschiedlichsten Spielarten menschlichen Triebverhaltens Berücksichtigung fanden.

Dazwischen gab es dann auch einige Poster oder Blogger oder wie immer sich diese Spezies nannte, die mit tiefschürfenden Formulierungen die gesamte Scheiße dieser Welt zu erklären versuchten. Und wieder andere, die sich darüber und über alles andere lustig machten, ohne selbst nur das Geringste an Substanz einzubringen.

Sosehr sich der Ministerialrat, der ja neben seiner professionellen Meinung als Staatsdiener auch eine private als Bürger hatte, über viele dieser obskuren Meinungen ärgerte, musste er sich doch eingestehen, dass ihn diese mitunter archaisch anmutenden Vorgänge im Internet ungemein ansprachen. Ja, richtiggehend faszinierten.

Um diese Leidenschaft etwas zu versachlichen und damit sich selbst und anderen gegenüber rechtfertigen zu können, stellte er seine stundenlangen Ausflüge ins WWW als Recherchen hin. Immerhin wurde ja auch der E-Mail-Verkehr bei Bedarf von den Geheimdiensten überwacht. Warum sollte also das Geschehen innerhalb der verschiedenen Bereiche der Diskussionsforen des Internets nicht von Interesse für das Ministerium und die Polizei sein?

Dazu dokumentierte er die ihm relevant erscheinenden Postings als objektivierten Nachweis seiner unverzichtbaren Tätigkeit.

Der Ministerialrat hatte mit dieser ›Alibihacken‹ kurz nach dem Ministerwechsel vor einigen Monaten begonnen und sie mit der Zeit immer mehr intensiviert. Er hatte auch bereits einige formal recht imposante Dokumentationen dazu erstellt. Aber noch keine einzige, die tatsächlich auch einen praktischen Nutzen gehabt hätte.

Innerhalb der letzten Stunden war er allerdings auf etwas gestoßen, dessen Beobachtung möglicherweise mehr war als nur eine Alibihandlung. In den Foren, die sich mit dem Thema ›Politischer Mord – ja oder nein?‹ befassten, waren ihm einige Beiträge aufgefallen. Postings, die irgendeine Botschaft zu enthalten schienen, ein Wissen über die tatsächlichen Vorgänge andeuteten. Möglicherweise wollte da jemand etwas loswerden, sich von der Seele schreiben. Schneckenburger konnte nicht sagen, was ihn zu dieser Annahme veranlasste. Warum er dieses Gefühl hatte, das er sachlich nicht begründen konnte. Er fühlte es einfach, war ziemlich sicher, richtig damit zu liegen.

Da Beamte aber nur wenig mehr fürchten, als sich zu blamieren, beschloss er, zunächst einmal die Meinung seines alten Freundes Mario einzuholen, ehe er seinen Verdacht offiziell äußerte. Kurz entschlossen griff er zum Telefon und tippte Palinskis Rufnummer ein.

*

Nachdem Franka Wallner gegangen war, hatten die Asbinova und Palinski dem köstlichen Branzino im Salzmantel ein würdiges Ende bereitet. Und das Mahl mit einem köstlichen Macedonia di frutta mit einer Kugel Vanilleeis obendrauf beendet, eine Kombination, für die Mario gemordet hätte.

Dabei hatte er von Vera, die von Glas zu Glas des wunderbar süffigen Soave gesprächiger geworden war, einige bemerkenswerte Informationen erhalten.

So hatte ihr Wilhelm Sanders erst vor wenigen Tagen, kurz vor ihrer Abreise nach Bayern, anvertraut, dass er in nächster Zeit den Besuch Dr. Sulzhabers erwartete, des Notars, bei dem er sein Testament hinterlegt hatte. ›Ich muss meinen Letzten Willen doch den sich ändernden Verhältnissen anpassen‹, hatte er gemeint und dabei gelacht wie ein kleiner Bub, der ein Geheimnis nicht länger für sich behalten konnte.

Marika Sanders hatte die alleinige Bankvollmacht für die Konten, Depots und das Schließfach ihres Vaters gehabt. Seit seinem Unfall hatte die Tochter sozusagen seine Geschäfte abgewickelt und dafür auch ein Gehalt bezogen. »Angeblich hat er ihr monatlich 4.500 Euro hinten hineingeschoben, für einige Überweisungen und das Abholen der Kontoauszüge.«

»Bei welcher Bank hat denn Herr Sanders sein Konto gehabt?«, wollte Palinski jetzt wissen.

Die Asbinova überlegte, verzog leicht das Gesicht, dann schüttelte sie den Kopf und erwiderte: »Tut mir leid, aber ich weiß es nicht. Ich hab Wilhelm nie danach gefragt.«

»Aber haben Sie Ihr Honorar nicht überwiesen bekommen?«

Wieder schüttelte die Frau den Kopf. »Leider nein, ich bin noch von der altmodischen Sorte. Sie wissen schon«, sie lachte verlegen, »nur Bares ist Wahres.«

Eine seltsame Frau, fand Palinski, der von der eingebürgerten Tschechin irgendwie fasziniert war. Jetzt hatte er eine zusätzliche Frage, die ihm auf den Lippen brannte. »Kennen Sie eigentlich Marikas Freund?«

Mit der spontanen Antwort der Frau, nämlich ›Welchen meinen Sie?‹, hatte er allerdings nicht gerechnet. »Die Gute ist ein wenig flatterhaft. Sie liebt die Abwechslung. Da ist der Jugendfreund, mit dem sie seit Jahren zusammen ist, Herbert Sandhaber. Daneben gibt sie sich aber immer wieder auch mit anderen Männern ab. Auf gut Deutsch, sie hurt ordentlich herum. Der arme Herbert leidet dabei angeblich wie ein Hund, kommt aber nicht los von Marika. Er scheint ihr wohl hörig zu sein. Derzeit steht ein gewisser Freddie hoch im Kurs. Zumindest war das der aktuelle Stand, ehe ich nach Bayern aufgebrochen bin. Mehr weiß ich über den Mann leider nicht. Nicht einmal seinen Nachnamen.«

Das war zwar nicht sehr viel, aber immerhin schon viel mehr als noch kurz zuvor. Vor allem der Vorname des Burschen, der momentan angeblich die Nase oder was immer auch bei Marika vorne haben sollte, machte Palinski ein wenig nervös. Andererseits gab es viele Hunde, die Waldi hießen. Das musste also nicht unbedingt das bedeuten, was er befürchtete.

»Woher wissen Sie das eigentlich alles?«, wunderte sich Palinski, dem diese Vertrautheit mit Marikas Verhältnissen doch ein wenig seltsam vorkam.

»Wilhelm hat mir alles erzählt. Er hat mir voll vertraut«, stellte die Physiotherapeutin mit wehmütiger Stimme fest, »in der letzten Zeit sogar mehr als seiner Tochter. Er hat überlegt, Marika die Bankvollmacht zu entziehen und mir zu übertragen.«

»Und warum das?«, wollte Palinski wissen. »War das eine Art Liebesbeweis als Vorleistung auf die Eheschließung?«

»Nein, Wilhelm hat in letzter Zeit einige Unregelmäßigkeiten festgestellt«, erwiderte die Asbinova. »Er hat seiner Tochter einfach nicht mehr vertraut.«

*

Nachdem Handelsvertreter Norbert Schambuch erst gestern Nachmittag bewusst geworden war, dass seine Frau Liliane, 51 Jahre alt, seit mehr als 48 Stunden verschwunden war, hatte eine erste Identifizierung der Leiche im Kofferraum des Passwenger'schen Mercedes erst heute

Abend erfolgen können. Da in der Wohnung der Schambuchs in der Hammerschmidtgasse 16 kein aktuelles Foto der Frau gefunden worden war, musste ein solches erst über die Polizei in St. Veit an der Glan besorgt und elektronisch übermittelt werden. Und das dauerte eben. Wenn man bedachte, dass die betagten Eltern Liliane Schambuchs überhaupt erst einmal mit der Möglichkeit vertraut gemacht werden mussten, dass ihr kleiner Liebling … Und das mit dem nötigen Feingefühl, versteht sich. Na, wie gesagt, es war nicht gerade einfach gewesen.

Als das Bild am späten Nachmittag endlich da war, ging es Schlag auf Schlag. Der geständige Täter, über die richtige strafrechtliche Klassifizierung seiner Tat sollte sich der Staatsanwalt den Kopf zerbrechen, warf nur einen kurzen Blick auf das Foto. Dann nickte Arthur Passwenger zustimmend mit dem Kopf und bestätigte: »Ja, das ist die Lily.«

Damit wusste Chefinspektor Wallner endlich, wie das ihm zufällig in den Schoß gefallene Opfer hieß, aber noch immer nicht, wo sich sein Leichnam befand. Denn der Mercedes 200 D, Baujahr 1983, mit dem amtlichen Kennzeichen ›W 12 344 L‹ war trotz des Großeinsatzes der Polizei nach wie vor spurlos verschwunden.

Und damit auch der Kofferraum samt der darin befindlichen toten Person.

*

In einem alten, halb verfallenen Schuppen im wunderschönen Weinviertel am Ortseingang von Rebbach an der Kleinen Höscherl standen die Brüder Fridolin und

Burli Gaberl neben dem derzeit meistgesuchten Pkw Ostösterreichs herum.

Falls Sie, liebe Leserinnen und Leser, sich bereits gefragt haben sollten, warum zum Teufel jemand einen schon reichlich betagten, von einem Oldtimer aber doch noch einigermaßen entfernten Mercedes gestohlen hatte, ein Auto, das darüber hinaus in einem so verschlampten Zustand war wie das gegenständliche, eine Frage, die zunehmend auch die Polizei beschäftigte, hier ist die Antwort: Burli Gaberl besaß einen Wagen desselben Typs und Baujahres und hatte zunehmend Schwierigkeiten, Ersatzteile für seinen alternden ›Luxusschlitten‹ zu finden. Er und sein Bruder hatten vorgestern also eigentlich kein Auto, sondern ein automobiles Ersatzteillager gefladert und hierher in Sicherheit gebracht.

Und genau jetzt wollten sie dieses das erste Mal nutzen. Mit dem rechten Außenspiegel einmal ganz klein beginnen und dennoch dieses wunderbare Gefühl genießen, aus dem Vollen schöpfen zu können. Beide blickten sich fast andächtig an, ehe Burli den Schraubenzieher ansetzte, um das begehrte Objekt fachkundig und vorsichtig aus seiner bisherigen Fixierung zu lösen.

Im Moment, in dem er die nicht unbeträchtliche Kraft seines rechten Armes in eine drehende Bewegung des Werkzeuges in seiner Hand umsetzen wollte, hörte er das leichte Klopfen. Er hielt inne und blickte fragend zu Bruder Fridolin. »Hast du das auch gehört?«

»Was? Was soll ich gehört haben?« Fridolin fuhr hoch, wie so oft, wenn man ihn unvermutet ansprach. War immer irgendwo in sein Wolkenkuckucksheim versunken, der kleine Träumer.

›Bummbumm‹, da war es schon wieder. Leise, fast zärtlich, aber unüberhörbar.

Jetzt schien auch Fridolin das Geräusch vernommen zu haben, denn er blickte verstört auf. »Ich habe auch was gehört«, bestätigte er Burlis Vermutung, ging aber noch einen Schritt weiter. »Ich glaube, das Geräusch kommt aus dem Kofferraum.«

›Bummbumm‹, ertönte es erneut. Unüberhörbar und eindeutig aus dem hintersten Teil des Fahrzeuges stammend.

Vorsichtig machten die beiden Brüder einige Schritte zum Kofferraum hin. Dabei griff Burli nach einem Hammer, der auf der Ablage an der Wand lag. Dann deutete er mit dem Kopf auf ein danebenliegendes Bleirohr, wohl um Fridolin zu ermuntern, sich ebenfalls etwas zu nehmen, mit dem man notfalls zuschlagen konnte.

»Es könnte ja irgendein Viech, eine Schlange oder so was da drin sein«, meinte er. »Oder vielleicht ein bissiger Hund. Sicher ist sicher.« Entschlossen wog Burli den Hammer in der Hand.

Wieder war das mysteriöse Klopfen zu hören. Leise, aber unverkennbar aus dem Kofferraum. Während Fridolin rasch zu dem Bleirohr griff und sich mutig hinter Burli stellte, machte sein großer Bruder den einen, entscheidenden Schritt zum Kofferraumdeckel und zog ihn mit einer kraftvollen Bewegung nach oben.

Besser, er hatte es versucht, aber das Ding klemmte irgendwie. Wieso, keine Ahnung. Auf jeden Fall ging es nicht auf. Dafür folgte sofort ein neuerliches ›Bummbumm‹, das irgendwie bestimmter, fordernder klang als die vorangegangenen.

Wild entschlossen legte Burli den Hammer zur Seite und nahm dafür den Schraubenzieher, den er die ganze Zeit in der Linken gehalten hatte, in die Rechte. Dann schob er das beruhigend stabil wirkende Stück in die reichlich zerschlissene Gummidichtung zwischen Deckel und oberen Rand des Kofferraums, drückte mit einem einzigen kräftigen Ruck darauf und freute sich, als der Deckel nunmehr mit leichtem Quietschen, im Übrigen aber ohne Weiteres, aufsprang.

Das Erste, was Burli sah, war das blutverkrustete Gesicht … einer Frau, deren linkes Auge zugewachsen schien und deren anderes ihn verzweifelt anstarrte. Ihr Mund versuchte anscheinend, etwas von sich zu geben, aber außer einem leisen Krächzen kam nichts heraus. Langsam hob sich der rechte Arm der Schwerverletzten und schob sich ihm entgegen. Schockiert ließ Burli den Schraubenzieher fallen und drehte sich zur Seite.

Fridolin, dem der direkte Blick durch seinen vor ihm stehenden Bruder verwehrt war, wurde durch die unerwartete Reaktion Burlis erschreckt. Als er dann plötzlich einen Arm aus dem Kofferraum auftauchen sah, dessen knöcherne blutleere Hand nach dem Bruder zu greifen schien, reagierte er völlig automatisch. Als Erstes prügelte er mit dem Bleirohr so lange auf den verdammten Arm mit dieser schrecklichen Hand ein, bis der endlich wieder verschwunden war. Durch diesen Erfolg ermutigt, nahm er die Verfolgung auf, machte einen Schritt nach vorne und schlug unentwegt auf das am Boden des Kofferraums liegende Bündel ein. Bis ihn sein Bruder zurückriss und anbrüllte, endlich aufzuhören.

Inzwischen war auch der letzte kärgliche Rest an Energie, der Liliane Schambuch gegen jede Vernunft mehr als 36 Stunden lang überleben hatte lassen, aus ihr gewichen. Die Frau war endgültig tot, erschlagen wie ein räudiger Hund.

»Mein Gott, Fridolin, was hast du getan?«, brüllte Burli. »Warum hast du diese arme Frau getötet?«

Der jugendliche Totschläger war wie paralysiert. »Ich habe dir das Leben gerettet«, stammelte er. »Ich wollte nicht, dass sie dir etwas tut. Was sollte ich denn sonst machen? Ich habe dir doch helfen müssen, du bist doch mein Bruder!«

Dann begann er, haltlos zu schluchzen.

*

Palinski war etwas irritiert. Nein, eher verärgert, aber auch irritiert. Sein Denken drehte sich nach wie vor fast ausschließlich um diese seltsame Geschichte mit Lorenzo Bertollini. Und der Rolle, die dessen Bruder Alfredo möglicherweise darin spielte. Und jetzt sollte er sich plötzlich auf etwas ganz anderes konzentrieren.

Begonnen hatte dieses Gefühl, etwas tun zu sollen, was er eigentlich nicht tun wollte, zumindest jetzt nicht, mit dem Anruf Miki Schneckenburgers vor vielleicht zwei Stunden.

›Du musst dir unbedingt einmal diese Postings zum Tod der Frau Nora Bender-Nicerec ansehen‹, hatte ihn der Ministerialrat aufgefordert. Ja, fast war es Palinski vorgekommen, als sei sein alter Freund ob dieses Internetschrotts, mit dem er sich jetzt offenbar die meiste

Zeit auseinandersetzte, so etwas wie ins Schwärmen geraten.

›Darin ist gelegentlich fast so etwas wie Poesie zu finden‹, hatte Miki gemeint und ihn damit sogar ein wenig neugierig gemacht. ›Auf eine sehr seltsame, verschrobene Art zwar‹, hatte der alte Freund eingeräumt, ›aber trotzdem Poesie.‹

Vor allem aber hatte ihn der alte Freund mit der Bemerkung, dass sich darin möglicherweise Hinweise auf den Tod der Bender-Nicerec fänden, scharf auf diese Texte gemacht. ›Es ist zwar nur so ein Gefühl‹, hatte Schneckenburger eingeräumt, ›aber ich bin ziemlich sicher, dass da Leute mitposten, die etwas darüber wissen. Und die dieses Wissen loswerden wollen. Nicht direkt natürlich, aber zwischen den Zeilen oder als Metapher, als Parabel oder sonst irgendwie. Für dich als Krimiliteranalogist muss das ja hochinteressant sein.‹ Damit hatte ihn der alte Freund endgültig geködert. Mit den eigenen Waffen geschlagen, aber so etwas von.

Schneckenburger hatte mit diesem Hinweis auf das von Palinski vor mehr als drei Jahren ins Leben gerufene Institut für Krimiliteranalogie angespielt. Aufgrund dessen war er mit einem Schlag förderungswürdig geworden und konnte sich von diesem Zeitpunkt an über eine jährliche Subvention des Innenministeriums freuen. Bis jetzt zumindest. Ob er nach dem Ministerwechsel die 30.000 Euro auch im nächsten Jahr noch bekommen würde, musste sich erst zeigen.

Inhaltlich befasste sich das Institut mit der ›Vergleichenden Betrachtung realer Verbrechen und der Kriminalliteratur‹, also dem Einfluss echter Kriminalfälle auf Romane, Drehbücher oder Theaterstücke und umgekehrt der Bedeutung der Fantasie für das tägliche Verbrechen.

Für eine aus wirtschaftlicher Not geborene Aufgabenstellung war das gar nicht schlecht gewählt gewesen. Interessant, durchaus seriös, wenn man es darauf anlegte, und wunderbar geeignet, zu analysieren, zu definieren und zu formulieren. Darin war Palinski schon immer gut gewesen. Und so hatte er sich mit der Zeit zu einem durchaus international anerkannten Experten in dieser interdisziplinären Nische gemausert.

So gesehen war Schneckenburgers scheinbar rein beiläufiger Hinweis auf die Krimiliteranalogie alles andere als Zufall gewesen. Entweder es hatte sich um eine versteckte Warnung gehandelt, die die zukünftige Subventionsgewährung betraf. Oder der zwischen den Zeilen überbrachte ministerielle Wunsch, sich als *der* Experte für diese Thematik der Sache anzunehmen. Wahrscheinlich beides.

Wie auch immer, Palinski war skeptisch. Er konnte sich nicht wirklich vorstellen, im Internet auf interessante Fährten zu stoßen. Andererseits fühlte er sich sogar geehrt. Auf eine Art zumindest. Wen sonst sollte man denn auch mit diesem Problem betrauen, wenn nicht den Leiter des Institutes für Krimiliteranalogie?

Während er sich also, ein wenig halbherzig, aber doch, auf den Weg zur ersten von Miki Schneckenburger angegebenen Internetadresse machte, um sich auf die von dem Freund als spannend apostrophierte Lektüre einzulassen, gab das Handy einen Laut. Es war

Wilma, die er seit zwei Tagen nicht gesehen hatte. Nicht so richtig zumindest, denn die fünf Minuten am Morgen zwischen Bad und Häusl zählten ja nicht wirklich.

»Marianne hat mich angerufen«, teilte ihm die Frau mit, die er nach mehr als 27 Jahren übermorgen heiraten sollte. »Anselm und sie werden morgen erst ziemlich spät in Wien eintreffen und direkt zum Zimmermann kommen.« Das war der Heurige in der Armbrustergasse, in dem ›Wilma und Mario‹ sich spät, aber doch, die Ehre gaben und in den sie zum Polterabend geladen hatten. »Ich habe den beiden angeboten, in Tinas altem Zimmer zu wohnen. Oder hätte ich ihnen den Raum hinten im Institut anbieten sollen?«

Anselm Wiegele war Hauptkommissar im schönen Singen am Hohentwiel und Marianne seit Kurzem seine Frau. Mario und er waren gute Freunde. So gute, dass Palinski vor zwei Monaten den Trauzeugen für den deutschen Polizisten abgegeben hatte und sich dieser jetzt mit dem gleichen Liebesdienst revanchieren sollte.

»Ist mir egal«, brummte der auf das Geschehen auf dem Monitor konzentrierte Bräutigam desinteressiert. Und das klang so unfreundlich, dass es ihm sogar selbst auffiel. »Sie können sowohl in der Wohnung als auch im Büro übernachten«, fügte er etwas freundlicher hinzu und hoffte, die Kurve damit gerade noch erwischt zu haben.

Aber Wilma pflegte jede Gemütsschwankung zu registrieren wie ein Seismograf die Erdbeben dieser Welt. In den letzten Tagen mehr als zuvor. »Was ist dir denn jetzt schon wieder über die Leber gelaufen?«, wollte sie wissen. »Überhaupt, in letzter Zeit bist du ein wenig unduldsam, mein Lieber«, ergänzte sie liebevoll ermahnend.

»Ach was«, knurrte Palinski, »wenn du so viel um die Ohren hast wie ich, dann möchte ich sehen, wie duldsam du bist. Übrigens, sei heute Abend zu Hause, ich habe etwas mit dir zu besprechen.«

Jetzt war es Wilma zu bunt geworden. Wortlos hatte sie das Gespräch beendet. »Na, so was, jetzt ist sie auch noch beleidigt«, brummte Palinski.

Ehe er sich weiter Gedanken über Wilmas Verhalten machen konnte, dideldumte, dideldeite das Handy schon wieder.

Aha, jetzt will sie sich wohl für die abrupte Beendigung des Gespräches entschuldigen, fuhr es Palinski mit einem Gefühl befriedigender Erleichterung durch den Kopf.

»Hallo, Schatz«, meldete er sich vorlaut, worauf sich der männliche Anrufer doch ein wenig wunderte.

»Scusi Mario, ma sono io, Alfredo, die Bruder von die Lorenzo«, radebrechte Mamma Marias Mittlerer. »Non sono Schatzi.«

Alfredos Lachen klang irgendwie … infantil, fand Palinski, der sehr erstaunt war. Hatte er doch mit allem gerechnet, bloß nicht mit einem Anruf von dieser Seite. Aber bitte, gequält lachte er ebenfalls.

»Tut mir leid, aber ich habe Wilma erwartet«, rechtfertigte er sich. »Was ist los, Alfredo, was kann ich für dich tun?«

*

Nachdem Burli seinem Bruder zwei volle Kübel mit kaltem Wasser ins Gesicht geschüttet hatte, hörte Fridolin endlich mit dem minutenlangen enervierenden Geheul auf. Er starrte stumm vor sich hin, dann bedeckte er sein Gesicht mit beiden Händen und begann, leise zu wimmern. Mit einiger Fantasie hörte sich das an wie: ›Was hab ich bloß getan, mein Gott, was habe ich bloß getan?‹

Burli Gaberl, der weniger zart besaitet war, ging dieses Geseire langsam auf die Nerven. »Die Frage ist nicht, was du getan hast«, bemerkte er herzlos, »sondern warum. Aber nachdem es nun einmal passiert ist, ist mir das eigentlich auch scheißegal. Das Einzige, was jetzt zählt, ist die Frage, was nun, was tun?«

Fridolin starrte den Bruder an. »Was heißt, was jetzt zu tun ist? Das ist doch klar. Wir müssen die Polizei informieren, ihr erzählen, dass das alles ein schrecklicher Irrtum war.«

»Sag, spinnst du jetzt komplett?«, fuhr ihn Burli an. »Und was für ein Märchen erzählen wir den Kieberern, wenn sie fragen, wie der Wagen überhaupt hierhergekommen ist? Und warum eine halb tote Frau hinten drin liegt, der du Idiot dann den Rest gibst? Willst du wirklich für zehn oder mehr Jahre in den Knast?«

So hatte Fridolin die Sache offenbar noch gar nicht betrachtet. Auf jeden Fall reichten Burlis Argumente aus, um ihn in ein nachdenkliches Schweigen fallen zu lassen. Zumindest vorläufig. »Und was ist dein Vorschlag?«, nörgelte er schließlich.

»Ich denke da an die reinigende Kraft des Feuers«, dozierte Burli. Dann erklärte er seinem staunenden

Bruder bis ins letzte Detail, wie er sich die Bereinigung dieses unangenehmen Zwischenfalls vorstellte.

»Und das wird klappen?«, Fridolin hatte sichtlich Hoffnung geschöpft. Ja, er sah schon fast wieder fröhlich aus.

»Na, und ob«, gab sich Burli optimistisch und ließ keinerlei Zweifel aufkommen, dass er die Lage völlig unter Kontrolle hatte.

»Die Sache wird sich in Rauch und Asche auflösen«, er lachte laut über das Bild. »Im wahrsten Sinn des Wortes, du wirst sehen. Und kein Mensch wird je auf die Idee kommen, dass wir etwas damit zu tun haben. Kein einziger, so wahr ich Hubert Gaberl heiße.«

*

Nachdem er mit Alfredo, der ihn unbedingt sprechen musste, aber wegen des starken Abendgeschäftes im Restaurant nicht sofort kommen konnte, für den nächsten Vormittag ein Gespräch vereinbart hatte, wollte sich Palinski endlich den Postings zum Mord an Nora Bender-Nicerec zuwenden.

Gerade als er die drei Ws als allerersten Schritt auf dem Weg zur richtigen Adresse eingeben wollte, lenkte ein seltsames mehrmaliges Pfeifen oder …, auf jeden Fall ein bisher noch nicht vertrautes Signal seines Mobiltelefons seine Aufmerksamkeit wieder vom Monitor ab.

Der Blick auf das beleuchtete Display teilte ihm mit, dass er eine Mitteilung erhalten hatte. Eine SMS, seine erste! Der praktizierende Telefonmuffel Palinski hatte tatsächlich bislang nie etwas Derartiges erhalten. Daher auch noch nie eine geöffnet. Und genau das war jetzt das Problem. Zu blöd, dass Florian gerade heute mit einer Freundin im Kino war. Für den wäre das Sichtbarmachen der Nachricht ein Klacks gewesen. Aber bitte, der Bursche hatte sich seine Freizeit ehrlich verdient, dachte er versöhnlich.

Nachdem er einige Minuten mehr oder weniger planlos die verschiedenen Tasten bearbeitet und dabei eine erstaunliche Vielfalt an Meldungen auf sein Display gelockt hatte, wurde er ärgerlich. Das sch... Handy hatte ihm alles gezeigt, bloß nicht diese blöde Mitteilung.

Jetzt fiel ihm ein, dass er eigentlich nur jemanden anrufen musste, der sich mit diesem Teufelszeug besser auskannte als er. Und das war praktisch jeder, der ihm einfiel.

Oder sollte er sich lieber auf die Suche nach der, soweit er sich erinnern konnte, umfangreichen Gebrauchsanweisung machen? Nein, das kam wegen vorhersehbarer Aussichtslosigkeit wohl nicht infrage.

Die nächsten zehn Minuten vergingen mit diversen erfolglosen Versuchen, jemanden zu erreichen. Nachdem Palinskis potenzielle Gesprächspartner alle aus dem Alter heraus waren, in dem sie sich bedingungslos auf jeden Anruf stürzten, der sie erreichte, war er zunächst mit seltsamen Pieptönen, Mailboxeinladungen und lapidaren Tonbandansagen konfrontiert. Und natürlich auch mit jeder Menge immer wiederkehrender Signaltöne.

Es war wie die Parodie auf ein Zitat Brechts, das in diesem Falle lautete: ›Stell dir vor, das Telefon klingelt, und keiner nimmt ab.‹ (Anmerkung des Autors: ›Stell dir vor, es ist Krieg, und keiner geht hin‹ ist allerdings von dem amerikanischen Schriftsteller Carl Sandburg und wird von Brecht nur zitiert.)

Nach dem 14. oder 23. Versuch erreichte er Harry. Endlich, und ausgerechnet, seinen Sohn. Palinski hätte vor Erleichterung fast weinen mögen.

Dann ging alles relativ rasch. Harry erklärte die notwendigen Schritte und Handgriffe so idiotensicher, dass sein Vater gar keine andere Möglichkeit hatte, als nach zwei, drei Minuten auf die lapidare Mitteilung Wilmas zu starren: ›Bin mit Kollegen feiern, kann später werden. Bis morgen.‹

Palinski schluckte, er hatte so sehr gehofft, mit seiner ›Braut‹ vor dem Samstag noch die eine oder andere Sache besprechen zu können. Und nun das. Dabei hatte er ihr ausdrücklich gesagt, dass er sie heute Abend sprechen wollte. Wenn sie erst seine Frau war, würde sie schon etwas mehr Rücksicht auf ihn nehmen müssen, dachte er verärgert.

»Danke, Harry«, der Bub konnte ja nichts dafür, »das war sehr nett von dir. Und sehr gekonnt. Ich fürchte, ich bin schon zu alt für dieses technische Zeug.«

»Gern, Papa«, meinte der Junior. »Übrigens, die Mama möchte wissen, ob du ihre Nachricht erhalten hast?«

»Was, wieso?«, Palinski war, als ob ihm jemand mit dem gestreckten Zeigefinger gegen den Solarplexus gekracht wäre. »Ja, habe ich. Wo ist die Mama, also Wilma?«

»Sie ist gerade am Weggehen«, erklärte Harry. »Ja, hat er«, rief er, offenbar für seine Mutter bestimmt. Dann meldete er sich wieder bei Palinski. »War's das dann? Na, dann Tschüss.«

Ja, das war's gewesen. Palinski war so was von sauer, es war unbeschreiblich. Vor allem aber kam er sich vor wie ein Trottel, ein riesengroßer Depp. Zornig starrte er auf das Display mit dieser Scheißmeldung. Um sie zu lesen, hatte er sich eine gute halbe Stunde zum Idioten gemacht. Und dann ließ ihn Wilma fragen, ob er ihre Nachricht erhalten habe. Ja, er hatte, und sie stand ihm bis da oben. Im Geiste markierte Palinski eine Linie in Höhe seiner Augen. Jetzt wollte er nur mehr eines, diese unseligen Zeilen wieder löschen. Wenn er wenigstens das zusammenbrächte, würde ihm das vielleicht ein wenig von seinem in Auflösung befindlichen Selbstwertgefühl wiedergeben.

Vorsichtig drückte er die eine Taste links, in der Hoffnung, irgendwo den Befehl ›Löschen‹ zu finden. Aber vergebens. Dafür zeigte ihm das Display an, dass in den unergründlichen Tiefen seines Mobiltelefons eine zweite Nachricht darauf harrte, zur Kenntnis genommen zu werden.

Komisch, deren Eingang war ihm ganz entgangen. Na ja, aufs Klo vorhin hatte er das gute Stück schließlich nicht mitgenommen.

Da er sich noch gut an die vorangegangenen Anweisungen Harrys erinnern konnte, gelang es Palinski nach acht Minuten, die Nachricht sichtbar zu machen. Sie stammte von Vera Asbinova und lautete kurz und bündig: ›Was Sie noch wissen sollten: Nach Aussage von Wilhelm hat Marika Sanders mehr als 120.000 Euro veruntreut.‹

Das klang interessant, und Palinski wollte mehr darüber erfahren. Arbeit war sicher die beste Therapie, um sein geknicktes Ego wieder aufzurichten. Und so rief er einfach die im Display ausgewiesene Nummer an. Eine SMS, die er ohnehin nicht zusammengebracht hätte, wäre doch viel zu unpersönlich gewesen.

*

Inzwischen war die Suche nach dem gestohlenen Pkw Mercedes 200 D, Baujahr 1983, mit dem Kennzeichen ›W 12 344 L‹ auf das ganze Bundesgebiet ausgedehnt worden. In der entsprechenden Suchmeldung wurde darüber hinaus ausdrücklich darauf hingewiesen, dass sich im Kofferraum dieses Wagens aller Voraussicht nach eine weibliche Leiche befand. Die Kolleginnen und Kollegen wurden gebeten, im Falle des Gebrauchs einer Schusswaffe ebendiesen Kofferraum nicht zu treffen, um die noch ausstehende Arbeit des Gerichtsmediziners nicht unnötig zu verkomplizieren.

Weiters wurde besonders darauf aufmerksam gemacht, dass es sich bei dem oder den Dieben des Fahrzeuges nicht gleichzeitig auch um den oder die Mörder der im Kofferraum liegenden Leiche handelte. Und dass auch nicht mit Sicherheit feststand, ob der oder die Insassen des Wagens von dem grausigen Inhalt des Kofferraumes wussten.

Chefinspektor Helmut Wallner und seine Frau Franka, ihres Zeichens Oberinspektorin und Leiterin der Kriminalpolizei im Kommissariat Hohe Warte, saßen nach mehreren Tagen wieder einmal gemeinsam bei einer Mahlzeit. Nicht zu Hause, wo sie sich außer zum Schlafen schon länger nicht getroffen hatten, sondern in einem kleinen Beisl in der Nähe des Polizeipräsidiums. Das Lokal war für seine Alt-Wiener Spezialitäten berühmt und damit verantwortlich dafür, dass Blutdruck und Cholesterinspiegel des Chefinspektors wie auch die vieler seiner Kollegen langsam besorgniserregende Höhen annahmen. Kein Wunder, bei dem Kalbsbraten mit mitgebratenen, vom eigenen Fett eingeschlossenen Nierndlerln. Köstlich, eine Sünde, für die Wallner zu morden bereit gewesen wäre. Natürlich nur im übertragenen Sinne des Wortes.

Franka, die die kulinarischen Auswüchse ihres Helmut natürlich nicht sehr gern sah, aber wusste, dass sie mit ihren Argumenten für eine gesunde, ausgewogene Ernährung in stressreichen Zeiten wie diesen keine Chance hatte, begnügte sich dagegen demonstrativ mit einer vegetarischen Krautroulade mit Polentaschnitte.

Und worüber sprach das wohl hochrangigste Kriminalistenpaar des Landes, wenn es endlich einmal eine halbe Stunde ganz für sich hatte? Erraten, über die aktuelle Arbeit.

Was nach krankhaftem Engagement, nach Workaholismus im Endstadium aussah und unter normalen Umständen zweifellos auch gewesen wäre, fand in der konkreten Situation seine sachliche Rechtfertigung im zeitlichen Zusammentreffen der beiden, nein, eigentlich drei aktuellen Fälle.

Da war einmal der Mord an Nora Bender-Nicerec, der inzwischen eindeutig politischen Charakter angenommen hatte, unabhängig davon, aus welchen Motiven die Tat verübt worden war. Und obwohl inzwischen 13 Personen festgenommen und zum Teil auch schon einvernommen worden waren, die im Verdacht standen, auf die eine oder andere Art und Weise mit dem Fall zu tun zu haben, war weit und breit noch keine Aufklärung in Sicht.

Dennoch bestand der Minister weiter nachdrücklich darauf, in der offiziellen Diktion von einem ›ordinären Verbrechen‹ zu sprechen.

Quasi als verbindendes Element zwischen den Eheleuten stellte sich der Fall Liliane Schambuch dar. Der Mann hatte einen geständigen Täter an der Hand, die Frau suchte die dazugehörende Leiche, die sich in einem gestohlenen Pkw befand. Die Situation entbehrte nicht einer gewissen unfreiwilligen Komik.

Aber auch der dritte Fall, der eigentlich der zweite war, hatte seine ganz speziellen Eigenheiten. Das stand spätestens seit dem heutigen Abend fest, als der abschließende Bericht des Gerichtsmediziners auf Frankas Schreibtisch gelangt war.

»Weißt du was, Helmut«, weihte sie ihren Mann eben in die jüngsten Entwicklungen ein, »die Gerichtsmedizin hat jetzt definitiv festgestellt, dass Sanders eines natürlichen Todes gestorben ist. Der Mann, der für sein Alter sogar ein erstaunlich gesundes Herz gehabt haben soll, hat einen simplen Herzstillstand erlitten. Der schließlich für seinen Tod verantwortlich war.«

Der Chefinspektor wirkte leicht irritiert. »Aber«, wunderte er sich, »das Gift? Sanders wurde doch angeblich vergiftet.«

»In Sanders Körper konnte das Botox nicht mehr festgestellt werden«, erklärte Franka. »Und die Substanz in dem Flascherl war so stark verdünnt, dass Sanders mindestens einen halben Liter, eher aber mehr, davon oral hätte aufnehmen müssen, damit überhaupt nachhaltige Symptome einer Vergiftung eintreten hätten können. Falls überhaupt, dann hätte er nach einer Weile höchstens leichte Lähmungserscheinungen im Mundbereich verspürt.«

Wallner schüttelte nachdenklich den Kopf. »Aber woran ist er dann eigentlich gestorben? Ich meine, was hat den Herzstillstand verursacht?«

»Professor Hornbuch hat da eine Theorie, die recht plausibel klingt«, entgegnete seine Frau. »Vielleicht haben der oder die Täter ja geglaubt, dass die Substanz geeignet war, den Mann zu töten. Oder es das Opfer zumindest glauben lassen. Als Sanders dann plötzlich gespürt hat, dass seine Zunge sich irgendwie taub anfühlt, hat er geglaubt, er müsse sterben. Und davor hat der arme Teufel einfach schreckliche Angst gehabt. Die reinste Panik. Er hat sich zu Tode erschreckt. Von diesem Moment an war das Ganze eine sich selbst erfüllende Prophezeiung. Er hat *geglaubt*, er müsse sterben und … Na ja, wie heißt es so treffend, ›Auch zu Tode gefürchtet ist gestorben‹.«

»Aber das ändert nichts am Tatbestand«, stellte der Chefinspektor fest. »Denke ich zumindest. Denn die Substanz war ja giftig, wenn auch nicht wirksam. Also von einem untauglichen Mittel im juristischen Sinn kann keine Rede sein. Es kommt jetzt ganz darauf an, worauf der Vorsatz gerichtet war. Sollte Sanders getötet oder möglicherweise nur erschreckt werden?« Er lachte bitter. »Und wie das Zu-Tode-Erschrecken strafrechtlich beurteilt wird? Da bin ich überfragt.«

Franka nickte nachdenklich. »Genau so lautet die Frage. Wollten der oder die Täter Sanders lediglich erschrecken oder tatsächlich töten? Das muss aber die Staatsanwaltschaft entscheiden. Um ihr wirkungsvoll dabei zu helfen, müssen wir endlich etwas über das Motiv erfahren.«

*

Palinski hatte sich für seinen kurzfristig anberaumten Abendtermin fein gemacht, so gut es ihm eben möglich war. Das bedeutete Duschen, Rasieren, frische Wäsche und etwas zu viel des Guten von dem speziellen Deodorant, das nicht jedermanns Sache war.

Gerade als er sich auf den Weg machen wollte, fiel ihm ein, dass heute auf Arte eine Übertragung der Bohème ausgestrahlt werden sollte, die er sich gern angesehen hätte. Im Zeitalter des Videorekorders gar kein Problem. ›Nimm jetzt auf und schau später‹ war die Parole, die ein Optimum an Flexibilität in solchen Fällen gewährleistete. Einen Haken hatte die Sache allerdings, wie er feststellen musste. Er hatte kein freies Band für die Aufnahme mehr zur Verfügung.

Na, das war auch kein Beinbruch, dachte Palinski, dann musste er eben Abschied von einem bereits bespielten Band nehmen. Um zu sehen, welche kulturellen Kostbarkeiten auf das im Rekorder befindliche Band gebannt worden waren, drückte er die Starttaste auf der Fernbedienung. Auf dem Monitor wurde ein von Menschen nur so übersäter Platz sichtbar, und Palinskis Handy meldete sich.

Nicht auf dem Band, sondern in Wirklichkeit. Es war Florian, der sich nach Beendigung des Kinofilms erkundigte, ob er heute noch benötigt würde oder ob er sich seiner Flamme weiter widmen könne.

Palinski war gerührt über den Einsatzwillen des Burschen. Nein, nein, er solle nur den Abend weiter genießen, wies er seinen jungen Kollegen an. Und lieb zu der jungen Dame sein, auch schöne Grüße unbekannterweise.

Während Palinski die Wärme und das leichte Kribbeln genoss, die ihn bei dem Gedanken an das junge Paar und seine kupplerhafte Bemerkung erfüllt hatten, war die Aufzeichnung der ›Demonstration gegen die Gewalt‹ von gestern Abend gerade an der Stelle angelangt, an der Lucia Nicerec, die Tochter des ermordeten ›Eisernen Besens‹, zu den Massen sprechen sollte.

Zunächst zeigte die Kamera in der Totalen, wie eine junge Frau auf die improvisierte Bühne kletterte und sich hinter das Mikrofon stellte. Dann zoomte sich das elektronische Wunderkastl ganz dicht heran und zeigte das Gesicht der Tochter in gnadenloser Nahaufnahme. Sogar eine kleine Fieberblase auf der Unterlippe links war nicht zu übersehen.

Also, dieses Gesicht war Palinski einmal begegnet, da war er sich ganz sicher. Und dann, nachdem die junge Frau die ersten Worte zu den Menschen gesprochen hatte, wusste er auch, wo.

Ihre Stimme war es, die es ihm verraten hatte. Die er

mit der Frage ›Können Sie so nett sein und mir das Salz borgen?‹ noch sehr, sehr präsent im Gehörgang hatte.

Die Frau auf dem Bildschirm war, und da gab es nicht den geringsten Zweifel daran, ›the one and only Lou‹, die herrlichste Muschi westlich des Urals. Die anfangs der Woche neben Palinski im Kaiser gesessen war und dabei ganz auf ihren Kürettagetermin vergessen hatte.

O Mannomann, war die Welt klein – und erst Wien. Ob, wie hieß er noch schnell, ja, Simmi auch irgendwo in der Menge stand?

Die beiden waren also Tochter und Mann von Nora Bender-Nicerec? Wer hätte das gedacht.

7.

Freitag, 25. Oktober – während des Tages

Als Palinski wach wurde, war ihm zunächst nicht klar, wo er sich befand. Er kannte das als untrügliches Zeichen dafür, dass er am Abend vorher mehr getrunken hatte, als gut für ihn war. Das kam bei ihm zwar nicht sehr oft vor, aber doch von Zeit zu Zeit. Da half nur eines, nochmals einige Minuten die Augen schließen und an den Start zurückgehen.

Als Palinski die Augen an die drei Minuten später neuerlich öffnete, wusste er allerdings noch immer nicht, wo er sich befand. Er blickte auf seine Armbanduhr, es war kurz vor 7 Uhr, und die Lichtverhältnisse waren völlig andere als sonst um diese Zeit. Sowohl das Schlafzimmer in Wilmas Wohnung als auch sein Dormitorium im Institut für Krimiliteranalogie lagen gen Osten und waren daher morgens relativ hell. Dieser Raum hier lag in satter Dunkelheit, wahrscheinlich ging das einzige Fenster gegen Norden oder Westen.

Langsam richtete er sich auf der viel zu weichen Couch auf, auf der er offenbar die letzten Stunden verbracht hatte, in Unterwäsche und unter einer dunkelblauen Wolldecke. Sein Rücken schmerzte zum Gotterbarmen, wie immer, wenn er nicht hart genug gelegen war. Und die Blase war, na, darauf wollte er jetzt lieber nicht näher eingehen. Das konnte sich ohnehin jeder vorstellen. Dagegen sollte er möglichst bald etwas unternehmen.

Der lästige Druck war aber gar nichts im Vergleich zu dem Gefühl der Hilflosigkeit, das ihn befiel, als ihm bewusst wurde, nicht die geringste Ahnung zu haben, wo er sich eigentlich befand.

Man musste sich das nur einmal vorstellen: Heute Abend wollte er seinen Abschied als Junggeselle feiern und morgen seine geliebte Wilma heiraten. Und jetzt lag er da in einer fremden Wohnung und hatte keine Ahnung von nichts. Er wusste nicht, wo er war, warum er war, was er war und wie er hierhergekommen war. Und vor allem fehlte ihm auch die Erinnerung an die letzten Stunden.

Da war nix, niente, nitschewo. Es war schlimm.

Jetzt fehlte nur noch, dass irgendeine schöne fremde Frau ins Zimmer kam und ihn ›Liebling‹ nannte.

»Guten Morgen, Mario.« Vera Asbinova, der Name war Palinski sofort wieder eingefallen, hatte den Raum mit einem Tablett mit zwei Häferln Kaffee und einem Teller mit Keksen betreten. »Na, hast du gut geschlafen?«

Sie stellte das Tablett auf dem kleinen Couchtisch ab und setzte sich neben ihren Schlafgast.

Offenbar befand er sich in der Wohnung der Physiotherapeutin. Bloß, wie war er hierhergekommen? Und vor allem, warum? Was ihm ein wenig Hoffnung machte, war, dass sie ihn nicht ›Liebling‹ genannt hatte.

»Danke, es geht so«, antwortete Palinski unverbindlich auf die Frage der Hausherrin. »Noch besser wird es mir gehen, wenn Sie mir verraten, wo ich das … Badezimmer finden kann.«

»Die zweite Türe neben dem Eingang«, erklärte

die Asbinova bereitwillig und deutete nach draußen. Schnell zog er sein Hemd an, fuhr in die Hose und machte sich bloßfüßig auf den Weg.

Im Vorzimmer streifte Palinski unabsichtlich das kleine Tischerl, wodurch einige der darauf liegenden Papiere zu Boden segelten. Beim Aufheben fiel ihm eine handschriftliche, aus mindestens zehn vielstelligen Zahlen-Buchstaben-Kombinationen bestehende Liste im Format DIN-A5 und dem Werbeaufdruck eines Versicherungsmaklers auf. Eines gewissen Johannes Matik im 8. Bezirk, mit Telefonnummer, E-Mail-Adresse und Homepage.

An dem Wisch befand sich, mit einer Büroklammer fixiert, ein Bündel Abschnitte, die jeweils Einzahlungen für das vierte Quartal an verschiedene Versicherungen belegten. Insgesamt mehr als 2.000 Euro, die Einzahlungen waren alle am selben Tag am Postamt Wien 1093 erfolgt.

Neugierig, wie Palinski nun einmal war, und auch noch nicht wirklich klar im Kopf, legte er das kleine Konvolut an Papieren nicht wieder an seinen Platz zurück, sondern nahm es mit auf das Häusl. Dort setzte er sich ganz gegen seine sonstige Gewohnheit nieder, um die Zettel gleichzeitig mit dem, was eben zu tun war, in Ruhe genauer studieren zu können.

Und tatsächlich, bei den einzelnen Zahlenkombinationen musste es sich um Policennummern handeln. Die auf den einzelnen Abschnitten bestätigten Einzahlungen sprachen eine ganz deutliche Sprache. Allem Anschein nach handelte es sich dabei um die entsprechenden Prämien.

Irgendwie fühlte sich Palinski jetzt schlecht. Erleichtert, aber schlecht. Immer diese verdammte Neugier. Wenn er wenigstens keine Skrupel gehabt hätte. Aber nein, zuerst musste er seine Nase überall hineinstecken, und gleich darauf genierte er sich schrecklich dafür. Es war immer das Gleiche.

Als er den geheiligten Ort nach dem Händewaschen verlassen hatte und die Liste samt Anhang gerade wieder an ihren Platz legen wollte, hörte er, wie die Frau hinter ihm aus der Küche kam und ins Vorzimmer trat.

»Sie wollen doch sicher auch einen Orangensaft, oder?«, rief sie ihm nach, und ihre Freundlichkeit ließ Palinski sich noch schlechter fühlen. Vor allem aber hinderte ihn ihre Gegenwart daran, die ›ausgeborgten‹ Unterlagen wieder an ihren Platz zu legen. In einem leichten Anflug von Panik stopfte er sich die Papiere daher unter das Hemd und in die Hose.

»Jjjja, gern«, stammelte er und hoffte, dass ihr seine hastige Schadensbegrenzung entgangen war.

Wie immer, wenn ihm etwas besonders peinlich war, begann Palinski, ganz einfach zu reden. Das war so eine Art Flucht nach vorne, ein Ablenkungsmanöver. Oft gab er in solchen Situationen nur Sinnloses von sich, heute hatte er aber ein durchaus berechtigtes Interesse an der Antwort auf seine nächste Frage. »Jetzt würde mich aber etwas anderes interessieren: Gibt es eigentlich etwas, wofür ich mich entschuldigen muss?«

Die Asbinova blickte ihn versonnen lächelnd an und sagte nichts. Sie sah genau so aus wie jemand, der eine angenehme Erinnerung vor seinem geistigen Auge nochmals ablaufen lässt, schoss es ihm durch den Kopf. Er hatte doch nicht gar …

»Vielleicht darf ich es etwas anders formulieren und nochmals fragen: Habe ich oder haben wir letzte Nacht etwas getan, was ich in Hinblick auf meine morgige Heirat bereuen müsste?« Das war ja nicht das Problem, nein. »Also …, was ich meine, ist: Gibt es etwas, das mir ein schlechtes Gewissen bereiten sollte?«

Inzwischen war seine Hilflosigkeit für die Psychotante, die da in einem etwas knappen Morgenmantel neben ihm saß und mit ihren, na, sicher nicht mehr als höchstens … 45 Jahren also wirklich, schon eher sehr gut aussah, sicher evident geworden. Das war wahrscheinlich auch der Grund, warum sie jetzt lachte. Ein vordergründig freundliches, in Wirklichkeit wahrscheinlich aber ironisches, ja vielleicht sogar spöttisches Lachen lachte.

Palinski war neuerlich verunsichert. Lachte die Frau über seine momentane Situation, seine Gedächtnislücken, oder lachte sie ihn aus? Hatte er möglicherweise …? Er hatte diesbezüglich noch nie Probleme gehabt, zumindest nur selten und vor allem keine, mit denen Wilma nicht fertig geworden wäre. Also für ihn hätten sie Viagra nicht entwickeln müssen. Aber gut, demnächst hatte er seinen 48. Geburtstag, und einmal war immer das erste Mal. Also, das wäre ihm aber schon recht unangenehm.

Neuerlich lächelte die Asbinova, und diesmal war es ein gutes Lächeln, schien es Palinski. Warm, herzlich und ohne Hintergedanken. »Ich kann dich beruhigen, Mario«, bemerkte sie, »es gibt nichts zu bereuen und nichts, wofür wir uns schämen müssten. Weder du noch ich. Was wir getan haben, war mit die natürlichste Sache der Welt.«

Wusch, das war jetzt ein harter Schlag gewesen. Die natürlichste Sache der Welt, jeder Mensch wusste, was das war.

Also hatte er wirklich …, was für ein hormongesteuertes, charakterloses Schwein er doch war. Aber die Asbinova war noch nicht fertig, sondern gewillt, sein Selbstquälen durch zusätzliche Details weiter zu verstärken.

»Nachdem du unbedingt noch auf einen Kaffee heraufkommen wolltest«, fuhr die Sadistin fort, »war mir nach deinem vorangegangenen Verhalten eigentlich klar, was du wirklich von mir erwartest. Es tut mir leid, dass ich zunächst nicht darauf eingegangen bin, sondern meine eigenen Interessen verfolgt habe. Bis du mich dann mit sanftem Druck dazu gebracht hast, das zu tun, weswegen du gekommen bist.«

Um Gottes willen, fuhr es Palinski durch den Kopf, hatte er die Frau etwa gar mit … Nachdruck überredet? Nein, das konnte nicht sein. Das war doch so gar nicht seine Art. Sonst zumindest.

Falls das so gewesen sein sollte, schien es die Frau aber nicht sonderlich gestört zu haben. Unbeeindruckt fuhr sie fort: »Nachdem ich erkannt habe, dass du gestern Abend nicht die Frau in mir gesehen hast, sondern eine Psychotherapeutin, die ich übrigens gar nicht bin, war ich zunächst schon etwas verletzt. Aber wie du mir dann von deiner Liebe und deinem Leben mit Wilma erzählt hast, wie du deine Fehler in der Beziehung analysiert und deine bevorstehende Heirat hinterfragt hast, das hat mich auch als Physiotherapeutin sehr beeindruckt«, räumte die Asbinova fast zärtlich ein.

Dann gab sie Palinski einen Kuss auf die Stirn und stand auf. »Ich bin sehr froh darüber, dass nichts anderes passiert ist. So können wir jetzt Freunde bleiben.«

Langsam, aber sicher hielt die Erkenntnis bei ihm Einzug, dass alles nicht so schlimm gewesen sein konnte, wie er eben noch angenommen hatte. Miteinander sprechen, über seine Probleme reden, Gedanken austauschen, das war freilich die ›natürlichste Sache der Welt‹. Befreit lachte er auf.

»Ich finde es auch schön, dass wir Freunde sein können«, bekannte er, während sich eine mittelgroße Steinlawine der Schwerkraft folgend auf den Weg von seinem Herzen abwärts machte. Ihm war nach Singen, Tanzen, Blödsinn reden, aber nicht hier. Er musste raus, so rasch wie möglich. Und er musste dringend mit Wilma sprechen, zumindest ihre Stimme hören.

Ach, und um 10 Uhr hatte er ja auch den Termin mit Alfredo Bertollini.

*

Bei Werksbeginn um 7.30 Uhr entdeckten zwei Arbeiter das ausgebrannte Wrack eines Pkws am Grunde des Steinbruchs bei Pamholz. Den Spuren zufolge war der Wagen durch den Wald bis zum Steilabbruch gefahren und hatte kurz angehalten. Dann hatte er erneut Gas gegeben und war die rund 20 Meter in die Tiefe gestürzt.

Hinter dem Steuer war eine zur Unkenntlichkeit verkohlte Leiche eingeklemmt. Die beiden schockierten Männer alarmierten sofort die zuständige Polizei in Eggenburg, die nach etwa 45 Minuten eintraf.

Zwei Dinge stachen den Beamten sofort ins Auge. Am Wrack des Mercedes älteren Baujahres fehlten die Kennzeichen. Und an der Absturzstelle oben am Klippenrand wurde noch die Spur eines zweirädrigen Fahrzeuges gefunden. Eine Spur, die zudem wieder vom Abgrund wegführte.

Zwei Stunden später erschienen auch die Männer der Tatortgruppe des Landeskriminalamtes Niederösterreich am Ort des Geschehens und machten sich an ihre gar nicht einfache Arbeit.

*

Endlich aus der fremden Wohnung entkommen, fühlte sich Palinski nicht viel besser. Er fand diese Vera nett und war ihr gern weiter freundschaftlich verbunden. Aber ging das überhaupt, mit ihren Versicherungsunterlagen unter seinem Hemd?

Jemand, der solche Freunde hatte, brauchte wahrlich keine Feinde mehr. Wie konnte er ihr das Zeug bloß zurückgeben, ohne dass sie etwas bemerkte?

Das mit dem Wunsch, Wilmas Stimme zu hören, hatte leider nicht geklappt, da er sie einfach nicht erreichen konnte. Wozu sich die Leute eigentlich ein Handy zulegten, wenn sie die Gespräche dann ohnehin mit einer Beharrlichkeit nicht annahmen, die einer edleren Sache würdig gewesen wäre?

Ein weiterer Gedanke verunsicherte ihn zunehmend: Wenn man in den guten alten Tagen, in denen es ausschließlich das Festnetz gab, einen Gesprächspartner endlich erreicht hatte, so wusste man ganz genau, wo sich dieser zumindest zu diesem Zeitpunkt befand. Mit dem Mobiltelefon war das anders. Man wusste bloß, wo sich das Handy befand, nämlich bei seinem Besitzer. Wo der steckte, war allerdings reine Glaubenssache.

Seit Wilma sich beruflich so stark engagierte, immerhin war sie Direktorin einer Schule und dazu noch Bezirksrätin der Grünen, hatte die Mutter seiner Kinder nicht nur viel weniger Zeit für ihn, sondern war auch immer schwerer telefonisch zu erreichen. Als Frau Palinski würde sich das ändern müssen, zumindest was das Telefonieren betraf. Er war ja ohnehin ein äußerst nachsichtiger Partner, vielleicht sogar ein zu nachsichtiger. Aber was zu viel war, war nun einmal zu viel.

Manchmal fragte er sich, wie seine Liebste auf ihre Kollegen in der Schule, vor allem aber in ihrer politischen Tätigkeit wirkte. Gut, bei den Grünen gab es Gott sei Dank ohnehin mehr Frauen. Zwar jüngere, aber dennoch.

Wilma hatte immer gut ausgesehen, aber in letzter Zeit schien sie besonderen Wert auf trendige Kleidung und den ganzen Anti-Aging-Scheiß zu legen. Nein, eifersüchtig war er nicht. Wirklich nicht. Er machte sich eben manchmal so seine Gedanken. Man konnte den Anfängen gar nicht früh genug wehren.

Nach dem sechsten erfolglosen Versuch gab Palinski auf und wandte sich anderen Problemen zu.

Was war das bloß gewesen, weswegen er heute unbedingt Helmut Wallner hatte anrufen wollen?

*

Der Innenminister nahm seit gestern an einer Konferenz in Brüssel teil und wurde erst heute Abend wieder zurückerwartet. Seinen früheren Chef hatte Ministerialrat Dr. Michael Schneckenburger einige Male zu diesen Treffen begleiten müssen oder dürfen. Je nachdem, wie man das sehen wollte.

Der neue Mann dagegen nahm seinen Vertreter im Bundeskriminalamt, und das war Schneckenburger erstaunlicherweise nach wie vor, meist nicht einmal zu einschlägigen Meetings innerhalb des Hauses mit. Er war schon ein eigenartiger Mensch, dieser Dr. Manfred Eislinger. Menschlich nicht gerade sehr einnehmend, und das war sehr vornehm formuliert, war er fachlich, na ja, das fiel wohl besser unter Amtsgeheimnis, und politisch eher ein Leichtgewicht, wenn man den alten Hasen Glauben schenken durfte. Was den Kanzler bewogen hatte, diesen Mann auf den charismatischen Dr. Fuscheé folgen zu lassen, war und blieb dem Ministerialrat ein Rätsel.

Miki, zwar kein Parteigänger, aber durchaus auch kein Gegner der vom Kanzler vertretenen politischen Richtung, war ohnehin so weit, der Regierungspartei bei den bevorstehenden Wahlen eine saftige Abfuhr zu wünschen. In der Hoffnung, dass der Spuk mit seinem derzeitigen Chef, diesem unmöglichen Staatsdiener, bald ein Ende nahm.

Die Abwesenheit des Ministers ermöglichte es ihm immerhin, heute wieder vollständig in die pulsierende Scheinwelt der Internetforen und Weblogs einzutauchen und sich an den faszinierenden Postings, Chats und Blogs zu delektieren. Schneckenburger war nicht der Typ des aktiven Teilnehmers, der selbst Meinungen, und seien sie noch so fundiert, abgab. Er war eher passiv, beobachtete, sein Verhalten entsprach stark dem eines klassischen Voyeurs.

Gleichzeitig hatte er sich eine recht überzeugende Argumentation zurechtgelegt, um seine Blicke durch das Astloch Internet auch professionell, ja sogar in einem der Sicherheit der Bevölkerung dienenden Sinne zu begründen. Obwohl das, zugegebenermaßen, bedenklich hochtrabend klang.

Seit er gestern Palinski auf einige Postings aufmerksam gemacht hatte, die, mit Fantasie, Sachverstand und ein wenig Insiderwissen zwischen den Zeilen gelesen, möglicherweise Hinweise auf Verbrechen, im Speziellen auf die Ermordung Nora Bender-Nicerecs enthielten, wartete er gespannt auf die Reaktion des für diese Angelegenheiten ungemein sensiblen Freundes. Aber der Mistkerl rührte sich nicht. Inzwischen musste er sich doch schon durch die lächerlichen 22 Seiten Kommentare, satirische Anmerkungen und allgemeine Blödheiten durchgearbeitet haben.

In einigen Postings gab es Bezüge auf wieder andere, die der Ministerialrat trotz intensivster Suche bisher nicht hatte finden können. Möglicherweise hatten diese Diskussionsbeiträge weitaus deutlichere Hinweise auf strafrechtlich relevante Umstände beinhaltet und waren deswegen von der jeweils dafür verantwortlichen Redaktion gelöscht worden. Man sollte direkt einmal anfragen, ob die Beiträge noch irgendwo verfügbar und für die Polizei einsehbar waren.

Je länger Schneckenburger darüber nachdachte, desto sinnvoller erschien es ihm auch für die Praxis, sich mit dieser Kommunikation im anonymisierten, nein, besser im pseudonymisierten Raum zu befassen. Immerhin stand diese Möglichkeit jedem offen und lud zu mehr oder weniger offenen Beichten oder Angebereien geradezu ein.

Schneckenburger blickte ärgerlich auf seine Uhr. Die Zeit schien heute überhaupt nicht vergehen zu wollen. Sollte er Palinski vielleicht anrufen, damit endlich etwas weiterging? Als kompromissbereiter Mensch kam er dann mit sich überein, noch eine halbe Stunde zu warten.

Vorher wollte er versuchen, mit der Onlineredaktion dieser großen Zeitung Kontakt aufzunehmen.

*

Kurz nach 10 Uhr war Alfredo Bertollini im Institut für Krimiliteranalogie erschienen. Er hatte einen großen Fresskarton bei sich, der ein neues Produkt enthielt, die Pizzaplatte. Eigentlich war es ja nur eine neue Form der Präsentation des alten Erfolgsbringers Pizza, den Alfredo im Namen Lorenzos vorstellte. Auf einer runden, mit einer schmucken Papierunterlage ausgelegten Aluplatte waren 16 Tortenecken Pizza in insgesamt vier verschiedenen Geschmacksrichtungen so präsentiert, dass es ein sehr ansprechendes und vor allem herrlich duftendes, buntes Bild ergab. Das Ganze machte einen hervorragenden Eindruck und war für Leute bestimmt, die sich nicht zwischen den verschiedenen Pizzabelägen entscheiden konnten oder wollten.

»Lorenzo meint, das wird ein Renner für Partys, Firmenfeiern und ähnliche Veranstaltungen«, verkündete dessen Bruder. »Ihr sollt die Pizzaplatte einmal testen und ihm dann eure Meinung sagen.«

Begeistert stürzten sich Margit und Florian auf die unverhoffte Jause, um sich gleich darauf in höchsten Tönen lobend zu äußern.

Nachdem sich auch der im Gegensatz zu seinen beiden Mitarbeitern um die Mitte schon reichlich füllige Palinski ebenfalls zu zwei Stücken, eines mit Tonno, das zweite mit Funghi, hatte hinreißen lassen, zog er sich mit Alfredo in sein Büro zurück.

Mamma Marias Mittlerer druckste zunächst etwas herum, ehe er mit leicht stockender Stimme seine Beichte begann. »Ich glaube, ich habe einen großen Blödsinn gemacht«, bekannte er. »Marika Sanders, die ich von der Schule her kenne, hat mich im Frühjahr angesprochen. Ich glaube, es war so gegen Ende März, als sie mich angerufen und ganz auf geheimnisvoll gemacht hat.« Er schluckte trocken und wischte sich über die Stirn. »Könnte ich wohl ein Glas Wasser bekommen?«, fragte er mit belegter Stimme.

Palinski deutete auf den kleinen Kühlschrank im hinteren Teil des Büros. »Nimm dir, was du möchtest«, entgegnete er freundlich.

Nachdem sich Alfredo bedient hatte, fuhr er fort: »Wir haben uns dann zwei Tage … später in einem … Café in der Stadt getroffen.« Er sprach abgehackt, wie atemlos. »Als Erstes hat sie … mir eingeschärft, dass unser Gespräch ganz … vertraulich sein muss und dass … niemand davon erfahren darf.« Jetzt holte er tief Luft. »Das wäre vor allem auch zu … meinem Besten.«

Ein Bekannter Marikas, ein gewisser Oskar Bassini, ein Großgastronom aus München, war angeblich an einer Beteiligung an Lorenzos Pasta- und Pizza-Premium-Service interessiert und wollte mit einer beträchtlichen Summe in das Geschäft einsteigen. Eine große Chance für das Unternehmen.

»Aber mein Bruder war anscheinend nicht … interessiert und soll deswegen sogar einen heftigen Streit mit Marika gehabt haben«, Alfredos Nervosität schien sich langsam zu legen, seine Rede wurde klarer und ruhiger.

Doch Marika hatte nicht so leicht aufgegeben. »Sie hat mich darum gebeten, Kopien von einigen Geschäftsunterlagen zu besorgen. Dafür wolle mir dieser Bassini sogar 5.000 Euro bezahlen.« Leise Entrüstung schwang jetzt in seiner Stimme mit. »Das habe ich aber abgelehnt.«

Nachdem ihm Marika im Namen Bassinis allerdings die Position des zukünftigen zweiten Geschäftsführers angeboten hatte, war sein Widerstand geschmolzen, und »ich habe ihr diese verdammten Unterlagen beschafft«.

Palinski hatte eine ziemlich zynische Bemerkung auf den Lippen, unterdrückte sie aber. Der Bursche litt sichtbar unter seiner Naivität und dem Verrat am Bruder. Oder er war ein exzellenter Schauspieler.

Alfredo nahm einen Schluck aus dem Glas, ehe er fortfuhr.

»Danach habe ich einige Zeit nichts mehr von Marika gehört, mir aber zunächst nichts dabei gedacht.« Denn die junge Frau hatte bereits vorher angedeutet, dass das weitere Vorgehen Bassinis nun einige Zeit in Anspruch nehmen würde. »Als Lorenzo dann verhaftet worden ist, habe ich Marika sofort zu erreichen versucht«, erklärte er. »Aber sie war wie vom Erdboden verschluckt. Irgendwie ist mir das komisch vorgekommen. Und so habe ich mich auf die Suche nach ihr gemacht.«

Dank Florians Beobachtungen glaubte Palinski so eine Ahnung zu haben, was als Nächstes kam. Ehe Alfredo aber weitersprechen konnte, unterbrach das nervtötende Didelidö, didelidei des Handys das Gespräch. Es war der selbst ernannte Internetsheriff Schneckenburger, der auf den Rückruf seines Freundes Mario wartete.

*

Die beiden jungen Männer, die nach einem schweren Unfall in der letzten Nacht ins Landeskrankenhaus Hollabrunn eingeliefert worden waren, waren nach wie vor ohne Bewusstsein. Kurz vor Aspersdorf hatte ein Lkw am späten Nachmittag in einer Kurve eine Kiste mit in Flaschen abgefülltem, kalt gepressten griechischen Marken-Olivenöl verloren. Die Splitter waren vom Straßendienst beseitigt worden, der feine Ölfilm dagegen hatte sich hartnäckig auf dem Asphalt erhalten.

Die Polizei hatte das, was dann zwischen Mitternacht und 2 Uhr morgens passiert sein musste, wie folgt rekonstruiert: Beim abrupten Abbremsen vor der Kurve und direkt auf dem Ölfilm war die 250er-Maschine geradeaus weitergerutscht und dann wie eine Kanonenkugel über die Straßenbegrenzung hinausgeschossen. Die beiden jungen Männer waren so unglücklich mit den Köpfen gegen eine Abgrenzung aus Beton geprallt, dass sie trotz der Helme schwere Verletzungen an Kopf und Nacken davongetragen hatten.

Nach den Ärzten war jetzt die Polizei am Werk, die noch einige Auskünfte für das Protokoll benötigte. Die Identität der beiden jungen Männer hatte anhand der vorgefundenen Ausweise geklärt werden können, dank des Kennzeichens war auch der Halter des Motorrads ermittelt worden.

Als die beiden Beamten schon wieder gehen wollten, erschien eine übereifrige Schwester mit der Umhängetasche, die der Beifahrer bei sich gehabt hatte. Entweder hatte die gute Frau etwas falsch verstanden oder einen besonders guten Riecher, denn die beiden Kennzeichentafeln, die aus der Tasche herausragten, zogen die Aufmerksamkeit der Polizisten relativ rasch auf sich. Als sich dann der jüngere erinnerte, in den Meldungen von einem gesuchten Pkw mit dem Kennzeichen ›W 12 344 L‹ gelesen zu haben, stand fest, dass von Arthur Passwengers gestohlenem Mercedes zumindest eine erste Spur gefunden worden war.

*

Miki ging Palinski mit seinem ›Kaffeesudlesen‹ im Internet langsam auf die Nerven. Er wollte ja nicht ungefällig sein und würde sich für den alten Freund gern durch die mehr oder weniger wirren Diskussionsbeiträge geltungsbedürftiger World-Wide-Web-Junkies kämpfen, wenn sich der Herr Ministerialrat etwas davon versprach. Im Gegensatz zu ihm, der überhaupt nichts davon hielt, versteht sich. Versteckte Hinweise auf Verbrechen im Internet, so ein Blödsinn. Aber bitte, was tat man nicht alles für einen Freund.

Doch alles zu seiner Zeit und vor allem, wenn man sie hatte. Das hatte er dem Schnecki jetzt hoffentlich auch klargemacht. Und ihm gleichzeitig versprochen, sich zu melden, sobald er ihm etwas zu sagen hatte. Und damit basta.

Alfredos Gesicht hatte während des Telefonates wieder einen ganz traurigen Ausdruck angenommen. Er starrte aus dem einzigen Fenster hinaus in den begrünten Innenhof.

»Ist das die berühmte …?«, er deutete auf die vor dem Fenster stehende Bank, mit der Palinskis kriminalistische Karriere ihren Anfang genommen hatte.

»Ja, das ist sie«, bestätigte Mario, dem diese Frage langsam auf die Nerven ging. Jeder Mensch, der über seine berufliche Entwicklung Bescheid wusste und aus diesem Fenster blickte, wollte dasselbe wissen. Am Anfang hatte das Interesse noch sein Ego gestreichelt, inzwischen ging ihm diese ewig gleichbleibende Frage nur mehr auf den Sack.

»Jetzt aber weiter im Text. Wo sind wir stehen geblieben?«

Alfredos Suche nach Marika Sanders war schließlich von Erfolg gekrönt. »Ich habe sie und den Herbert Sandhaber dann im Borsalino getroffen, da ist sie schon immer gern hingegangen.«

Das war Palinski schon aus Florians Bericht über die Beschattung der Sanders bekannt. Es war aber gut für Alfredos Glaubwürdigkeit, dass sich seine Version der Ereignisse damit deckte.

»Nach der Begrüßung, ich wollte mich gerade zu den beiden setzen«, fuhr der mittlere Bertollini-Bruder fort, »habe ich aus den Augenwinkeln bemerkt, dass ein Mann aus der Tür zu den WCs herauskommt. Als der mich gesehen hat, ist er sofort stehen geblieben, hat sich umgedreht und ist wieder zurück ins Gabinetto. Der wollte eindeutig nicht, dass ich ihn sehe. Und Marika hat ihn kurz angestarrt und einen Moment lang ausgesehen, als ob ihr ein leibhaftiges Gespenst über den Weg gelaufen sei.« Jetzt war Alfredo ganz aufgeregt. »Ich sage dir, Mario, die beiden haben sich gekannt, der Mann wollte an Marikas Tisch kommen. Er wollte aber nicht, dass ich ihn sehe. Und Marika wollte das auch nicht. Darum sind sie und Herbert dann auch gleich gegangen.«

Das war natürlich nicht uninteressant, fand Palinski. War das der unbekannte Dritte oder vielleicht sogar ein ebenso unbekannter Vierter? »Schade, dass wir nicht wissen, wer dieser Mann ist, der sich am Klo versteckt hat.«

»Aber ich habe ihn erkannt!«, Alfredo begehrte fast auf. »Das ist doch der eigentliche Grund, warum ich mit dir sprechen wollte. Bei dem Mann hat es sich um

Gabriel Fuarsi, den ›Wiener Pizzakönig‹ gehandelt. Er besitzt zwölf Lokale in der Stadt und hasst Lorenzo. Glaube ich zumindest.«

Der Name Fuarsi sagte Palinski nichts, vom ›Wiener Pizzakönig‹, dessen kleine paradeissugoroten Lieferautos das Stadtbild bekleckerten, hatte er natürlich schon gehört.

»Und was bedeutet das deiner Meinung nach?«, Palinski war richtig animiert, das waren endlich einmal echte Neuigkeiten.

»Fuarsi ist von Anfang an stinksauer auf Lorenzo gewesen, weil unsere Qualität weit besser ist als sein vorgefertigter Mist«, Alfredo hatte das ›unsere‹ voll Stolz betont. »Vor allem aber hat er in den letzten Monaten mehr als die Hälfte seiner früheren Zustellkunden in Hernals, Währing, Döbling und der Brigittenau an Mamma Marias Pasta- und Pizza-Premium-Service verloren. Und ein Ende dieser für den Pizzakönig traurigen Entwicklung ist nicht abzusehen.«

Langsam begann sich ein Hauch von Motiv im Sanders-Fall abzuzeichnen, auch wenn Palinski die Zusammenhänge insgesamt noch nicht ganz verstand. Vor allem aber war er heilfroh, dass sich Alfredos Rolle in der Geschichte letztlich als relativ harmlos zu erweisen schien und er wahrscheinlich darum herumkommen würde, mit den Bertollinis darüber sprechen zu müssen.

Gut, der Bursche war in Versuchung geraten und hatte gefehlt. Aber sein offenes Einbekennen konnte, ja, musste man als tätige Reue werten. Und genau das wollte Palinski auch tun.

Aber Alfredo war noch gar nicht fertig mit seinen Geständnissen: »Zunächst hat Fuarsi versucht, Lorenzo eine Beteiligung einzureden. Wollte ihn mit viel Geld locken.« Er lachte. »Aber du kennst ihn ja. Auf dem Ohr ist mein Bruder absolut taub. Als Nächstes wollte er ihn mit Superkonditionen, Spezialpreisen und Riesenrabatten aushungern, aber …«, Alfredo grinste verschmitzt, »das ist völlig in die Hose gegangen. Den Leuten waren die paar Cents, die Fuarsis Zeugs billiger war, egal. Sie wollten Bertollinis Qualität und waren auch bereit, etwas mehr dafür zu bezahlen.« Man konnte den Stolz auf seinen Bruder förmlich hören. Palinski nahm sich vor, sobald wie möglich mit Lorenzo zu sprechen. Für ein derart motiviertes Familienmitglied musste es in dem Unternehmen bestimmt eine bessere Position geben als die eines Servicechefs …

»Dann kam Marika Sanders ins Spiel«, erinnerte sich Alfredo. »Lockte mich zunächst mit 5.000 Euro und dann mit dem zweiten Geschäftsführer. Gleichzeitig wurde versucht, Lorenzo Schwierigkeiten zu machen. Ja, ihn wirtschaftlich überhaupt aus dem Weg zu räumen. Falls man ihn des Mordes an Sanders schuldig spricht, geht er doch für mehrere Jahre in den Knast, oder?«

Damit hätte sich Fuarsis Problem ganz von selbst erledigt. Wahrscheinlich könnte er sich dann den Pasta- und Pizza-Premium-Service für ein Butterbrot unter den Nagel reißen.

Genau, dachte Palinski, das musste das Motiv sein. Oder zumindest ein wichtiger Teil davon.

»Ich glaube, ich weiß, was du meinst«, versicherte er Alfredo. »Bloß, was für ein Interesse hat Marika Sanders daran, ihren Vater umbringen zu lassen und Lorenzo damit in Schwierigkeiten zu bringen? Sie erfindet doch keinen Oskar Bassini und spielt das ganze Theater nur, um Fuarsis Probleme damit zu lösen? Das kann ich mir eigentlich nicht vorstellen.« Er kratzte sich an der Nase. »Der Typ, der das rein aus Liebe macht, ist sie auch nicht. Also, was bezweckt Marika Sanders eigentlich damit?«

*

Kurz vor 13 Uhr waren die ersten, noch bruchstückhaften Meldungen über das, was sich in den frühen Morgenstunden in Brüssel abgespielt hat und schnell zur politischen Sensation des Tages, das heißt des Monats, entwickeln sollte, im Ministerium eingetroffen.

Ministerialrat Schneckenburger hatte sich eben über den Eingang von gut zwölf Seiten aus dem Netz genommener Postings gefreut, die zum Thema ›Politischer Mord – ja oder nein?‹ abgegeben worden waren. Der Chefredakteur der großen Onlinezeitung hatte sich nicht lange geziert und die elektronische Übermittlung veranlasst. Allerdings nicht, ohne sich vom Herrn Ministerialrat vorher noch eine bevorzugte Behandlung hinsichtlich der Überlassung von Neuigkeiten zu allfälligen Fahndungserfolgen zusichern zu lassen.

Während er sich gerade seiner Extrawurstsemmel mit Gurkerln widmete – das heutige Tagesgericht in der Kantine, Waldviertler Bauernschmaus, hatte ihm sein

Arzt vermiest und auf die gesunde Alternative, Dinkelschmarrn mit Zwetschkenröster, nein danke, darauf konnte er wirklich gut verzichten – betrat seine Sekretärin Helga das Büro.

»Haben Sie schon gehört, Herr Ministerialrat?«, flüsterte die resche Mittfünfzigerin, ganz so, als ob jemand sie belauschen wollte.

»Warum sprechen Sie nicht lauter, Frau Seeliger?«, wunderte er sich. »Wir sind doch unter uns.«

»Na, dann warten Sie einmal, um was es geht«, meinte sie mit einer nur eine Spur lauteren Stimme. »Eigentlich müsste ich ja überhaupt sprachlos sein.« Und dann berichtete sie dem Chef, dass sie von ihrer Freundin im Bundeskanzleramt vor Kurzem erfahren hatte, dass ›unser Herr Minister‹ am frühen Morgen in Brüssel in eine Polizeikontrolle geraten sein soll. Angeblich war er etwas alkoholisiert und hatte keinen Führerschein bei sich.

»Kein Wunder«, beschied Schneckenburger, nichts ahnend, dass das dicke Ende erst kommen sollte. »Kann er bekanntermaßen gar nicht, der Herr Minister hat keinen Führerschein. Aber wozu auch, Hauptsache, der Chauffeur ist nüchtern und hat seinen dabei.«

»Genau das ist es ja«, jetzt flüsterte Helga wieder. »Wie es heißt, soll der Herr Minister selbst am Steuer gesessen sein. Dummerweise hat er kurz vor dem Anhalten einen Polizisten gerammt.«

Was für eine Nachricht. Jetzt erst verstand der Ministerialrat, erahnte die möglichen Konsequenzen dieses Vorfalles. Er konnte das heiß aufsteigende Glücksgefühl noch gar nicht richtig fassen. Sollten seine geheimen Gebete so rasch erhört worden sein und sich der Minister frühzeitig, drei Wochen vor der Wahl, selbst aus dem Spiel genommen haben? Man musste sich das bloß einmal vorstellen, das war für die Opposition wie Weihnachten, Geburtstag und Ostern an einem Tag.

O Gott, wie dumm durfte man eigentlich sein, um in diesem Land trotzdem noch Minister werden zu können? »Na so was, das ist ja schrecklich«, sagte Schneckenburger zu Helga und hatte Mühe, seiner Mitarbeiterin nicht ins Gesicht zu lachen. Als er aber bemerkte, wie die Mundwinkel der Frau verdächtig zuckten, konnte er sich nicht länger beherrschen und brach in schallendes Gelächter aus. In das Frau Seeliger ohne zu zögern einstimmte. Dann flachsten die beiden herum, als ob sie gemeinsam den Kindergarten besucht hätten. Die fröhliche Stimmung wurde jedoch gleich darauf durch das fordernde Klingeln des Festnetzapparates unterbrochen.

»Seeliger, Apparat Dr. Schneckenburger«, meldete sich Helga wieder ganz Profi. »Ja, selbstverständlich, sofort«, sagte sie nur knapp, dann hielt sie dem Ministerialrat den Hörer hin. »Der oberste Boss persönlich«, sie flüsterte wieder und diesmal völlig zu Recht. »Er möchte Sie sprechen.«

*

Franka Wallner hatte noch am Abend zuvor sichergestellt, dass Marikas ständiger Begleiter, Herbert Sandhaber, wohnhaft in der Spitalgasse 9 in Wien, am nächsten Vormittag, sprich heute, zur Befragung vorgeführt werden würde. Es war wirklich höchste Zeit, dass im Fall Wilhelm Sanders endlich etwas weiterging. Um 10 Uhr hatte ihr dann Vera Asbinova alles das erzählt, was sie gestern Palinski beim Branzino über Wilhelm Sanders anvertraut hatte.

Jetzt saß der knapp 23-jährige, stark kurzsichtige Langzeitfreund Marika Sanders der Oberinspektorin gegenüber und blinzelte eingeschüchtert durch seine starken Sehhilfen.

»Gut, Herbert«, Franka Wallner blickte den jungen Mann direkt an, »ich darf doch Herbert zu Ihnen sagen?«

»Nnnatürlich«, Sandhaber stotterte leicht. »Ggganz wie Sssie wollen.«

»Schön, also dann sagen Sie mir einmal, Herbert, Sie lieben Marika doch? Marika Sanders, oder?«

Der junge Mann blickte zu Boden, dann nickte er leicht mit dem Kopf.

»Wie ist das eigentlich«, fuhr die Polizistin unbarmherzig fort, »wenn man zusehen muss, wie die Frau, die man liebt, ständig mit einem anderen Mann herummacht? Man will sie heiraten, das ganze Leben mit ihr teilen, und sie schmust ungeniert mit anderen Kerlen herum. Das muss einen ja in den Wahnsinn treiben. Warum lassen Sie sich das gefallen?«

Sandhaber hatte während der letzten Worte Frankas einen ganz roten Kopf bekommen. »Nnnein, so ist ddas nicht«, protestierte er. »Sie llliebt nur mich, immerhin kkkennen wir uns schon seit der Vvolksschule. Sie muss sich halt erst die Hhhörner abstoßen, bevor wir hheiraten.« Er schien tatsächlich zu glauben, was er sagte. »Das mit den anderen Männern, dddas ist nicht eeernst zu nehmen.« Er grinste zufrieden. »Dddas macht sie nur, um mich zu nnnecken.«

Franka fand, dass jedermann Anspruch auf sein bisschen Glück im Leben hatte, auch wenn er sich das durch Lug, Trug, selektive Wahrnehmung oder totale Verdrängung teuer erkaufen musste. Daher hielt sie den Mund, obwohl ihr eine angemessene Antwort auf der Zunge lag. Es war nicht ihre Aufgabe, sich in so kompliziert gestrickte Beziehungen anderer Menschen wie diesem armen Würschtel einzumischen. Es sei denn, sie hätten etwas mit einem ihrer Fälle zu tun.

»Wissen Sie eigentlich, dass Marika und ihr derzeitiger …«, Franka überlegte, wie sie den unbekannten Dritten jetzt am besten begrifflich fassen sollte, »… Liebhaber Herrn Sanders ermordet haben? Und das wahrscheinlich nur wegen des Geldes. Eine schöne Freundin haben Sie da.«

»Aaaber das sssttimmt doch nicht«, protestierte Sandhaber wütend. Dabei sah er richtig nett aus, fand die Oberinspektorin, irgendwie beschützenswert. Im selben Moment schon schalt sie sich aber für diesen unsachlichen gedanklichen Exkurs.

»Sie hat nur vorgehabt, ihm …«, Herbert hatte seinen Redefluss abrupt abgebrochen, offenbar, um sich nicht zu verplappern.

»Sie meinen, Marika wollte ihren Vater nur erschrecken?«, vollendete Franka Wallner den Satz oder versuchte es zumindest.

Sandhaber sagte kein Wort, aber sein nonverbaler Ausdruck war eindeutig.

»Und warum wollte Marika ihren Vater wohl erschrecken?«, die Oberinspektorin fuhr das arme Würschtel richtig scharf an. »Ja, warum wohl? Ich kenne die Antwort ohnehin, will Ihnen aber eine Chance geben. Geben Sie mir die richtige Antwort, sozusagen als Vertrauensbeweis, dann verhafte ich Sie nicht sofort.«

Es war ganz schön außerhalb der üblichen Vorgangsweise, den nicht gerade allzu intelligenten jungen Mann derart zu überfahren, noch dazu, obwohl Franka gar nicht der Typ für solche Cowboymethoden war. Aber irgendein Teufel schien sie an diesem Tag zu reiten. »Also los, das Angebot gilt noch zehn Sekunden«, sie legte sogar noch ein Schäuferl nach.

»Iiich weiß nur, dddass sie sich sehr wegen dieser bbbeabsichtigten Heirat mit der Fffrau Aa… Aasbinova gegrämt hat«, antwortete Herbert nach kurzem Zögern. »Ihr Vvvater hat das ja nnnicht einmal mit ihr bbbesprochen.«

»Haben Sie sich eigentlich jemals Geld von Marika geborgt oder welches geschenkt bekommen?«, wollte Franka jetzt wissen.

»Nnna ja, einmal hat sie mir 50 Euro zum Gggeburtstag geschenkt, damit ich mir etwas Schschönes kaufen kann.« Die Erinnerung an diesen Tag zauberte ein Lächeln auf sein Gesicht. »Ja, und dddann hat Sie mir etwas Gggeld geborgt, wie ich mir das neue Aaauto ggekauft habe.«

»Ach, das war aber nett von Marika«, Franka gab sich jetzt wieder etwas freundlicher. Welche Rolle auch immer dieser Herbert in der Geschichte spielte, der böse und unbekannte Dritte war er mit Sicherheit nicht. »Um wie viel Geld ist es denn dabei gegangen?«

Sandhaber zögerte, diese Frage war ihm sichtlich unangenehm. »Iiich kann mich nicht mmmehr so genau eeerinnern.«

»Mir genügt, wenn Sie mir eine ungefähre Zahl nennen«, erwiderte Franka, »1.000 Euro, oder 2.000. Nur als Größenordnung.«

Sandhaber hatte einen hochroten Kopf bekommen. Dazu zuckte er scheinbar hilflos mit den Achseln.

Langsam wurde aus dem ursprünglichen Mitleid, das die Polizistin mit dem Würschtel empfunden hatte, Verachtung. »Na, waren es vielleicht 5.000 Euro?«, versuchte sie es noch einmal auf die freundliche Art.

Wieder keine Reaktion mit Ausnahme dieses störrischen Schweigens.

»Was für ein Auto haben Sie denn gekauft?« Das war jetzt definitiv die letzte hilfreiche Hand, die sie dem Komiker bot.

»Eeeinen Audi TT«, bekannte er zögernd mit leisester Stimme, die gleich darauf einen schwärmerischen Ton annahm, »ein Tttraumwagen, wwwirklich.«

Jetzt war Franka baff. »Aber das ist doch so ein sauteurer Sportwagen«, entfuhr es ihr. »Sicher ein tolles Auto, aber der muss doch mindestens … 40.000 Euro kosten. Oder so?«

Das schuldbewusste Gesicht ihres Gegenübers sprach eine deutliche Sprache.

»Noch mehr?«, flüsterte sie fast ehrfürchtig, und er nickte.

»Mmit ein bisschen Sssonderausstattung mehr als 55.000«, räumte er ein.

»Haben Sie den Wagen bar bezahlt?« Ja, auch das

hatte er. Und auf die Frage, wie viel von dem Geld nun von ihm stammte, kam wieder so ein schuldbewusster Dackelblick.

»Was, Marika hat Ihnen den gesamten Betrag geborgt?«, entfuhr es Franka. »Das ist doch verrückt.«

»Iiich weiß«, bekannte Herbert, »aber sie hat mir das Gggeld förmlich aaaufgedrängt. Ich wollte mir ja uuurspünglich nur einen gggebrauchten Skoda oder Gggolf oder sonst was in der Art zzzulegen.« Jetzt fing der Kerl auch noch an zu heulen. »Aaaber sie hat gggemeint, wenn sie schon mmmit mir unterwegs ist, ddann möchte sie in einem ooordentlichen Auto sitzen.« Er schluckte trocken. »Iiich hab dddoch keine Aaahnung, wie iiich das je zzz... zurückzahlen soll.«

Wenn man das richtig interpretierte, dann hatte Marika Sanders kein Geld verborgt, sondern sich einen Chauffeur gekauft. Vom dem sie wahrscheinlich sogar noch Geld zurückbekam. Ein ganz schönes Früchterl, das Fräulein, und das mit dem Geld des Herrn Papa. Aber das alles war kein Beweis für ihre Teilnahme an den Handlungen, die letztlich zum Tod des Vaters geführt hatten.

Vielleicht würde Folgendes die Sache weiterbringen: »Also gut, ich werde Sie vorerst nicht wegen Beihilfe oder Verabredung zum Mord an Wilhelm Sanders festnehmen«, machte Franka klar, »obwohl ich glaube, dass Sie da recht ordentlich mit drinstecken.«

Sandhaber war jetzt ganz schön erschrocken. Offenbar war ihm bis dahin noch gar nicht bewusst geworden, auf was er sich da eingelassen hatte. Falls er sich eingelassen hatte, dachte die Oberinspektorin, denn irgendwie kam ihr der Mann fast zu blöde dazu vor. Solche Typen waren bestenfalls Mitläufer, aber auch das brachte einige Jährchen.

»Wir werden also warten, was uns Marika Sanders zu erzählen haben wird«, teilte sie Sandhaber mit. »Und Sie halten sich bitte zu unserer Verfügung. Falls Ihnen noch etwas einfällt, können Sie mich jederzeit anrufen.« Sie überreichte ihm ein Kärtchen mit ihrer Telefonnummer.

Nachdem Herbert Sandhaber das Büro verlassen hatte, setzte sie mit zwei Anrufen die bereits vorbereitete Maschinerie in Gang. Franka war sicher, dass ein treuer Ekkehard, ein guter Latsch, ein höriger Liebender wie der Herbert einer war, als Erstes seine geliebte Marika vor der Polizei warnen würde.

Und sobald die Sanders auch nur den leisesten Verdacht aufkommen ließ zu fliehen, dann würde Franka, schnapp schnapp, sofort zuschlagen. In der Hoffnung, die notwendigen Beweise für einen Haftbefehl im Gepäck der Verdächtigen zu finden.

*

Kurz vor 16 Uhr hatte Chefinspektor Helmut Wallner einen Anruf der Polizeidienststelle in Eggenburg erhalten. Inspektor Wendelin Bucheckerl, ein Mann, der sich erfreulicherweise auch um das Geschehen jenseits seines Tellerrandes zu kümmern pflegte, hatte die Suchmeldung nach einem Mercedes 200 D, Baujahr 1983, mit dem Wrack vom Pamholzer Steinbruch in Verbindung gebracht. Zwar waren die amtlichen Kennzeichen nicht mehr vorhanden gewesen, aber die Fahrgestellnummer hatte den Absturz und den nachfolgenden Brand relativ heil überstanden.

Eine halbe Stunde später lag die Bestätigung der Zulassungsstelle vor. Der völlig ausgebrannte Wagen im Steinbruch war tatsächlich ident mit dem Fahrzeug, das man Arthur Passwenger 30 oder mehr Stunden vorher in Grinzing gestohlen hatte. Mit einer weiblichen Leiche im Kofferraum.

»Und, Bachmayer«, berichtete der Chefinspektor seinem Adlatus, »das Beste daran ist, dass sich die Leiche offenbar aus dem Kofferraum befreit, den Mercedes aufgebrochen und den Motor kurzgeschlossen hat, um in der Folge rund 80 Kilometer ins Waldviertel zu fahren. Dort hat diese außergewöhnliche tote Person den Wagen innen und außen mit Benzin als Brandbeschleuniger überschüttet, wieder hinter dem Steuer Platz genommen und sich in den Abgrund gestürzt. Eine wirklich reife Leistung«, anerkannte er sarkastisch.

»Tja«, meinte der der Ironie ebenfalls nicht gerade abholde Oberleutnant, »manche Leute laufen eben erst nach ihrem Tod zur Höchstform auf.«

8.

Freitag, 25. Oktober – abends

Die erste Meldung über das nicht gerade vorbildliche Verhalten eines österreichischen Politikers im Ausland war in den 17-Uhr-Nachrichten über den Bildschirm gegangen.

Nach Aussagen einiger Zeugen sollte Dr. Manfred Eislinger das Meeting der Innenminister vorzeitig verlassen haben und mit einer Bekannten nach Blankenberge gefahren sein. Dort war er angeblich in einem privaten Spielklub gesehen worden, wo er, wiederum angeblich, auf hohe Verluste beim Pokern mit heftigen Wutausbrüchen reagiert hatte. Ganz schlimm wurde es aber erst, als Eislinger den ebenfalls betrunkenen Klubmanager hatte verprügeln wollen, weil dieser ihm mit der Bemerkung, ein österreichischer Minister sei für ihn nicht ipso facto kreditwürdig, ein Darlehen in Höhe von 50.000 Euro verweigert hatte.

Wahrscheinlich war es der aufgestaute Frust, der Eislinger daraufhin bewogen hatte, beim Verlassen des Spielklubs das Mercedes-Coupé eines bekannten holländischen Sitcom-Stars vom Parkplatz zu stehlen. Auf der Rückfahrt nach Brüssel hatte der Minister noch den Nerv, einen am Straßenrand winkenden Anhalter mitzunehmen und sich von diesem dafür 20 Euro bezahlen zu lassen. Als er schließlich am Boulevard

Jamar von einer Polizeistreife gestoppt worden war, hatte er zunächst einen der Beamten niedergestoßen. Um gleich danach, nach dem etwas mühsamen Verlassen des Autos, dem anderen Beamten direkt auf die vorbildlich geputzten Schuhe zu kotzen.

Kein Wunder also, dass die belgische Polizei derzeit die Nase voll von österreichischen Ministern hatte. Aber wie.

Da Minister Eislinger nicht nur betrunken und ohne Führerschein, sondern auch ohne seinen Dienstausweis unterwegs gewesen war, kam er als bisher einziges österreichisches Regierungsmitglied in den Genuss eines mehr als dreistündigen Aufenthaltes in einer belgischen Arrestzelle.

Glück im Unglück war möglicherweise, dass just zum Zeitpunkt seiner Festnahme ein Pressefotograf vorbeigekommen war, der Eislinger von einem der typischen EU-Gruppenfotos her erkannt und die Polizisten über ihren prominenten Fang informiert hatte.

Pech dabei war wiederum, dass eine peinlich genaue Bilddokumentation der Festnahme samt so degoutanter Details wie der vollgekotzten Schuhe kurz darauf reißenden Absatz bei den nationalen und internationalen Medien fand.

Kein Wunder, dass das selbst dem sehr viel Kummer gewohnten Bundeskanzler Dr. Waidling so gar nicht gefallen wollte. Ein Wahnsinn, so etwas drei Wochen vor den Wahlen. Und überhaupt.

Waidling war ja wirklich nicht kleinlich, solange seine Mitarbeiter und Mitarbeiterinnen bloß das elfte Gebot nicht verletzten. Das da lautete: ›Du sollst dich nicht erwischen lassen.‹

Das Einzige, was jetzt angesagt war, war massive Schadensbegrenzung. Zum Wohle der Partei, aber auch generell. Also ebenfalls zum Wohle des Landes.

Das war im Wesentlichen die Lage, die Ministerialrat Dr. Michael Schneckenburger antraf, als er exakt um 17.30 Uhr ins Büro des Regierungschefs geführt wurde. Etwas weich in den Knien, denn er war noch nie zuvor in diesen heiligen Hallen gewesen und hatte keine Ahnung, was der Obermacher eigentlich von ihm wollte.

Zu seinem Minister gratulieren, das sicher nicht.

*

Palinski hatte eben mit seinem Freund Anselm Wiegele gesprochen, der ihn aus der Gegend von Amstetten angerufen hatte. Der Hauptkommissar aus Singen und seine Frau Marianne waren der ausländische Aufputz für den heutigen Polterabend, vor allem aber sehr gute Freunde.

Ein Blick auf die Uhr verriet ihm, dass es kurz vor 18 Uhr war. Das bedeutete, dass die beiden unter normalen Umständen gegen 20 Uhr hier im 19. Bezirk sein konnten. Also gerade rechtzeitig, um bis 20.30 Uhr, dem Zeitpunkt, zu welchem die Gäste zum Zimmermann geladen waren, beim Heurigen einzulangen. Und falls sie sich wirklich etwas verspäten sollten, gab es genug zu trinken, um den Gästen das Warten angenehm zu gestalten.

Palinski überlegte, wie er die Zeit bis zum Eintreffen seiner deutschen Freunde nutzen sollte. Als Erstes versuchte er, Franka endlich zu erreichen. Er hatte sich untertags mehrmals um den Kontakt bemüht, aber die Oberinspektorin bisher nicht erreicht. Entweder war sie noch oder gerade wieder irgendwo unterwegs.

Und, wie konnte es auch anders sein, wenn man einen negativen Lauf hatte, auch dieser Versuch blieb erfolglos. Na, dann würde er Franka eben beim Zimmermann ein paar Minuten zur Seite nehmen müssen, um sie auf den letzten Stand zu bringen. Und zu hören, was die Polizei inzwischen herausgefunden hatte.

Grissly musste er auch wieder einmal sprechen. Da hatte sich doch einiges getan, seit Lorenzo aus der U-Haft entlassen worden war. Aber der Herr Doktor war unterwegs.

Gut, im Moment gab es ohnehin keinen Handlungsbedarf für den Anwalt. Das Recherchieren lag bei Matula, also bei Palinski selbst. Und überhaupt, soweit er es beurteilen konnte, war der jüngste Bertollini-Bruder inzwischen sowieso aus dem Schneider. Zumindest, falls seine Theorie über Motiv und Tathergang auch nur annähernd zutraf.

Die Unterlagen, die er sich von Vera Asbinova ›ausgeborgt‹ hatte, lagen vor ihm auf dem Tisch und wirkten wie eine einzige Anklage. Sein Schuldbewusstsein hielt sich inzwischen aber in Grenzen. Er hatte zwar nach wie vor keine Ahnung, wie er sich der belastenden Papiere gefahrlos wieder entledigen konnte, in dem Zusammenhang aber auch einige nicht uninteressante Anrufe getätigt und Überlegungen angestellt.

Vielleicht sollte er die Zeit endlich doch für einen Blick auf diese Postings im Internet nutzen, auf die sein Freund Schneckenburger so versessen zu sein schien. Miki würde ihn sicher heute Abend darauf ansprechen, und da gebot es langsam schon die Höflichkeit, diesmal etwas anderes als eine ausweichende Antwort bereitzuhaben.

Palinski drückte den ›Power‹-Knopf seines PCs, dann stand er auf und schlenderte zur Espressomaschine.

Er liebte dieses Modell vor allem wegen des herrlichen Cappuccinos, der sich damit zubereiten ließ. Und dann dieses betörende ›Hchchchchch‹, dieses vitalisierende Geräusch, das entstand, sobald heißer Dampf unter hohem Druck durch Milch geleitet wurde und diese zum Schäumen brachte. Göttlich, ein Cappuccino von dieser Maschine war genau das, was er jetzt brauchte. Das Gefühl, das ihn allein beim Zubereiten erfüllte, bekam auf einer Wohlfühlskala von eins bis zehn eine glatte Acht, mindestens.

Als das köstliche Gebräu fertig war, zog sich Palinski damit in den bequemen alten Ohrenfauteuil zurück, den er irgendwann einmal auf einem Flohmarkt gefunden und dann neu tapezieren hatte lassen. Allein für das, was er für die neue Polsterung bezahlt hatte, hätte er in einem dieser monströsen Möbelmärkte eine komplette Wohnzimmereinrichtung bekommen. Aber das gute Stück war jeden Euro wert, den er hineingesteckt hatte.

So, jetzt wollte er nur in Ruhe seinen Kaffee trinken und ein paar Minuten ausspannen, ehe er sich endlich den Kommentaren zum Bender-Nicerec-Mord im

Internet widmete. Vielleicht war ja doch etwas dran an dem, was Schneckenburger behauptete.

*

Kurz nach 19 Uhr beobachteten die beiden Kriminalbeamten, die von Franka Wallner mit der Überwachung Marika Sanders betraut worden waren, wie eines dieser paradeissugoroten Lieferautos mit der poppig gelben Aufschrift ›Pizzakönig – 12 × in Wien‹ vor dem Haus in der Hameaustraße anhielt. Nachdem eine Person im knallgelben Overall und einer ebensolchen Mütze auf dem Kopf mit einem Karton in der Hand ausgestiegen war, fuhr der Wagen einige Meter weiter und parkte in eine freie Lücke ein.

»Ich weiß net, was die Leute an aner Pizza so toi findn«, quengelte Franz Broscheit, der ältere der beiden Observanten. »Ich maan, der Tag is hort, des Zeig drauf schmeckt a bissl södsam, und des woas dann a scho. Oiso mir is a Schnitzlsemml ollemoi liaba. Wos sogst du, Rudi?«

Rudolf Remscheider hatte ein Jusstudium begonnen, dann eines in Soziologie und Geodynamik, und sich nach Abbruch sämtlicher Brücken zur Universität dem Polizeidienst zugewandt. Dennoch oder vielleicht gerade deshalb genoss er bei den Kollegen den Ruf, so eine Art Studierter zu sein. Einen Ruf, den er durchaus pflegte und daraus so eine Art Primus-inter-Pares-Stellung für sich ableitete.

»Nun, eine gute Pizza ist schon eine feine Sache«, entgegnete er in astreinem Hochdeutsch. »Aber die Cucina

Italiana«, der Terminus technicus in der Originalsprache rollte ihm wie ein Schluck Olio di Oliva – extra vergine über die Zunge, »hat weit raffiniertere Köstlichkeiten zu bieten. Wenn ich da an dieses Osso bucco damals in Tricesimo denke oder diese hervorragende Fegato alla Veneziana in … na, in Venedig eben, das waren einsame kulinarische Höhepunkte meines Lebens.«

Franz war von Rudis Eloquenz echt beeindruckt, auch wenn er sich manchmal blöd neben diesem Kollegen vorkam, weil er die Hälfte dessen, was der von sich gab, einfach nicht verstand. Nicht, dass er es akustisch nicht verstanden hätte, nein, sein Hörvermögen war ausgezeichnet. Er wusste oft ganz einfach nicht, was der Rudi mit dem meinte, was er sagte. Aber es klang immer gut, also ehrlich. Und das war ja auch schon etwas.

»Sieht jo net grod danoch aus, als ob die Frau flichtn woin tät«, kommentierte er jetzt, um wieder zu einem Thema zu kommen, von dem er mehr verstand als von der ›Kutschina von die Katzlmocha‹. »Wäu sunst häd sa sie jo ka Pizza kumman lossn. I glaub, unsa Frau Obainspekta heat do wieda amoi die Fleh huastn.«

Remscheider sagte nichts, denn er hatte eben von einer Käsesemmel abgebissen und sprach nicht mit vollem Mund. Vielmehr beobachtete er, wie die Haustür erneut aufging und der Pizzabote herauskam. Eine Minute später saß er wieder im Lieferwagen, der sofort losfuhr.

»Komisch«, wunderte sich Rudi, nachdem er hinuntergeschluckt hatte, »wieso hat der Bote jetzt auf einmal eine Tasche bei sich gehabt?«

»I büd ma ei, der Bua is do drinn«, Franz deutete auf das observierte Haus, »um mindastens zehn Zentimeta gwochsn.«

Rudi, der wirklich etwas heller war als zumindest sein heutiger Kollege, fuhr plötzlich hoch wie von einer Tarantel gestochen. »Verdammt, die Frau hat uns hereingelegt. Und ich denke mir schon die ganze Zeit, seit wann wird Pizza von zwei Personen ausgeliefert? Das ist doch kostenmäßig gar nicht drin.«

Inzwischen hatte sich der neutrale Wagen der beiden Polizisten wieder in den fließenden Verkehr eingereiht. Aber von dem paradeissugoroten Pizzaflitzer war weit und breit nichts mehr zu sehen.

Zerknirscht meldete sich Remscheider bei Franka Wallner und beichtete ihr, wie man sie an der Nase herumgeführt hatte. »Frau Sanders muss sich drinnen den Overall des Pizzaboten angezogen haben und hat dann an seiner Stelle das Haus verlassen. Leider haben wir das erst zu spät bemerkt. Was sollen wir jetzt tun?«

»Haben Sie das Kennzeichen des Lieferwagens?«

»Hast du …?«, Rudi hatte noch nicht einmal die Frage ausformuliert, als ihm sein Kollege mit einem verschämten Kopfschütteln auch schon die Antwort lieferte.

»Tut mir leid«, Remscheider hatte sich blitzartig wieder gefasst. »Der Kollege hat die Nummer notiert, der Zettel ist aber in der allgemeinen Hektik abhandengekommen.«

»Nicht gut«, meinte Franka, die solche Ausreden nur zu gut kannte, »aber so viele dieser paradeissugoroten

Umweltverschmutzer werden ja nicht unterwegs sein.

Sie kehren jetzt zurück zum Haus, nehmen den Fluchthelfer vorläufig fest und bringen ihn aufs Kommissariat. Ich veranlasse inzwischen die Fahndung nach Marika Sanders und ihrem Fluchtfahrer.«

*

So, jetzt aber genug erholt, dachte Palinski, jetzt war es wirklich an der Zeit, einen ersten Blick in die kommunikativ-literarischen Ergüsse der Internetfreaks zu werfen. Miki würde sonst echt sauer sein, immerhin war er das diesbezügliche Sprachrohr des Ministers.

Sein Handy zirpte wie wild und wollte nicht aufhören. Er blickte aufs Display, um den hartnäckigen Anrufer festzustellen. Aber siehe da, es war die Erinnerungsfunktion, die ihm die 19.30-Uhr-Nachrichten ins Gedächtnis rufen sollte.

Verdammt, er war eingeschlafen, hatte gut eine Stunde seines Lebens damit verbracht, leise schnarchend krampfhaft ein Häferl inzwischen total ausgekühlten Cappuccino festzuhalten.

Brrr, das Zeug schmeckte kalt so was von grauslich. Was war da heute wieder geschehen?

Bruchstückhaft vernahm Palinski, was der zwischenzeitliche Ex-Innenminister seines schönen Heimatlandes so alles in einen einzigen Ausflug in die EU-Hauptstadt hineingepackt hatte.

Interessant war aber vor allem, was die Regierungspartei in ihrer Verzweiflung drei Wochen vor dem Wahltermin daraus machte. Der Generalsekretär sprach von einer raffinierten Inszenierung der Opposition gegen diesen hervorragenden Mann, gemeint war Eislinger. Und er war voll zynischen Lobs für die perfekte Organisation dieser Perfidie, die es sogar geschafft hatte, auch noch einen belgischen Polizisten so in das stehende Fahrzeug hineinrennen zu lassen, das der Minister irrtümlich für seines gehalten hatte, nachdem man ihn mit List und Tücke und mit Alkohol versetztem Milchkaffee trunken gemacht hatte, weil er gutgläubig … blablablabla et cetera.

In diese Verschwörung waren angeblich nicht nur die regierungskritischen Parteien, sondern auch die Freimaurer, Amnesty International, Greenpeace, der Mossad und wahrscheinlich sogar die Anonymen Alkoholiker verwickelt. Noch mehr Blablabla.

Schließlich bedauerte der Sprecher des Kanzlers, wie tief manche Menschen eigentlich sinken konnten. Bingo, das war der erste Punkt, dem Palinski zustimmte, ihm nicht widersprechen wollte.

Er, der inzwischen wieder völlig munter war, wusste nicht, ob er lachen oder weinen sollte. So entschied er sich für ein verkrampftes Lächeln.

Das wirklich Schreckliche an dieser haarsträubenden Geschichte war ja gar nicht die Geschichte selbst, sondern die Tatsache, dass sie zumindest von gut 20 Prozent der Bevölkerung für bare Münze genommen wurde.

Es war aber nicht nur die Stunde der Parteistrategen,

sondern auch die der Fachkommentatoren. Für einige dieser Spezies sprach, dass sie sich im Gegensatz zu all den anderen auch längst Gedanken darüber machten, wie es weitergehen sollte. Denkbare Varianten waren einerseits die vertretungsweise Übernahme des Innenressorts durch ein anderes Regierungsmitglied, andererseits die Einsetzung eines neuen Mannes oder einer Frau in diese Position.

Just der Chef des Innenressorts war aber in den nächsten Wochen auf EU-Ebene sehr gefordert, was eine interimistische Wahrnehmung dieser Agenden durch den Kanzler selbst oder einen Ministerkollegen doch eher unwahrscheinlich machte.

Andererseits würde der Regierungschef Schwierigkeiten haben, einen ernstzunehmenden Kandidaten für diesen Job mit automatischem Ablaufdatum zu finden. Einer der profiliertesten Journalisten des Landes vertrat daher die Ansicht, dass der Kanzler möglicherweise einen hohen Beamten aus dem Ressort mit dem politischen Himmelfahrtskommando betrauen würde. Eine Meinung, die durchaus etwas für sich hatte, wie Palinski fand.

Er lebte in spannenden Zeiten, fand der Chef des Institutes für Krimiliteranalogie, als sich plötzlich sein Handy wieder bemerkbar machte. Es waren Anselm und Marianne, die in Wien, ja sogar schon in Döbling waren, sich aber auf den letzten Metern verfahren hatten.

Und so jemand war Hauptkommissar.

*

Das Alte Presshaus beim Zimmermann in der Armbrustergasse war schon ziemlich voll mit fröhlich gestimmten Gästen, als Palinski mit seinen deutschen Freunden gegen 21 Uhr erschien. Elli, die Chefin des Hauses, war vor etwa 28 Jahren ein recht erfreulicher Flirt Mario Palinskis gewesen, kurz bevor Wilma in sein Leben getreten war. Es war schön, dass die beiden es geschafft hatten, ihre Sympathien in eine dauerhafte Freundschaft zu retten.

»Hallo, Mario«, Elli begrüßte den alten Freund überschwänglich, »dass ich deine Hochzeit noch erleb, hätt ich mir nicht gedacht. Übrigens, deine ... Braut sitzt unten in der Küche und näht sich einen Knopf an.«

Gut, Wilma war also auch schon da, freute sich Palinski. Dann stand einem lustigen, hoffentlich nicht allzu hektischen Abend ja nichts mehr im Wege.

Am ersten Tisch links hatten sich die Freunde und Kollegen der Grünen Bezirksrätin versammelt. Menschen, die Mario zum überwiegenden Teil nur vom Sehen kannte. Da musste erst einmal ein freundliches Nicken reichen, gefolgt von einem ehrlich gemeinten »Schönen guten Abend, ich hoffe, Sie werden sich gut unterhalten«.

An den beiden folgenden Tischen hatten sich Wilmas Freunde und Kollegen aus ihrer früheren und auch derzeitigen Schule versammelt. Zu diesen pflegte der Bräutigam ebenso intensive Beziehungen wie zur politischen Sektion des Abends.

Ja, und wer war das denn? Da war Professor Dullinger höchstpersönlich, auf den war Palinski früher richtig eifersüchtig gewesen. Aber das war, bevor er erfahren hatte, dass der gute Mann stockschwul war und Wilma wirklich nur gut leiden mochte. Seither hatte er den durchaus sympathischen Altphilologen, der sich endlich geoutet hatte und mit seinem Freund gekommen war, richtig ins Herz geschlossen. Mit einem warmen, nein, ehrlich gemeinten »Professore, welche Freude« blieb er bei Dullinger stehen und schüttelte ihm die Hand.

Der Familientisch im Zentrum war mit Tina und Harry und ihren derzeitigen Studienabschnittspartnern, mit Margit Waismeier und Florian Nowotny samt Freundin bereits gut besetzt.

Der ›Polizeitisch‹ dagegen war relativ leer, außer Inspektor Heidenreich vom Koat Hohe Warte, der mit dick bandagiertem Knöchel und Stock erschienen war, und Major ›Fink‹ Brandtner vom LKA Niederösterreich hatte noch niemand Platz genommen. Kein Wunder, bei der Hektik dieser Tage waren alle bis zuletzt am Ackern. Brandtner war mit Palinskis Bürochefin Margit liiert und auch am Familientisch willkommen, zog im Moment aber die Gegenwart des Kollegen vor.

Während Palinski die beiden Kieberer begrüßte und ihnen seine deutschen Freunde vorstellte, legte sich von hinten eine Hand auf seine Schulter. Als er sich umdrehte, erkannte er, dass ihm ein Paar die Ehre gab, das er zwar eingeladen, mit dessen Kommen er aber ehrlich gesagt nicht gerechnet hatte.

Freundlich grinsend streckte ihm … Dr. Josef Fuscheé, der vor einigen Monaten zurückgetretene Vorgänger des heute zurückgetreten wordenen Innenministers die Hand hin. »Mario, welche Freude«, rief er aus, während seine Frau Erika ihre Chance nutzte und den scheidenden Junggesellen auf beide Wangen küsste.

»Gnädige Frau, Herr Minister«, Palinski war wirklich gerührt.

»Für dich Erika und Josef«, entgegnete die ›Gnädige Frau‹ und busselte ihn nochmals. »Wo ist denn übrigens die bezaubernde Braut?«

Wilma hatte inzwischen mit ihren beiden Uralt-Freundinnen Olli und Vally, beide verdiente Charity-Punsch-Standl-Verkäuferinnen, und das nicht nur vor Weihnachten, den Raum betreten.

Jetzt trafen auch die restlichen Gäste nacheinander ein: Helmut Wallner und Oberleutnant Bachmayer, kurz danach Franka Wallner und Martin Sandegger, der frühere Stellvertreter Wallners, der jetzt eine tolle Position in der Privatwirtschaft innehatte. Ja, und mit Miki Schneckenburger, der zwei unbekannte Herren mit relativ unfreundlichen Visagen mitgebracht hatte, war die Runde dann mehr oder weniger komplett. Moni Schneckenburger hatte wie so oft Probleme mit dem Babysitter und deswegen absagen müssen.

Ein Zeichen von Elli gab ihm zu verstehen, dass das im Nebenraum aufgebaute warm-kalte Buffet ›ready to be opened‹ war. Also baute er sich mitten im Raum auf, hieß alle Anwesenden um 21.23 Uhr herzlich willkommen und erklärte die Futtertröge für eröffnet.

*

Um 22.18 Uhr hatte die Polizei das paradeissugofarbene Lieferfahrzeug mit der Aufschrift ›Pizzakönig – 12 x in Wien‹ auf der Altmannsdorfer Straße in Richtung Triesterstraße entdeckt und die Verfolgung aufgenommen. Als der Lenker des Farbkleckses auf Rädern mitbekommen hatte, dass ihm die Bullen im Nacken saßen, stieg er einfach aufs Gas und vergaß die Bremse bis auf Weiteres.

Die für ihn rote Ampel an der Kreuzung mit der Breitenfurter Straße überfuhr der Wahnsinnige einfach. Gott sei Dank war der Verkehr zu dieser Zeit nur mehr relativ dünn, sodass niemand bei diesem brutalen Manöver zu Schaden kam. Ein zufälligerweise auf der Breitenfurter Straße befindliches Polizeifahrzeug setzte sich daraufhin sofort mit allem zur Verfügung stehenden Tatütata auf die Spuren des Verkehrsrowdys.

Wie heißt es doch so schön: Viele Hunde sind des Hasen Tod. Zusammen mit dem in der Zwischenzeit wieder aufgeschlossenen Einsatzwagen gelang es der Polizei, das flüchtige Fahrzeug auf Höhe der Alterlaaer Wohntürme in die Zange zu nehmen und mit qualmenden Reifen zum Halten zu zwingen.

Ganz wie sie es in den vielen einschlägigen amerikanischen Dokumentarfilmen gesehen hatten, sprangen die Beamten mit schussbereiten Waffen aus ihren Wagen. Oder versuchten es zumindest. Mit unterschiedlichem Erfolg.

Während sich die Beifahrertür des paradeissugofarbenen Vehikels öffnete und eine Person mit erhobenen Händen ausstieg, fielen aus dem Fenster auf der Fahrerseite zwei Schüsse. Die Reaktion auf diese zweifellos als feindlich-aggressiv einzustufende Handlung war verblüffend. Ein Beamter warf die Hände in die Höhe und ergab sich sicherheitshalber, ein zweiter rannte zu seinem Wagen und rief über Funk Verstärkung herbei. Der dritte, es war der Lenker des Einsatzwagens, der als erster die Verfolgung aufgenommen hatte, wunderte sich, wie schnell man völlig flach am Boden liegen konnte, wenn man nur die entsprechende Motivation dazu hatte.

Nur der Held, und in jeder Geschichte gibt es einen solchen, bewahrte die Nerven. Er fasste sein Ziel, die linke Schulter des Fahrers, scharf und erbarmungslos ins Auge, visierte es kurz an und drückte dann den Abzug seiner Dienstwaffe durch. Die Kugel fand tatsächlich ganz präzise ein Ziel. Nämlich den Rückspiegel im Inneren des Pizzakönig-Bombers. Der löste sich klirrend in einige zig Teile auf und fiel geräuschvoll zu Boden.

Das war dem bösen Lenker beinahe noch etwas zu gut gegangen. Und so verließ auch er mit hoch erhobenen Armen seine kleine Festung und gab sich resigniert geschlagen.

Sie war ein äußerst beeindruckender Sieg des Guten über das Böse gewesen, diese ›Schlacht von Alterlaa‹.

*

Komisch, diese beiden Freunde von Miki, die sich zwar die ganze Zeit im Hintergrund hielten, den Ministerialrat aber keinen Moment aus den Augen ließen. Innerlich musste Palinski lächeln: Das Ganze sah aus wie der

Freigang eines prominenten Schwerverbrechers, dessen einzelne Schritte peinlichst genau unter die Lupe genommen wurden.

›Hier‹, hatte der alte Freund gemeint und ihm eine Plastikhülle mit Kopien in die Hand gedrückt. ›Das sind die Postings, die in den letzten beiden Tagen aus dem Netz genommen worden sind. Unter anderem, weil sie auch strafrechtlich nicht ganz koscher sind. Eine interessante Lektüre, das kann ich dir verraten.‹ Er hatte Palinski eine Hand auf die Schulter gelegt. ›Ich würde mich freuen, wenn wir schon bald ausführlich darüber sprechen könnten.‹

Irgendetwas in der Stimme Mikis hatte Palinski irritiert. War es der irgendwie bestimmte Ton gewesen, ganz so, als ob der Mann keinen Widerspruch duldete? Oder der etwas ungeduldige Klang in seiner Stimme?

Nein, er musste sich irren. Doch nicht sein Miki Schneckenburger, sein Lieblings-Ministerialrat. Wahrscheinlich hatte er einfach nur schon zu viel getrunken.

Schön, wie die beiden Wiegeles sich in seinen Freundeskreis integrierten. Gut, seit Anselm quasi auf dem Sprung ins Stuttgarter Landeskriminalamt war, wie man hörte, ist Singen so eine Art Außenstelle des LKA geworden, und der Hauptkommissar bekam ab und zu auch mit Wallner und seiner Behörde zu tun. Wirklich schön, wie sich alles entwickelte, zusammenwuchs und ein besseres Neues ergab.

Und sein Freund Fuscheé? Ein gefragter Konsulent für die wichtigen Persönlichkeiten der Welt, der für einen Vortrag bis zu 30.000 Euro Honorar kassierte.

Sehr sympathisch dabei war, dass Josef die Hälfte seiner Gage immer einer karitativen Einrichtung des Landes stiftete, in dem er den Vortrag hielt. Obwohl, das konnte natürlich auch nur ein überaus cleverer Trick sein, seinen Auftraggebern seine doch recht gesalzenen Honorarvorstellungen schmackhaft zu machen. Ja, ja, der Josef, das war schon ein Hundling. Aber eben ein sehr sympathischer.

Während Palinski leicht trunken seine Gedanken schweifen ließ, stürmten plötzlich einige Menschen in das Presshaus, einer davon mit einer tragbaren TV-Kamera auf der Schulter.

Na so was, dachte Palinski, dass sein bescheidener Ruhm inzwischen ausreichte, seinen Polterabend in die Society-Sendung zu bringen? Nein, wahrscheinlich war das Wilmas Verdienst, immerhin war sie ja Bezirksrätin.

Unerschrocken stellte er sich den Heranstürmenden in den Weg und deutete auf den Tisch, an dem seine Beste saß. »Dort finden Sie meine Frau, die Bezirksrätin«, erklärte er, aber das schien die Bande nicht weiter zu interessieren.

Die Frau mit den kurzen Haaren und der optischen Sonnenbrille, und das mitten in der Nacht, sagte zwar »Aha«, aber wohl nur aus reiner Höflichkeit. Denn: »Wir suchen aber den Minister«, stellte sie klar, »wo ist er?«

Die suchten den Minister? Warum wollten sie plötzlich Fuscheé sprechen? Oder filmen oder was immer auch? War Josef etwa wieder in die Regierung berufen worden, als Nachfolger seines Nachfolgers? Kaum vorstellbar, aber der derzeitige Kanzler hatte schon andere kaum nachvollziehbare Entscheidungen getroffen. Ihm sollte es recht sein, dachte Palinski.

In diesem Augenblick trat Miki Schneckenburger aus der Tür des Herrenklos, und aus dem schon etwas lahm gewordenen ›Wo ist der Minister?‹ wurde schlagartig ein deutlich kräftigeres »Hier ist der Minister ja!« Da sollte sich noch jemand auskennen.

»Verstehst du die Aufregung um Fuscheé?«, wollte Palinski jetzt von Miki wissen, der neben ihm stand. Plötzlich waren auch die beiden schweigsamen Freunde Schneckenburgers zur Stelle und schoben sich vor den Ministerialrat. Exakt in dem Moment, in dem die hungrige Meute der Fernsehjournalisten angestürmt kam und ihn und seinen Freund zu filmen begann.

Waidling hatte doch nicht gar einen gewissen Palinski zum Nachfolger Eislingers ernannt und nur vergessen, es dem Auserwählten auch mitzuteilen? Bei dem abwegigen Gedanken musste Mario schmunzeln, eine Antwort auf seine eigentliche Frage hatte er damit aber noch lange nicht.

»Es geht nicht um Fuscheé«, sagte Schneckenburger ganz leise, »sondern es geht um mich. Ich bin der neue Minister.«

Palinski lachte vollmundig, was sofort mit der Kamera festgehalten wurde. »Und ich bin der neue Literaturnobelpreisträger. Also, der ist wirklich gut, Miki.« Das Fernsehteam filmte weiterhin. Es filmte – ja, es filmte seinen alten Freund Michael Schneckenburger.

Langsam dämmerte Mario, dass es mehr Dinge

zwischen Himmel und Erde gab, aber das war eine andere Sache. Und vor allem nicht von ihm.

»Bist du wirklich …? Ja, du bist es. Aber das ist doch politischer Wahnsinn, du überlebst doch die nächste Regierungsbildung nicht«, zischte er Miki zu.

»Das ist mir schon klar«, murmelte der designierte Minister. »Das geht noch drei Wochen bis zur Wahl und dann vielleicht noch ein, zwei Monate, bis die neue Regierung steht. Dann gibt es einen neuen Innenminister, aber auch einen neuen Sektionschef im Innenministerium. Und der bleibe ich dann bis zu meiner Pensionierung. Schlecht?« Er lachte, zufrieden und gleichzeitig doch auch ein wenig unsicher. »Das nennt man Quidproquo, aber das weißt du ja ohnehin.«

*

Nach ihrer Festnahme waren Marika Sanders und Gabriel Fuarsi ins Polizeigefangenenhaus an der Rossauer Lände gebracht worden. Ja, es war wirklich der Pizzakönig persönlich gewesen, der die Flucht der jungen Frau eingefädelt und sich auch nicht entblödet hatte, zwei Schüsse auf die Polizisten abzugeben.

Das bedeutete sicher mindestens ein, zwei Jahre Haft, abgesehen von allem anderen, das man dem Mann sonst noch vorwerfen würde.

Frau Sanders hatte neben Bargeld in Höhe von knapp 140.000 Euro auch ein Vermögen an börsennotierten Wertpapieren und ein Flugticket von Bratislava nach Bukarest bei sich gehabt. Weiters wurden auch zwei Schlüssel gefunden, die offenbar zu Schließfächern gehörten. Bloß bei welchen Banken?

Fuarsi wieder hatte außer seinem Führerschein, zwei Kreditkarten und etwas Bargeld nichts mit sich geführt. Im Gegensatz zu Marika Sanders hatte er offenbar keinen Grund gesehen, sich der weiteren behördlichen Verfolgung durch Flucht zu entziehen.

Das hatte aber gar nichts zu bedeuten, wusste Franka Wallner, nachdem man sie telefonisch über den aktuellen Stand informiert hatte. »Entweder hat er wirklich nur am Rande damit zu tun«, meinte die Oberinspektorin zu dem neben ihr sitzenden Kollegen Heidenreich. »Oder er fühlte sich besonders sicher.«

»Kann es sein, dass er einfach dumm ist?«, wandte der Inspektor ein.

»Das ist häufig das Gleiche«, fand Franka. »Aber morgen werden wir mehr wissen.«

*

Während sich die aktuelle Meldung im Raum verbreitete und der Rummel um den frischgebackenen Innenminister weiter zunahm – einige der Anwesenden schlugen sich fast mit den beiden Bodyguards, um zumindest mit einem Arm oder einem Bein in der nächsten Nachrichtensendung gesehen zu werden –, hatte sich Palinski ein wenig zurückgezogen. Die Tatsache, dass sein Freund, wenn auch nur aus taktischen Überlegungen des Kanzlers heraus, als Minister designiert worden war, bedeutete einen gewissen Schock für ihn.

Er hatte sich in einen kleinen Nebenraum verkrochen, um nachzudenken, etwas Ruhe zu finden. Die Unterlagen, die ihm Miki, Pardon, der Herr Minister mit der leicht mahnenden Aufforderung übergeben hatte, sie sich doch endlich anzusehen, lagen vor ihm auf dem Tisch.

Nun gut, wenn er schon so dasaß, dann konnte er gleich auch einen Blick auf die Postings werfen, die von den Verantwortlichen aus den Onlineforen entfernt worden waren. Wegen übertriebener Geschmacklosigkeit oder Verstoßes gegen das Strafrecht. Er versprach sich zwar nicht allzu viel davon, aber wer war er schon, den Weitblick eines, seines Ministers infrage zu stellen.

Palinski, der die letzten 20 Minuten keinen Alkohol mehr angerührt hatte, fühlte sich wieder einigermaßen nüchtern. Ziemlich müde zwar, aber doch aufnahmefähig. Also, auf los sollte es losgehen. Palinski nahm das erste Blatt zur Hand und warf einen Blick auf das, was ein gewisser ›Mad.Man 69‹ so an kranker Fantasie zu bieten hatte.

Nach ein paar Minuten begann er das Faszinosum zu begreifen, das von dieser Lektüre auszugehen schien und das auch Schneckenburger gepackt hatte. Und auf welche Bezeichnungen diese Spinner kamen!

›Jofuc.Ker 1929‹, na, wenn die Zahl für das Geburtsjahr stand, dann musste das ein ganz schön alter Depp sein.

Oder der hier: ›Eddie the Knife‹, der den Mädels gern die Gurgel aufschlitzte, wenn sie gerade am Schlucken waren.

Und ›Will.Ian.Longtail‹ träumte im Schutze der Anonymität des Netzes davon, alle Weiber mit seinem ›Pferdeschwanz‹ aufzuspießen.

Es war so etwas von grauslich, das lesen zu müssen. Andererseits, vielleicht war es ganz gut, dass es diese Art ›geistigen Scheißhäusls‹ gab, in dem sich diese kranken Typen auslassen konnten. Und sich damit in der realen Welt doch eine Spur weniger unverträglich begegneten als ohne diesen Abtritt. Das war zumindest eine Hoffnung.

Wer aber annahm, dieses pervertierte ›Poesiealbum‹ wäre eine rein männliche Domäne, der irrte gewaltig: So machte sich eine ›Gail.E.Mös‹ mit unvorstellbar vulgären Begriffen für Frauenpower ›everywhere and everytime‹ stark, und eine ›Immerfeucht‹ träumte von geilen Nonnen, die sich mit batteriebetriebenen Kruzifixen Zeit und Lust vertrieben. Amen.

Doch was war das hier? Das klang irgendwie anders als der übliche krankhafte, in der Pubertät stecken gebliebene Schmus. Eine ›Mamainspe‹ bedauerte, dass ihr Baby nunmehr niemals seine Großmutter kennenlernen würde. Aber die war ja selbst schuld, warum hatte sie ›Big Daddy‹ auch unbedingt kastrieren wollen?

Palinski hätte nicht sagen können, warum ihm gerade dieser Beitrag aufgefallen war. Irgendetwas sagte ihm aber, dass da mehr dahintersteckte als bei dem anderen Mist.

Zwei Seiten weiter fand er nochmals ein Posting dieser ›Mamainspe‹, in dem sie ›Big Daddy‹ ihre Liebe versicherte und ihn von jeder Schuld an der schrecklichen Entwicklung freisprach. ›Mutter war das Opfer, das wir am Altar unserer Liebe einfach bringen mussten. Das war eben Schicksal‹, stand da zu lesen und klang fast literarisch in unmittelbarer Nachbarschaft zu diesem unglaublichen Trash.

Ja, und da waren sogar einige Botschaften vom ›Großen Vater‹: ›Big Daddy‹ gab zunächst einmal kund, dass er Angst gehabt habe, die Mama würde ihm sein bestes Stück abschneiden. ›Wie du weißt, hat sie doch immer dieses Messer bei sich‹, erinnerte er, und daher habe er eben so lange zuschlagen müssen, bis ›sie bewusstlos war. N'est-ce pas?‹

Ein Hauch von Déjà-vu überkam Palinski, er konnte aber im Augenblick nichts damit anfangen. Noch nicht.

Eine Seite später hatte sich ›Mamainspe‹ wieder gemeldet und geschrieben, dass sie froh sei, die Sache durch ihr Einschreiten ein für alle Mal geklärt zu haben. ›Es war einfacher, als ich dachte‹, stand da. Und: ›Das Messer ist hineingegangen wie in Butter. Was für ein Gefühl.‹ Jetzt freue sie sich schon sehr auf eine gemeinsame Zukunft mit ›Big Daddy‹ und dem Baby. ›War doch gut, dass ich Torte gegessen und dabei den Termin vergessen habe, sonst wären wir nur mehr zu zweit.‹

Ein unheimlicher Verdacht stieg in Palinski auf. Da war doch erst vor Kurzem etwas gewesen, das er eigentlich Helmut Wallner erzählen hatte wollen. Nein, müssen. Langsam kam die Erinnerung an diesen …

Wilma war von hinten an ihn herangetreten und strich ihm sanft über die Haare. »Willst du nicht wieder zu uns, zu den Gästen kommen? Diese Arbeit hier kann doch sicher bis morgen oder bis nach der Hochzeit warten.«

»Nein, kann sie nicht«, entfuhr es ihm ungewollt heftig. »Entschuldige, bitte«, fuhr er etwas ruhiger fort, »aber ich bin kurz davor, etwas Großes, ganz Wichtiges zu entdecken.« Er blickte auf die drei, vier ungelesenen Blätter vor sich. »Gib mir bitte noch ein paar Minuten, dann komme ich freiwillig. Okay?«

Wilma seufzte, nickte mit dem Kopf und ging wieder. An der Tür drehte sie sich noch einmal um. »Aber nur zehn Minuten, du hast es versprochen«, erinnerte sie ihn, doch Palinski war mit seinen Gedanken bereits ganz woanders.

Auch die kommenden drei Seiten brachten ihm nicht die Inspiration, auf die er gehofft hatte, und leichte Enttäuschung begann sich breitzumachen. Aber Geduld, er hatte ja noch eine Seite vor sich. Wie heißt es so schön, die Hoffnung stirbt immer zuletzt. Und dann kam er schließlich, der erlösende, alles klärende Input im vorletzten Posting dieser Listen.

Es war wieder ›Big Daddy‹, und er sprach ›Mamainspe‹ Mut zu. Und das so gar nicht verspielt verschlüsselt, wie das hier üblich war. Sondern durchaus im Klartext: ›Wir müssen bloß Nerven bewahren und etwas Geduld haben. Alle glauben doch, dass die Sache mit deiner Mutter mit dem Ereignis in drei Wochen zu tun hat. Sollen sie doch, das ist nur gut für uns. Danach wird sich der Rummel wieder legen und die Akte geschlossen werden. Und dann gehört die Zukunft uns dreien. Du bist doch die süßeste Muschi, n'est-ce pas?‹

Das war's, das Paar am Wochenanfang im Café Kaiser! Lou, wenn er sich richtig erinnerte, war nicht nur die schärfste Muschi der nördlichen Hemisphäre, sondern und vor allem auch Nora Bender-Nicerecs Tochter. Wie unter anderem die Aufzeichnung der ›Demonstration gegen die Gewalt‹ bewies. ›Big Daddy‹ konnte demnach nur der unvergleichliche Simmi sein, der Mann Noras und Vater des in Lous Leib heranwachsenden Lebens.

Um Himmels willen, wie geschwollen er jetzt sogar schon dachte. Aber egal, ein enormes Glücksgefühl durchströmte ihn. Wenn er jetzt nicht völlig falschlag, hatte er eben den Mordfall des Jahres, als solchen konnte man ihn ohne Weiteres bezeichnen, geklärt.

Politischer Mord, dass er nicht lachte. Das war ein hundsgemeines Komplott zwischen Stiefvater und Stieftochter zulasten der gemeinsamen Schnittstelle gewesen. Und die hatte nun einmal Nora Bender-Nicerec geheißen.

Eigentlich schade, die beiden waren doch recht sympathisch gewesen. Arge Schweinderln halt, aber irgendwie nett.

9.

Samstag, 26. Oktober – bis 15 Uhr

26. Oktober, im Lande herrschte Staatsfeiertag, und das von 0 bis 24 Uhr. Das war der Tag, an dem die verschiedensten Organisationen, Vereinigungen und Verbände zum gemeinsamen Tun aufriefen. Sei es Joggen, Wandern oder Rad fahren, Ausstellungen besuchen oder Spenden. Was auch immer, Hauptsache, es geschah in Rudeln, um das richtige Wir-Gefühl aufkommen zu lassen, das einen Staatsfeiertag nun einmal ausmachte.

Wie jedes Kind wusste, zumindest, wenn es in der Schule aufgepasst hatte, war das der Tag, an dem der Staatsvertrag unterzeichnet worden war. Oder war es der, an dem das Neutralitätsgesetz verabschiedet beziehungsweise die Eurofighter bestellt worden waren? Manche meinten auch, es könnte der Tag sein, an dem im Jahre 1955 der letzte fremde Soldat Österreich verlassen hatte oder haben musste. Das war mitunter der Grund, warum sich das Bundesheer an diesem Tag ziemlich publikumswirksam in Szene setzte und das Ganze als eine Art Tag der offenen Tür ansah.

Wie auch immer, es war schulfrei. So gesehen hatten die Kids in diesem Jahr Pech, da an Samstagen ohnehin kein Unterricht stattfand. Für Ämter und Behörden galt sinngemäß das Gleiche.

Heute war aber auch Palinskis Hochzeitstag. Dank

der guten Beziehung einer Freundin Wilmas zum Vorsteher des zuständigen Standesamtes, einer höheren Gebühr sowie einer namhaften Spende an den Kegelverein der Beamtin, die die Trauung sogar an diesem Tag zu vollziehen sich bereit erklärt hatte, konnte der verbindliche Austausch des entscheidenden Wörtchens ›Ja‹ um 16 Uhr stattfinden.

Trotz arbeitsfreien Tages.

Aber nicht nur der Staatsfeiertag hatte um 0 Uhr begonnen, auch der Arbeitstag Palinskis, Chefinspektor Helmut Wallners und einiger seiner Kollegen sowie, und das verdiente Respekt, auch der des designierten Innenministers Dr. Michael Schneckenburger.

Nachdem der Bräutigam just während seines gestrigen Polterabends plötzlich den völligen Durchblick hinsichtlich Täter, Motiv und Tathergang im Mordfall Nora Bender-Nicerec erlangt und diesen in den wesentlichen Punkten an die entscheidenden Leute weitergegeben hatte, hatte die Runde beschlossen, noch in Ruhe ein Vierterl zu trinken, jeder natürlich ein eigenes, und danach ins Institut für Krimiliteranalogie zu übersiedeln, um nach einer weiteren Erörterung der Sachlage gleich die notwendigen Schritte zu veranlassen. ›Nägel mit Köpfen zu machen‹, wie es Palinskis Freund, Hauptkommissar Anselm Wiegele, so treffend genannt hatte.

Zunächst hatte Palinski über jenes Frühstück im Café Kaiser berichtet, am Montag dieser Woche, an dem dieses seltsame Paar, Lou und Simmi, am Nebentisch gesessen und ihr Liebesleben samt Konsequenzen besprochen hatte. Diverse Details der Geschichte hatten, wie nicht anders zu erwarten gewesen war, zu etwas derbem Gelächter einiger Herren geführt. Der Hinweis auf die anwesenden Damen, immerhin gehörten ja auch Wilma und Marianne Wiegele zu der späten oder frühen Runde, je nachdem, hatte die geilen Böcke dann aber rasch beschämt verstummen lassen.

»Abgesehen von der freizügigen inhaltlichen Darstellung ist mir vor allem dieses frankophil anmutende ›n'est-ce pas‹ des Mannes haften geblieben«, erinnerte sich Palinski gerade. »Er hat das fast so oft verwendet wie die Alemannen dieses urige ›odr‹. Nicht ganz so häufig, aber fast.« Jetzt holte er drei der Seiten heraus, die ihm der designierte Minister gestern Abend gegeben hatte. »Und genau dieses französische ›oder‹ findet sich hier ein paarmal wieder. Dazu gibt es eine ziemlich genaue Darstellung des Tatherganges, wenn man die Umschreibungen richtig interpretiert.« Er reichte Wallner die drei Seiten.

Der Chefinspektor überprüfte die Postings, überlegte ein, zwei Minuten und begann dann mit seinem Resümee. »Du meinst also, Frau Bender-Nicerec findet heraus, was da an ihr vorbei in ihrer Familie gelaufen ist, möglicherweise auch die Konsequenz?«, er deutete einen gewölbten Bauch an. »Dann stellt sie ihren Mann zur Rede, wird handgreiflich, will ihm, wenn man das Posting von ›Mamainspe‹ so verstehen will, möglicherweise sogar den … Penis abschneiden. Daraufhin schlägt ›Big Daddy‹ zu, bis sie bewusstlos ist. Und die ›Mamainspe‹ rammt ihrer Mama von hinten ein Brotmesser ins Herz. Und damit Ende.«

Er blickte zum Fenster, nickte mit dem Kopf und erwiderte dann: »Sehr gut, klingt sehr plausibel. Eine reife Leistung, Mario.«

Nun liebte Palinski wenig mehr als Lob. Das Zeug rann ihm immer hinunter wie wilder Berghonig und war durchaus geeignet, ihn süchtig zu machen. Aber dennoch musste es heißen ›Ehre, wem Ehre gebührt‹. »Danke, aber diese Anerkennung verdient vor allem der aufmerksamste Innenminister, den unser Land je hatte.« Er griff sich Mikis Hand und schüttelte sie theatralisch. »Unser lieber Dr. Michael Schneckenburger. Wenn ich gleich auf ihn gehört hätte, hätten wir den Fall vielleicht schon einen Tag früher gelöst.«

»Vorausgesetzt natürlich, dass deine Schlussfolgerungen auch zutreffen«, ergänzte der Designierte. Aber daran zweifelte eigentlich niemand ernsthaft.

*

Franka Wallner, die im Gegensatz zu ihrem Helmut nicht an der Nachtschicht im Institut für Krimiliteranalogie teilgenommen hatte, saß pünktlich um 8 Uhr einigermaßen ausgeschlafen an ihrem Schreibtisch.

Ihr gegenüber saß Marika Sanders, die als Tatverdächtige im Falle Wilhelm Sanders einvernommen werden sollte. Der hübschen, selbstsicheren 21-jährigen Frau sah man die eine, nein, die erste Nacht im Häfen an. Und die war selbst in einem relativ zivilen sicher mit eine der schlimmsten Erfahrungen, die ein Mensch machen konnte, sah man einmal von lebensbedrohenden Vorkommnissen ab.

Ihr sonst so luftig locker fallendes Haar war fett und strähnig, der Teint grau, und sie wirkte um gut zehn Jahre älter. Offenbar hatte sie auch nur wenig geschlafen, die Ringe unter ihren Augen waren nicht zu übersehen.

Die Oberinspektorin, die ja kein Unmensch war, hatte Marika zunächst mit einem Kaffee und einem Buttersemmerl versorgt, einerseits, um ihr eigenes Bedürfnis nach Menschlichkeit zu befriedigen, andererseits aber auch, um die bevorstehende Einvernahme durch diese vertrauensbildende Maßnahme positiv zu stimulieren und damit zu erleichtern.

»Also gut, Frau Sanders«, Franka drückte den Startknopf des kleinen Aufnahmegerätes, »dann wollen wir einmal anfangen. Nennen Sie uns bitte als Erstes fürs Protokoll Ihren Namen und die sonstigen Angaben zu Ihrer Person.« Sie nickte der jungen Frau ermunternd zu.

»Können Sie mich bitte Marika nennen«, meinte die Sanders kleinlaut, nachdem sie Namen, Adresse und Geburtsdatum genannt hatte. »Das Frau Sanders kommt mir so komisch vor.«

Auch gut, dachte die Oberinspektorin, das war offenbar der Versuch der Verdächtigen, eine vertrauensbildende Maßnahme zu setzen.

»Fein, dann werde ich Sie Marika nennen«, stimmte sie zu. »Und jetzt erzählen Sie einmal, wie sich das Ganze an diesem Abend abgespielt hat?«

An diesem Tag schien Marika entschlossen, sich der Wahrheit wesentlich mehr anzunähern als bei ihren bisherigen Aussagen.

Vor einigen Monaten hatte sie Gabriel Fuarsi kennengelernt. Der in Kairo geborene Kopte war als Vierjähriger von einem österreichischen Paar adoptiert worden. Nach Erreichen der Volljährigkeit hatte er seinen ursprünglichen Nachnamen wieder angenommen, da ihm Gabriel Navratil nie gefallen hatte. Mit knapp 400.000 Schilling, dem Erbe von seinen bei einem Autounfall tödlich verunglückten Eltern, hatte er sein erstes Pizzakönig-Lokal auf die Beine gestellt.

Marika hatte seit einigen Jahren öfters einmal Pizza für sich und den Vater liefern lassen, und zwar zunächst vom Pizzakönig.

Nach dem Start von Mamma Marias Pasta- und Pizza-Premium-Service hatte sie aber rasch den Lieferanten gewechselt, da Lorenzos Angebot qualitativ wesentlich überzeugender war.

»Eines Tages ist Gabriel mit seinem Sportwagen vor der Türe gestanden und hat mich zu einer Fahrt in die Wachau eingeladen«, erinnerte sich die junge Frau. »Bei der Gelegenheit hat er mich überredet, ihm bei der Lösung eines Problems behilflich zu sein.«

Fuarsi hatte ihr schließlich sogar 50.000 Euro angeboten, falls sie es gemeinsam schafften, Lorenzo derart in Misskredit zu bringen, dass er als Konkurrenz ausfiel und der Kopte das Geschäft übernehmen konnte.

»Lorenzo hat das Geschäft des Pizzakönigs derart gestört, dass sich Gabriel nicht anders zu helfen wusste, als den Italiener für einige Jahre aus dem Verkehr zu ziehen«, Marika wirkte jetzt direkt schuldbewusst. »Ich habe dabei geholfen, indem ich Bertollini ins Haus und damit in die Falle gelockt habe«, gab sie ganz offen zu. »Aber umgebracht habe ich meinen Vater nicht. Ich war ja gar nicht in seinem Zimmer. Es war Gabriel, der ihm Pizza und Wein hineingebracht hat.«

Das konnte sogar stimmen, wusste Franka, da Marika zum Zeitpunkt des Anrufes bei der Polizei in einer Innenstadtdisco gesehen worden war.

»Ich muss Sie enttäuschen, Marika«, widersprach die Oberinspektorin, »aber Ihr Vater ist überhaupt nicht vergiftet worden. Das Botox, das Sie oder Herr Fuarsi ihm zum Trinken gegeben haben, war viel zu stark verdünnt, um mehr als höchstens leichte Lähmungserscheinungen hervorzurufen. Wo haben Sie übrigens dieses Botox hergehabt?«

Die junge Frau blickte überrascht auf, dann fing sie an, hysterisch zu lachen. »Das nennen Sie, ›mich enttäuschen müssen‹? Es liegt überhaupt kein Mord vor?« Sie stand auf. »Na, dann kann ich jetzt nach Hause gehen.«

»Na, dann muss ich Sie jetzt aber einmal richtig enttäuschen«, widersprach Franka, »auch wenn die Anklage wahrscheinlich von Mord auf Mordversuch und nachfolgender schwerer Körperverletzung mit Todesfolge reduziert werden muss.« Sie wusste nicht genau, ob es einen derart widersprüchlichen Tatbestand überhaupt gab, aber da sollte sich später die Staatsanwaltschaft den Kopf zerbrechen.

»Das werden zwar einige Jährchen weniger werden, aber immer noch genug Zeit hinter Gittern. Sie vergessen ganz, dass Ihr Vater an diesem Abend gestorben ist und sein Tod, ob natürlich oder nicht, in kausalem Zusammenhang mit dem zugegebenermaßen untauglichen Vergiftungsversuch gestanden ist. Egal, ob er vergiftet wurde oder aus lauter Angst einen Herzinfarkt erlitten hat, Sie und Ihr Komplize Fuarsi tragen die Verantwortung dafür. Also, woher stammt das Botox?«

Wenn man nach einem scheinbaren Halt plötzlich weiter in den Abgrund stürzte, war der Schock doppelt so groß. So ging es Marika jetzt gerade. Sie saß mit aufgerissenen Augen da und begann plötzlich zu weinen. Was heißt weinen. Zu heulen, flennen, in Tränen auszubrechen, wie immer man es auch nennen wollte.

Franka blieb davon unberührt, im Gegenteil, sie wurde sogar ein wenig ungemütlich. »Also, woher stammt das Botox, verdammt noch einmal?«

»Hhchchchch«, schniefte die junge Frau. »Gabriel hat eine Cousine, Wanda Koltschnigg, die ist Schwester in einer Tagesklinik in Wien. Sie hat uns eine Flasche von dem Zeug organisiert. Sie hat uns noch gewarnt, dass wir achtgeben müssen, da das Gift sofort wirkt.«

Innerlich musste Franka lachen. So was von Dummheit und Inkompetenz war eigentlich ein wahres Glück für die Menschheit. Normalerweise hätte Wilhelm Sanders überhaupt nicht sterben dürfen, nicht auf die Art und Weise, wie seine Tochter und ihr Komplize sich das überlegt hatten.

Das Traurige war nur, Wilhelm Sanders war dennoch tot.

*

Während Franka Marika Sanders verhörte und es sich Inspektor Heidenreich trotz Krankenstandes und dick bandagierten Knöchels gleichzeitig nicht nehmen ließ, in einem anderen Zimmer Gabriel Fuarsi zu vernehmen, wurden Lucia Nicerec und Siegfried Michael Bender in der Wohnung Nora Bender-Nicerecs in Nußdorf gestellt, festgenommen und in Helmut Wallners Büro im Landeskriminalamt gebracht.

Die beiden des Mordes an Mutter respektive Ehefrau Verdächtigten waren in einer Situation angetroffen worden, die ein Leugnen ihrer ganz speziellen Vater-Tochter-Beziehung aussichtslos machte. Offenbar hatten sich Lou und Simmi völlig sicher gefühlt und nicht mit dieser Entwicklung gerechnet. Sie schienen völlig überrascht zu sein und ließen sich nach dem Ankleiden widerstandslos abführen.

Am Schottenring angelangt, nahm sich Chefinspektor Wallner gleich die junge Frau vor, während Oberleutnant Bachmayer mit ›Big Daddy‹ in einem zweiten Verhörzimmer verschwand.

Inzwischen hatten sich die beiden Verdächtigen offenbar entschlossen, auf alle Fragen mit trotzigem Schweigen zu reagieren.

Allerdings hatte ein Polizeipsychologe den Chefinspektor in seinem Verdacht bestärkt, dass die schriftlichen Exkurse Benders und der Nicerec im Internet auf einem zumindest unterschwellig starken Bedürfnis beruhten, über die Ermordung der zwischen ihnen stehenden Frau zu sprechen. Schließlich, und davon war Wallner zutiefst überzeugt, handelte es sich bei den beiden ja um keine krankhaften Killer, sondern um Menschen, die sich in einer bestimmten Situation nicht anders zu helfen gewusst hatten und ausgerastet waren. Das war zwar keine Entschuldigung der Tat, aber zumindest eine Erklärung.

»Also gut«, sprach Wallner zu Lucia Nicerec, »fangen wir einmal an. Einverstanden, ›Mamainspe‹?«

Mit dieser Eröffnung landete der Chefinspektor, wie er gehofft hatte, einen vollen Treffer. Im übertragenen Sinne natürlich nur, das aber exakt auf den Solarplexus. Denn Lucia sah aus, als ob ihr plötzlich jegliche Luft aus dem Körper entwichen wäre.

Sie starrte Wallner entgeistert an, wollte gerade etwas sagen, ließ es dann aber bleiben. Aber ihre entsetzt aufgerissenen Augen ließen deutlich erkennen, was ihr gerade durch den Kopf ging.

»Sie fragen sich jetzt sicher, woher ich das weiß, Lou«, das war der nächste Stich, den Wallner platzierte. »Die Antwort lautet: Sie und Simmi, Ihr ›Big Daddy‹«, auch das hatte gesessen, »reden und posten ganz einfach zu viel. Reden im Kaffeehaus und das andere im Internet. Und Ihr Pech war es, dass einer unserer besten Berater beides mitbekommen hat und nur mehr eins und eins zusammenzählen musste. Na ja«, diese Plattitüde konnte er sich nicht verkneifen, »wie heißt es so schön: Reden ist Silber und Schweigen ist Gold.«

Er blickte ihr direkt in die Augen. »Sie sollten an Ihr ungeborenes Baby denken und ein Geständnis ablegen. Das macht sich auf jeden Fall gut, wenn es dann um die Strafmilderungsgründe geht. Oder wollen Sie wirklich, dass Ihr Kind bis zum Abschluss der Volksschule im Knast aufwächst? Und vielleicht noch länger?«

Jetzt war die gute Lou, die schärfste M…, nein, diese Schweinereien mussten jetzt endlich aufhören, also diese außergewöhnliche junge Frau so weit, aus ihrer Lage das Beste zu machen. Und das war, sich den ganzen Mist endlich von der Seele zu reden. Vorher wollte sie aber noch etwas anderes wissen: »Können Sie mir bitte verraten, ob der Herr, den Sie Ihren besten Berater nennen, so ein leicht dicklicher Mann um die 50 ist? So einer ist nämlich neben uns gesessen und hat den Schwerhörigen gespielt«, erinnerte sie sich. »Von dem habe ich mir das Salz geben lassen.«

»Ja, das ist er«, bestätigte der Chefinspektor, »Mario Pa…«

»Der Herr hat sich sehr geschickt getarnt«, unterbrach ihn Lucia mit Ironie, »er hat gewirkt wie ein Trottel. Wie einer, der nicht bis drei zählen kann. Recht nett, aber eben vertrottelt. Da fragt man sich unwillkürlich, wenn das Ihr bester Berater sein soll, wie sieht dann erst Ihr schlechtester aus?«

»Na, na, na«, ermahnte Wallner, »nicht frech werden.« Die Gute hatte sich ja erstaunlich rasch wieder erfangen. Hoffentlich war das ein Zeichen dafür, dass sie ihre neue Situation angenommen hatte.

Und nicht, dass jetzt neuerlich Widerstand angesagt war.

Aber Wallners Sorgen waren unbegründet. Denn Lou begann loszulegen, und wie.

*

Mario Palinski hatte im Gegensatz zu seinen Freunden von der Polizei heute Morgen etwas länger geschlafen. Erstens war Feiertag, zweitens war Hochzeitstag, und drittens hatte die Nacht von gestern auf heute sehr lange gedauert.

Nachdem sich die eifrige Runde im Institut für Krimiliteranalogie nach der erfolgreichen Klärung des Falles ›Nora, der Eiserne Besen‹ gegen 3 Uhr aufgelöst hatte, war der Abend für Mario und Wilma noch lange nicht gelaufen gewesen. Sein gestrig/heutiger Erfolg hatte sehr belebend auf ihn gewirkt. Obwohl er mehr als 20 Stunden auf den Beinen gewesen war, hatte er sich aufgekratzt gefühlt wie selten zuvor.

Auf Wilma wieder hatte sich der Erfolg ihres Partners, das Lob der Fachleute und sogar des designierten Ministers seltsam stimulierend ausgewirkt. Wenn man sie so ansah, hatte sie sich plötzlich gefühlt, wie sich die schöne Europa gefühlt haben musste, als sie seinerzeit auf den als kraftstrotzenden Stier auftretenden Zeus getroffen war.

Plötzlich hatte sie Schmetterlinge im Magen gespürt und ein eigenartiges Ziehen. Und sie hatte nicht gezögert, ihren Helden durch konkludentes Handeln darauf aufmerksam zu machen. Mit dem Fazit, dass die beiden auf das Angenehmste nicht vor 5 Uhr zum Schlafen gekommen waren. Zumindest nicht im eigentlichen Sinn des Wortes.

Obwohl Palinski erst später aufgestanden war als seine Freunde von der Polizei, war er jetzt, als er sein Büro kurz nach 9.30 Uhr betrat, weit davon entfernt, ausgeschlafen zu sein.

Das war aber nicht weiter schlimm, denn bis um 15.45 Uhr, das war die Zeit, zu der er sich mit Wilma bei der Villa Wertheimstein zwecks endgültiger Legitimierung ihrer Lebensgemeinschaft treffen wollte, würde sich schon ein kleines, erfrischendes Nickerchen ausgehen.

Bis dahin hatte er nichts Bestimmtes zu tun, wollte nur so ein bisschen im Büro herumhängen und ein paar Sachen wegarbeiten, die schon lange herumlagen.

Übrigens, die standesamtliche Trauung sollte im Konzertsaal der Villa Wertheimstein stattfinden, in dem sich jetzt das Döblinger Bezirksmuseum befand. Palinski hatte die stimmungsvollen Räumlichkeiten im letzten Juni kennen und lieben gelernt, nachdem er als Dr. Blind und Ivan maßgeblichen Anteil am Erfolg der Döblinger Fledermaus gehabt hatte. Die unsterbliche Strauß-Operette war im Rahmen der Bezirksfestspiele in der Villa und dem sich anschließenden Park zur Aufführung gelangt.

Für eine angemessene Spende an dieses kulturelle Kleinod des Bezirks war man gern bereit gewesen, hier auch einmal ein Paar in den Stand der Ehe treten zu lassen. Auch oder gerade weil er mit fast 28 ›Vordienstjahren‹ selbst so etwas wie museumsreif war, wie Palinski gewitzelt hatte.

Halt, da war ja ein Anruf auf Band eingegangen, seit er gestern das letzte Mal nachgesehen hatte.

Es war seine alte Freundin Elli vom Heurigen, die ihm ganz aufgeregt mitteilte, dass »ich gestern gehört habe, du ermittelst in diesem Sanders-Mord. Ich bin damals in der Nacht an dem Haus vorbeigefahren.

Das muss so gegen 3 Uhr gewesen sein. Dabei hab ich gesehen, dass gerade jemand den Garten betreten hat. Mir ist das besonders aufgefallen, weil das Auto, ein Golf oder etwas in der Art, mindestens einen Meter vom Randstein entfernt abgestellt war. Ich hab mir noch gedacht, wer denn da so deppert ist und wer alles einen Führerschein bekommt. Also ruf mich an, falls du mehr wissen willst. Bussi, Baba und Ende.«

Schlagartig war es vorbei mit der sanften, faulen Müdigkeit. Plötzlich war der selbst ernannte Leiter des Instituts für Krimiliteranalogie hellwach und stand unter Hochspannung.

Wer konnte das bloß sein, der da so spät in der Nacht in das Haus gekommen war? Zu dem Zeitpunkt war Wilhelm Sanders nach Ansicht der Gerichtsmedizin mit ziemlicher Sicherheit tot gewesen.

Als Erstes musste er jetzt versuchen, zusätzliche Informationen über den Wagen, vor allem aber über diese Person zu bekommen.

Und er hatte auch schon eine Idee, was ihn in der Sache möglicherweise weiterbringen konnte. Er musste sich nur das Videoband der Überwachungskamera besorgen, das sich bei Lorenzos Anwalt Grissly befand. Hoffentlich konnte er das Teil beschaffen.

*

Als Wilma kurz vor 10.30 Uhr beim Intercoiffeur Antonio eintraf, ihrem Friseur für besondere Anlässe, merkte sie sofort an der Stimmung, dass etwas passiert sein musste.

»Ogooooogottogott gnädige Frau«, empfing sie Ludovik, der sanfte Rezeptionist mit einem Gesicht, als ob sein Lieblingshund eben von einem 20-Tonner überrollt worden wäre. »Wir haben Sie schon angerufen, aber leider nicht mehr erreicht. Oooch, es ist eine Katastrophe.«

»Ja, was ist denn geschehen?«, Wilma sah sich um, konnte aber außer einigen ratlos herumstehenden Kundinnen nichts Außergewöhnliches erkennen. Aber das langte ja auch schon.

»Antonio hat sich schon gestern irgendwie so ... seltsam gefühlt«, berichtete jetzt André, die rechte Hand des Chefs. »Heute Morgen war es noch schlimmer, und er musste ins Spital. Ein Kreislaufkollaps, er fällt uns mindestens bis Mitte nächster Woche aus. Eine Katastrophe ist das.«

»Ja, und was bedeutet das für meine Haare?« Nachdem Wilma festgestellt hatte, dass die Lage zwar ernst, aber nicht wirklich hoffnungslos war, gewann ihr Eigennutz wieder die Oberhand. »Wer macht mir jetzt meine Frisur?«

»Tja, genau das ist das Problem«, mischte sich jetzt auch Gregorij ein, der Senior im Laden. Ein exzeptioneller Virtuose des Kammes und der Schere, der angeblich sogar einmal Rudi Nurejew vor einem Auftritt im Kirow-Theater façonniert hatte. Es hatte Schwanensee gegeben. Bei dem Gedanken daran wurde dem wilden Kasachen heute noch ganz warm ums Herz.

»Da wir heute völlig ausgebucht sind, wir sind einer der wenigen Salons, die auch am Feiertag offen haben, können wir nur versuchen, die Termine, die Antonio gehabt hätte, irgendwie ...«, er suchte nach einem Ausdruck, der seiner sanften Mentalität eher entsprach, fand aber keinen, »... dazwischenzuquetschen. Wir bedauern, aber ...«

Nun gut, das war's, dachte Wilma. Sie hatte keinesfalls die Absicht, sich irgendwo von irgendwem ›dazwischenquetschen‹ zu lassen. Auch nicht an einem Tag wie diesem. Dann musste sie sich halt selbst die Haare machen. Andererseits, wer konnte schon wissen, ob es sich dabei nicht um ein Zeichen handelte. Irgendjemand in diesem unendlichen Universum, der es – hoffentlich – gut mit ihr meinte, gab ihr vielleicht auf diese Art zu verstehen, sich das Ganze noch einmal zu überlegen.

Also wirklich, Wilma, schalt sie sich. Was sollte dieser dumme Gedanke? Für einen Rückzieher war es jetzt aber wirklich zu spät. Rund 60 geladene Gäste bei der Trauung und dem nachfolgenden Empfang im Bezirksmuseum, übrigens typisch für Mario, als ob das Magistratische Bezirksamt nicht völlig gereicht hätte. Obwohl, für das Sekttrinken nachher war die Villa Wertheimstein wirklich die bessere Adresse.

Und abends nochmals 36 Personen zu dem gesetzten Essen in dem neuen Hotel am Kahlenberg. Wilma war schon neugierig, ob der himmlische Ruf, den die Gastrokritiker über den jüngsten ›Star am Küchenhimmel über Wien‹ verbreiteten, auch wirklich zutraf.

Ihre Eltern wussten noch immer nichts von ihrem Glück. Sicher rechneten die beiden, die zumindest in den ersten 15 Jahren des schlampigen Verhältnisses ihrer Tochter mit diesem Palinski um nichts mehr gebetet hatten, als um die Legitimierung dieses ›Ärgernisses‹, mit allem anderen, nur nicht mehr mit einer Heirat ihrer Kleinen. Na, die würden Augen machen, wenn sie mit ihnen nicht wie vorgegeben zum Kaffee im Sacher, sondern zum ›Ja‹ im Bezirksmuseum gehen würde. Obwohl …

Irgendwie missfiel Wilma dieser bis ins Letzte geplante Tag. Wie ihr Mario heute Morgen beim Frühstück eingeschärft hatte, an dies zu denken und bloß das nicht zu vergessen und vor allem ja nicht zu spät zu kommen, da war sie einen Moment lang nahe daran gewesen, alles hinzuschmeißen.

Wozu das alles eigentlich? Würde ihr Mann heute Abend ein besserer Liebhaber sein als ihr Lebensgefährte vergangene Nacht? Wohl kaum. Der Gedanke an dieses Zusammensein zauberte ihr noch jetzt ein wunderschönes Lächeln ins Gesicht. Bei 27 gemeinsamen Jahren war die gestrige Nacht schon sensationell gewesen. Also wirklich.

Wilma lächelte noch immer, als sie beschloss, nichts zu überstürzen und als Erstes einmal einen Kaffee trinken zu gehen.

*

Fast schien es, als ob sich eine Art freundschaftliches Verhältnis zwischen der Verdächtigten Sanders und der Polizistin Wallner entwickelt hätte. Aber Franka war auf der Hut. Als eine für ihr relativ jugendliches Alter sehr erfahrene Kriminalistin wusste sie, dass manche

Menschen bewusst oder unbewusst versuchten, die Verhör führende Person für sich einzunehmen.

Die Überlegungen der Oberinspektorin wurden durch das Klingeln des Telefons unterbrochen. »Servus«, meinte sie, nachdem sie den Hörer abgenommen hatte. »Na, schon wieder fit? Was kann ich für dich tun?«

Als Reaktion auf des Anrufers Frage wollte Franka von Marika wissen, ob ihr Vater ein Mobiltelefon gehabt hatte. Die junge Frau nickte und lachte boshaft: »Mit dem Handy hat er immer sein Liebesgeflüster mit dem Weib geführt und geglaubt, ich kenn die Nummer nicht. Dass ich nicht lache.« Dann gab sie Franka auch diese bereitwillig bekannt.

»Hast du das mitbekommen?«, wollte die Oberinspektorin von ihrem Gesprächspartner wissen. Offenbar ja, denn danach beendete sie ohne jedes weitere Wort das Gespräch.

Wo waren sie bloß stehen geblieben, als sie das Telefonat angenommen hatte? Ach ja, bei den Einschleimversuchen Marikas.

Es konnte ja durchaus auch sein, dass die junge Frau einfach das Verlangen hatte, sich alles von der Seele zu reden. Einfach, weil sie sich danach besser fühlte.

Für sie, Franka, war letztlich egal, aus welchen Motiven die Tatverdächtige nur so sprudelte, Hauptsache, sie erfuhr alles, was sie wissen musste.

Und das war bereits eine ganze Menge: Marika hatte zugegeben, sich durch diverse Tricks etwa 148.000 Euro von den Konten ihres Vaters erschwindelt zu haben. »Das war so einfach, unglaublich«, hatte sie eingeräumt.

»Man will es einmal machen und dann nicht mehr, aber die Versuchung, es wieder zu tun, ist unheimlich groß«, erklärte sie.

In Vorbereitung seiner Hochzeit mit Vera Asbinova hatte Wilhelm Sanders die Absicht geäußert, den exakten Status seines nicht unbeträchtlichen Vermögens durch einen Wirtschaftsprüfer feststellen zu lassen. »Bei der Gelegenheit wäre ja alles herausgekommen. Dem habe ich zuvorkommen müssen. Und überhaupt, diese geplante Hochzeit, die hat mir maßlos in der Nase gestunken. Wie komme ich eigentlich dazu, mein ganzes zukünftiges Erbe mit dieser Physioschlampe teilen zu müssen?« Trotzig starrte sie Franka an. »Da musste ich rechtzeitig etwas dagegen unternehmen. Das verstehen Sie doch sicher?«

Das war das Bestechende am Armsein, ging es der Oberinspektorin durch den Kopf. Es fehlte den Mitmenschen ganz einfach die Motivation für eine ganze Menge ganz schlimmer Verbrechen.

Ja, aus der krausen Logik dieser jungen Frau heraus hatte natürlich etwas unternommen werden müssen. Aber warum unbedingt das, was geschehen war?

»Auf die Idee, sich bei Ihrem Vater einfach zu entschuldigen, sind Sie wohl nie gekommen. Oder?« Franka schüttelte den Kopf. »Ich verstehe euch Junge manchmal wirklich nicht. Oder sich mit dem Ihnen zustehenden Anteil an dem unserer Information nach mindestens 1,8 Millionen betragenden Vermögen Ihres Vaters zufriedenzugeben? Da ist doch genug da für zwei.«

»Der Schlampe was lassen«, sie rümpfte verächtlich die Nase. »Das ist doch wirklich nicht cool. Geiz dagegen ist geil, das wissen Sie doch sicher.« Jetzt lachte das Weib auch noch provokant. »Übrigens, Ihre Informationen sind Scheiße. Auf dem Nummernkonto in der Schweiz sind noch einmal 800.000. Mindestens. Nur dass Sie's wissen.«

Das war wohl so eine Art Ätsch gewesen, allerdings eines, das voll nach hinten losgegangen war. Die Sanders war schlicht und einfach dumm, und Franka hatte jetzt wirklich genug von ihr.

Im Übrigen hatte sie ohnehin alles erfahren, was sie fürs Erste hatte wissen wollen. Ohne ihr Gegenüber eines weiteren Blickes zu würdigen, gab sie dem im Raum befindlichen Polizisten ein Zeichen. »Bringen Sie die Frau bitte zurück in ihre Zelle. Für heute reicht es mir.«

*

Siegfried Michael Bender machte sich riesige Vorwürfe. »Lou und ich haben gewusst, dass Nora nicht vor Mitternacht zurückkommen wird. Vorher konnten wir uns also ohne Risiko lieben«, berichtete er Oberleutnant Bachmayer relativ ungeniert und in genau dem sachlichen Plauderton, auf den bereits Mario Palinski hingewiesen hatte.

Lucia Nicerec hatte dann vor Beginn der letzten Runde, so kurz vor 23 Uhr, vorgeschlagen, doch sicherheitshalber den Wecker einzustellen. »Nur für den Fall, dass wir einnicken.«

Aber Simmi hatte nur gegrunzt, gemeint, dass sie die

Zeit besser nutzen sollten, und war gleich wieder zur Sache gekommen.

»Das Nächste, an was ich mich erinnere, war, wie Nora plötzlich aufschrie: ›Auseinander, auseinander, ihr Drecksäue!‹« Dann hatte sich die Megäre auf ihre Tochter gestürzt und wahllos auf sie eingeprügelt. »Da habe ich Angst um das Baby bekommen, Lou aus der Angriffslinie gezerrt und begonnen, selbst auf Nora einzuschlagen. Aber nur, um ihren Angriff abzuwehren.«

Daraufhin hatte sich die Mutter umgedreht und war aus dem Schlafzimmer gelaufen. »Ich habe gehofft, dass die Attacke damit vorüber war, und wollte mich gerade anziehen, als Nora auf einmal wieder da war. Mit meinem Rasiermesser in der Hand. Einem Erbstück von meinem Vater. Das Messer ist so scharf, dass es ein auf die Schneide fallendes Haar trennt.«

»Das war jetzt endgültig das letzte Mal, du geiler Bock«, hatte Nora gebrüllt, sich auf Simmis Unterleib konzentriert und sein bestes Stück in die Hand genommen.

»Mit der anderen Hand hat sie schon das Rasiermesser ansetzen wollen, aber ich habe ihr mit dem Aschenbecher, der auf dem Nachttisch gestanden ist, auf den Kopf geschlagen und sie damit etwas aufgehalten. Allerdings ist das Weib dadurch nur noch wütender geworden. Erst als Lou von hinten auf sie eingestochen hat, zweimal, ist Nora endlich zusammengebrochen.«

Er atmete schwer und begann, leise zu weinen. »Lou hat mir meine Eier und vielleicht sogar das Leben gerettet.«

Bis jetzt hätte die Geschichte durchaus Chancen gehabt, als Notwehr und Nothilfe durchzugehen, vielleicht auch als entsprechende Überschreitungen. Falls die beiden zu diesem Zeitpunkt die Polizei verständigt hätten. Was sie aber nicht getan hatten.

Im Gegenteil, die nächsten Schritte der beiden stellten den angeblich spontanen Charakter der Tat ziemlich infrage.

Die Leiche der Frau bzw. Mutter war zunächst in drei Plastiktischtücher eingewickelt worden. Danach hatten sich beide angezogen, den Leichnam in die Tiefgarage des Hauses geschleppt und ihn ins Innere von Lous altem VW-Transporter gelegt. Dann waren sie über die Höhenstraße bis zu dieser Parkinsel in der Nähe der Josefinenhütte gefahren. Von dort hatten sie die Tote etwa 40 Meter in den Wald hineingeschleppt und unter einem großen Haufen Herbstlaub versteckt.

So, das war's gewesen. »Ich bin schuld am Tod meiner Frau«, betonte Bender. »Lucia ist mir lediglich zu Hilfe gekommen, als mich Nora mit dem Rasiermesser schwer verletzen oder sogar töten wollte. Bitte berücksichtigen Sie das«, er flehte Bachmayer fast an.

»Das liegt nicht an mir«, stellte der Oberleutnant fest. »Ich bin aber sicher, dass das Gericht die mildernden Umstände für Ihre Stieftochter richtig würdigen wird.«

Damit beendete Bachmayer die Einvernahme und informierte Chefinspektor Wallner vom Ergebnis.

*

Palinski konnte es kaum fassen: Er hatte Grissly gleich beim ersten Anruf erreicht, der Anwalt war eben zurückgekehrt. Keine 20 Minuten später hatte ihm ein Bote die Kopie der Aufzeichnungen der Überwachungskamera des Geldausgabeautomaten vis-à-vis des Sanders-Hauses gebracht.

Nach weiteren 30 Minuten stand fest, dass Ellis Beobachtungen völlig zutreffend waren, woran Mario nie gezweifelt hatte. Laut Videoaufzeichnung war es exakt 2.51 Uhr, als ein Golf oder etwas in der Art vor dem Haus einparkte. Auf dem Schwarz-Weiß-Band konnte die Farbe des Wagens weiß sein, grau, beige oder auch silbern métallisé. Das einzig Auffallende an dem Fahrzeug war ein größerer länglich-ovaler Aufkleber in der rechten Ecke der Heckscheibe. Der Kleber kam Palinski irgendwie bekannt, ja sogar vertraut vor. Er wusste im Moment aber nicht, wieso und woher.

Die Person, die durch den Garten zum Haus gegangen war und dieses dann um 2.54 Uhr betreten hatte, konnte sowohl ein kleinerer Mann als auch eine Frau in einem Hosenanzug sein. Das ließ sich aus der Distanz und bei den schlechten Lichtverhältnissen nicht eindeutig sagen.

Vielleicht hatte Sanders ja noch jemanden angerufen und um Hilfe gebeten, nachdem die Polizei auf seinen Anruf nicht reagiert hatte. Zumindest aus seiner Sicht, das mit der Computerpanne konnte der Sterbende ja nicht wissen.

Aber falls die Person wirklich da gewesen war, um Sanders zu helfen, warum hatte sie sich nicht mit der Polizei in Verbindung gesetzt, nachdem sie den Toten gefunden hatte?

Falls ein solcher Anruf über das Festnetz abgesetzt worden war, dann konnte die Telefongesellschaft das feststellen. Oder hatte Sanders über sein Handy angerufen? Hatte Sanders überhaupt ein Handy? Das musste eigentlich Franka Wallner wissen, dachte er und rief sie auch gleich an.

Zwei Minuten später wusste er nicht nur, dass Sanders ein mobiles Telefon gehabt hatte, sondern sogar die Rufnummer.

Das Handy würde ihm vieles verraten. Bloß, wo war das gute Stück geblieben? Er konnte sich nicht erinnern, es im Haus gesehen zu haben. Und die Polizei hatte es auch nicht, sonst hätte Franka davon gewusst.

Palinski fühlte sich so wohl wie lange nicht mehr. Halt, das stimmte nicht ganz. Er fühlte sich jetzt so wohl wie gestern, als sich die einzelnen Puzzleteile des Falles Nora Bender-Nicerec plötzlich wie von selbst zu einem sinnvollen Ganzen zusammenfanden.

Das war seine Welt, in der fühlte er sich zu Hause. Und auch jetzt hatte er dieses untrügliche Gefühl, dass etwas Großes im Gange war. Dass es in Kürze überraschende Antworten auf bisher zum Teil noch gar nicht gestellte Fragen geben würde.

Hoffentlich wurde ihm nur die Zeit nicht zu knapp. Am Nachmittag hatte er nämlich etwas vor. Etwas Wichtiges, das wusste er ganz genau. Auch wenn ihm im Augenblick partout nicht einfallen wollte, was es war.

*

Während Palinski angestrengt nachdachte, was er denn heute Nachmittag so Wichtiges vorhatte, schlossen sowohl Franka als auch Helmut Wallner ihre aktuellen Fälle vorläufig ab. Sowohl der Fall Wilhelm Sanders als auch der Mord oder die Tötung Nora Bender-Nicerecs waren jetzt so weit, dass sie der Staatsanwaltschaft vorgelegt werden konnten.

Und ganz nebenbei war auch der dritte Fall so gut wie gelöst. Im Laufe des Vormittags hatte Chefinspektor Wallner einen Anruf aus dem Krankenhaus Hollabrunn erhalten. Fridolin, der jüngere der beiden Gaberl-Brüder, war aus dem Koma aufgewacht und zu einer Aussage bereit. Soweit er halt etwas Sachdienliches beitragen konnte mit seiner retrograden Amnesie. Na, vielleicht war ja das Erinnerungsvermögen seines Bruders Burli etwas besser. Sobald er erst einmal aufgewacht war.

Wallner, der auch wieder einmal Mensch sein wollte, hatte abgewinkt und veranlasst, dass die weitere Verfolgung des Falles Fridolin und Burli Gaberl zuständigkeitshalber an Major Fink Brandtner vom Landeskriminalamt Niederösterreich übergeben wurde.

Der Chefinspektor konnte vor seinen geistigen Ohren die empörten Proteste des Freundes aus Klosterneuburg förmlich hören. Blieb aber davon weitgehend unberührt.

Was sollte es auch, da mussten sie beide eben durch. Und überhaupt, schließlich war es langsam an der Zeit, einmal auf sich selbst Rücksicht zu nehmen.

Der designierte Innenminister Dr. Michael Schneckenburger, über den aktuellen Stand informiert, war ebenfalls zufrieden. Immerhin war der vermeintliche politische Mord an dieser Nora gleich am ersten Tag seiner Ministerschaft als ordinäres Familiendrama aufgeklärt worden. Das machte sich recht gut und brachte ihm Punkte in der Öffentlichkeit.

Vielleicht sollte er ja doch in die Politik gehen und … Na, als Erstes wollte er die Hochzeit seines alten Freundes Mario besuchen, die in ziemlich genau zwei Stunden stattfinden sollte.

Wilma, die im Kaffeehaus mit zwei holländischen Studenten ins Tratschen gekommen war und dabei völlig die Zeit vergessen hatte, war jetzt erst nach Hause gekommen.

Na, wenigstens konnte sie noch ein Bad vor der Trauung nehmen, wenn ihr schon keine Zeit mehr für die Haare geblieben war.

Was hatte dieses Verdrängen des angeblich schönsten Tages im Leben einer Frau eigentlich zu bedeuten? Lachhaft, diese ganz sicher von einem Macho aufgestellte Behauptung. Und trotzdem, was machte sie da eigentlich?

Palinski, dem inzwischen erfreulicherweise wieder eingefallen war, was ihm heute Nachmittag bevorstand, hatte dagegen keine Zeit, mit den Vorbereitungen für den großen Schritt zu beginnen. Oder sich seelisch langsam darauf einzustellen.

Vorher musste er unbedingt diese Idee, die Vision des tatsächlichen Tatherganges, zu Ende spinnen, um zu siegen oder auch daran zu scheitern. Auf jeden Fall aber, um wieder Ruhe zu finden.

Immerhin war Florian Nowotny, sein treuer Knappe,

inzwischen aufgetaucht und bereit, seinem Herrn bei diesem Kreuzzug jede Hilfe angedeihen zu lassen, zu der er imstande war. Und so hatte Mario ihn losgeschickt, etwas für ihn aufzuklären.

Dass er das nicht selbst machen musste, gestaltete die Sache ein wenig einfacher und vergrößerte die Chance, dass die Hochzeit heute Nachmittag auch unter Anwesenheit des Bräutigams stattfinden konnte.

Komisch, dass Palinski bei dieser Vorstellung gar nicht sonderlich glücklich war. Endlich würden Wilma und er für immer verbunden werden. Und er fühlte sich dennoch nicht wohl bei dem Gedanken. Oder gerade deswegen?

Unter diesen Umständen sollte man eigentlich …, aber dazu war es jetzt eindeutig zu spät. Na, wahrscheinlich war seine Reaktion nur auf Nervosität und zu wenig Schlaf zurückzuführen. Oder eine Art prämatrimoniale Hormonstörung, er glaubte, davon schon einmal gehört zu haben.

Na egal, Wilma, die Frau, die er liebte, wollte es so, und das war entscheidend. Daher wollte er es auch. So einfach war das.

Vorhin war ihm endlich auch eingefallen, wo er diesen Aufkleber auf der Heckscheibe des Autos, das den späten Besucher zu Wilhelm Sanders gebracht hatte, bereits einmal gesehen hatte. So betrunken war er an diesem Abend also gar nicht gewesen.

Wenn er sich nicht sehr irrte, zeigte das Pickerl einen karikiert dargestellten Kukuruz, der blöde grinsend meinte: ›Genmais – nein danke! Österreich genfreie Zone.‹

Falls das so war, dann musste er unbedingt auch noch diesen Matik erreichen, den Versicherungsheini. Da waren noch einige entscheidende Fragen offen.

10.

Samstag, 26. Oktober – nach 15 Uhr

Florian war mit einer guten und einer schlechten Nachricht von seiner Mission zurückgekommen.

Die schlechte war, er hatte Sanders Handy trotz intensivster Durchsuchung aller für einen Menschen im Rollstuhl infrage kommenden Aufbewahrungsorte und Verstecke nicht finden können. »Im Haus ist es sicher nicht«, stellte er bestimmt fest, »dafür lege ich meine Hand ins Feuer.«

Palinski war bei solchen Festlegungen meistens eher skeptisch, aber wenn Florian das sagte, dann glaubte ihm sein Chef das auch.

Die gute Nachricht war, dass sein überaus vifer Mitarbeiter bei dieser Gelegenheit wahrscheinlich ein weiteres Beweismittel gefunden hatte, das mindestens so wertvoll und schlüssig war wie das Handy. Vor allem gab es dem Fall möglicherweise eine vollkommen neue Richtung. Wirklich, das Leben war schon spannend.

Aber das Handy musste dennoch her. Schließlich würde es, falls Palinskis Theorie stimmte, den ultimativen Beweis für die Schuld einer Person und die zumindest teilweise Unschuld anderer liefern. Notfalls musste man das Ding eben stehlen, falls es wirklich nicht anders gehen sollte.

Er blickte auf seine Uhr. Es war 15 Uhr. Wenn die

Sache so laufen sollte, wie er sich das vorstellte, dann musste er jetzt handeln. Den einen, entscheidenden Anruf tätigen.

Und dann wurde es langsam auch schon Zeit fürs Bezirksmuseum, für sein Treffen mit Wilma. Mit seinem Leben.

Wo hatte er denn bloß die verfluchte Krawatte hingehängt?

*

Die Wiegeles waren sogar kurz nach 15.30 Uhr im Konzertsaal der Villa Wertheimstein eingetroffen, in dem Frau Mag. Maria Kolbinger vom Standesamt ab 16 Uhr ihres Amtes walten und die entscheidende Frage an Wilma und Mario stellen würde.

Marianne und Anselm waren zu Fuß gegangen, zwischen Wilmas Wohnung in der Döblinger Hauptstraße 15 und dem Bezirksmuseum lagen ja nur wenig mehr als zwei Haltestellen der Straßenbahnlinie 37. Der Weg war also ganz gemütlich in 20 Minuten zu schaffen gewesen.

Als Hauptkommissar war Anselm Wiegele die besonders konzentriert gespannte Stimmung, die er hier in Wien vorgefunden hatte, natürlich nicht entgangen. Im Gegensatz zu den Profis wie Helmut und Franka Wallner, Heidenreich, Bachmayer und auch Major Brandtner, die er zum Teil schon gekannt und auch aus beruflicher Sicht schätzen gelernt hatte und die imstande waren, einmal abzuschalten, führte sich Freund Mario ja auf wie ein Verrückter. Das war nicht mehr nur übermotiviert, nein, das war …, na ja, das war eben … crazy.

Ja, ja, ›Crazy Palinski‹, das traf es ganz genau.

Gut, seine Frau und er hatten natürlich auch mitbekommen, dass die Untersuchung gegen Lorenzo Berticelli, oder wie der Bursche auch hieß, Palinski fast persönlich traf. Auch wenn Wiegele das nicht ganz verstand, das Um und Auf erfolgreicher kriminalistischer Arbeit war nun einmal eine gewisse Distanz des Untersuchenden zum Geschehen und den beteiligten Personen, so respektierte der Hauptkommissar es doch zumindest.

Aber jetzt, da Lorenzos Unschuld ohnehin feststand, sich das Ganze als eine Lüge, ja als Falle der Tochter des Toten herausgestellt hatte, schien sich Mario mehr denn je zuvor in den Fall zu verbeißen. Das mochte verstehen, wer wollte, er, Anselm Wiegele, tat es nicht.

Aber vielleicht sah Marianne das anders, immerhin war seine Frau ja Psychologin und Widersprüchen auch sonst nicht völlig abgeneigt.

Wie auch immer, Anselm war froh, Palinski zum Freund zu haben. Mario als Feind, nein, als Ermittler in einem Kriminalfall gegen sich zu haben, musste echt hart sein. Das wünschte er wirklich niemandem.

Inzwischen war es fünf Minuten vor 16 Uhr geworden, und Wiegele, der sich sowohl als Trauzeuge als auch als Beamter einem reibungslosen Ablauf des Verwaltungsaktes irgendwie verpflichtet sah, wurde langsam unruhig.

Noch fünf Minuten, und weder von der Braut noch vom Bräutigam war auch nur ein Zipfel zu sehen. Diese

Wiener hatten wirklich Nerven, dachte er, die waren echt gewöhnungsbedürftig. Eine Nacht gemeinsam saufen reichte da beim besten Willen nicht aus.

*

Kurz darauf war wenigstens Mario Palinski eingetroffen. Eigentlich waren jetzt alle eingeladenen Gäste da, sodass nur mehr die Eltern der Braut fehlten. Ja, und die Braut selbst auch. Na, wahrscheinlich hatte Wilma ihre Eltern abgeholt, und die alten Herrschaften hatten noch nicht alle Hafteln zugehabt. Oder vor Aufregung noch einmal wischerln gehen müssen, so was konnte schon vorkommen.

Während Palinski immer wieder auf die Uhr sah, schäkerte er ungeniert mit der zugegebenermaßen recht appetitlich aussehenden Standesbeamtin. Argwöhnisch beobachtet von Oberleutnant Bachmayer, der offenbar eigene Pläne hatte.

Magistra Kolbinger wieder schien Kummer gewöhnt zu sein und gab an, sie hätte heute eh nichts mehr vor, bis auf die Ansprache des Herrn Bundespräsidenten um 19.48 Uhr auf allen Kanälen des Österreichischen Fernsehens.

Palinskis fast väterlicher Freund Uwe V. Kohl, einer der führenden Gastronomen der Stadt, der mit zwei seiner Mitarbeiter ein kleines Buffet mit allen Schikanen aufgebaut hatte, hatte begonnen, die Wartezeit mit dem Reichen von Sekt zu verkürzen. Eine gute Idee, fand Palinski, der sich schnell zwei Gläser einverleibte, um besser mit dieser fürchterlichen

Trockenheit im Hals und am Gaumen fertig zu werden.

Sieh mal einer an, wer es da kurzfristig noch möglich gemacht hatte. Durchaus erhofft, wenn vielleicht auch nicht unbedingt erwartet, betrat Vera Asbinova den schönen Raum und kam auf Palinski zu.

»Hallo, Mario«, meinte sie mit dieser ganz besonderen Stimme, mit der sie scheinbar meistens bekam, was sie wollte. »Danke für die Einladung. Diesen Augenblick konnte ich mir doch wirklich nicht entgehen lassen.« Sie küsste ihn, wieder einmal, auf beide Wangen. »Wo ist denn überhaupt die reizende Braut?«

Das war wirklich eine gute Frage. Inzwischen war es bereits 20 Minuten nach 16 Uhr geworden und von Wilma weit und breit noch immer nichts zu sehen. Selbst die Kummer gewöhnte Magistra Kolbinger wurde langsam unruhig. Falls sie noch mehr Sekt zu sich nahm, um sich die Zeit zu vertreiben, würde sie womöglich Gefahr laufen, ihren ›Trauschein‹ wegen Alkoholisierung im Amte zu verlieren.

Auch Mario wirkte ein wenig nervös. Immer wieder blickte er auf seine Uhr, um dann endlich sein mobiles Telefon herauszuholen.

Aber nicht, um, wie die Umstehenden vermuteten, das Erscheinen Wilmas zu urgieren. Nein, der Anruf verfolgte ein völlig anderes Ziel.

Palinski vermutete Sanders verschwundenes Handy in der Wohnung einer ganz bestimmten Person. Und er hatte Florian, den gesetzestreuen jungen Polizisten, zu einem kleinen Einbruch überredet. Seine Argumentation mit dem übergesetzlichen Notstand war sehr beeindruckend gewesen, aber gar nicht notwendig.

Um das Auffinden des besagten Handys in der Wohnung einer Person, die jetzt ganz sicher nicht nach Hause kommen konnte, weil sie sich, wieder ganz sicher, ganz woanders befand, zu erleichtern, hatte Palinski zugesagt, die von Marika angegebene Nummer anzurufen. Falls der Akku von Sanders' Gerät noch Saft lieferte, konnte das Didelidum, didelidei ungemein hilfreich beim Aufspüren sein.

Während Mario damit bemüht war, seine eigene Handschrift und damit die Handynummer zu entziffern, betrat ein in die typische Kluft seiner Zunft gekleideter Fahrradkurier den Saal und blickte sich suchend um.

Harry Bachler, Palinskis Sohn, löste sich aus der Gruppe, mit der er gerade ein angeregtes Gespräch geführt hatte, und gesellte sich zu dem Boten. Der überreichte dem jungen Mann nach kurzem Gespräch ein Kuvert, grüßte und verließ die noch immer nicht stattgefunden habende Trauung.

Inzwischen hatte Palinski Sanders' Nummer hoffentlich richtig eingegeben und stellte erleichtert fest, dass das Gerät offenbar noch funktionierte. Er konnte sogar die polyfone Version von Verdis Triumphmarsch vernehmen, ganz so, als ob er sich selbst bei Florian in dieser Wohnung befände.

Plötzlich, und damit hatte er eigentlich nicht gerechnet, meldete sich eine weibliche Stimme am anderen Ende der Verbindung.

Nicht irgendeine, sondern die … Vera Asbinovas,

die an der anderen Seite des Saales stand, Palinski und dann das Handy in ihrer Hand anstarrte. Und danach wieder Palinski.

Der war über diese Entwicklung genau so verblüfft wie die Frau selbst. Offenbar hatte sie heute beim Weggehen ihr Handy mit dem Sanders' vertauscht.

Das war wieder einmal Kommissar Zufall in Hochform.

Jetzt galt es, Nerven bewahren. Außer ihm und natürlich der Asbinova hatte keiner auch nur die geringste Ahnung, was da eigentlich vor sich ging. Dank seiner an einen an Egozentrik leidenden Maulwurf erinnernde Arbeitsweise am heutigen Tage hatte er, ausgenommen Florian, mit keinem Menschen darüber gesprochen. Und schon gar nicht mit Franka Wallner, die für das Ganze verantwortlich war.

Und Florian, der war jetzt ganz woanders und konnte ihm nicht helfen.

Vielleicht wirkte ja so etwas Ähnliches wie Hypnose. Er starrte Vera unverwandt an und schüttelte eindringlich den Kopf. Die Asbinova ließ zuerst keinen Blick von ihrem Gegner, dann aber doch. Sie schrie laut: »Nein, so eine Scheiße«, warf das mobile Kommunikationsmittel in ihre Handtasche und wollte zum Ausgang sprinten.

Dazwischen stand aber, und das war wirklich ein Glück, Hauptkommissar Wiegele von der Kripo Singen. »Anselm, aufhalten, die Frau ist eine Mörderin«, brüllte Palinski. Und darauf hatten sich des deutschen Freundes greiferartige Arme um die zarte Frau gelegt und sie – schwuppdiwupp – dingfest gemacht. So leicht war das, wenn man einen deutschen Hauptkommissar zum Freund hatte.

*

Der Fluchtversuch der Frau und Wiegeles wackeres Einschreiten hatten natürlich die Aufmerksamkeit aller Anwesenden auf dieses Geschehen und weg vom eigentlichen Anlass gelenkt.

Dann hatte Palinski erst einmal Franka Wallner informieren müssen, dass »Frau Asbinova in jener Nacht gegen 3 Uhr zu Herrn Sanders gekommen ist. Ich vermute, dass sie von dem inzwischen Verstorbenen angerufen und um Hilfe gebeten worden war. Die Antwort werden wir nach Auswertung der Anrufprotokolle von Sanders' Handy bekommen.«

Auf die Frage, warum der späte Besucher das Auffinden des Toten nicht der Polizei gemeldet hatte, hatte Palinski nur eine einzige plausible Antwort gefunden. »Wilhelm Sanders hat zu diesem Zeitpunkt noch gelebt. Frau Asbinova hat die Gelegenheit aber nicht ungenützt gelassen und ihrem angeblichen Freund den Rest gegeben.«

Er fuhr in die bunte Plastiktasche, die er schon die ganze Zeit zur Verwunderung aller mit sich herumgetragen hatte, und holte einen cremefarbenen, in eine Plastikfolie eingewickelten Zierpolster heraus.

»Die Untersuchung dieses Polsters wird beweisen, dass der eingetrocknete Speichel hier«, er deutete auf einen Punkt auf dem Polster, »von Herrn Sanders stammt. Wie jetzt schon unschwer zu erkennen ist, wurde der Polster verwendet, um ihn dem Opfer auf das Gesicht zu legen und es so zu ersticken.« Palinski deutete auf einige etwas dunklere Stellen links und rechts am Polsterrand. »Hier sind sogar die Abdrücke der durch die Autofahrt leicht verschmutzten Hände der Mörderin zu erkennen.«

Bis jetzt war das alles sehr schlüssig und beeindruckend, fand nicht nur Franka Wallner. »Gut«, meinte sie jetzt, »das war sehr überzeugend. Was mir aber noch fehlt, ist das Motiv.«

Der zügige Ablauf wurde durch einen Anruf Florians unterbrochen, der seinerseits einen Anruf Palinskis urgierte, um endlich die Suche nach dem Handy abschließen zu können.

Sorry, aber das hatte sich längst erledigt. »Du kommst jetzt hierher und feierst mit uns mit«, trug ihm sein Boss auf.

Vera Asbinova hatte die Unterbrechung zum seelischen Aufrüsten genutzt. Ihre Stimme hatte sich wieder gefestigt.

»Ja, warum soll ich so etwas getan haben?«, keifte sie jetzt los. »Wilhelm und ich wollten heiraten, also warum sollte ich ihn töten?« Ihre Stimme klang jetzt wieder kräftiger, offenbar hatte sie neue Hoffnung geschöpft. »Und überhaupt, ich habe ja ein Alibi. Zu dem Zeitpunkt, zu dem ich angeblich …«, sie dehnte das ›angeblich‹ über Gebühr, wohl um die Haltlosigkeit des Vorwurfes zu unterstreichen, »… Wilhelm umgebracht haben soll, habe ich in meinem Bett im Kurpalast in Reichenhall geschlafen. Der Portier wird gern bestätigen, dass ich das Haus nicht verlassen habe.«

»Ja, ja, schon gut«, gab Palinski lapidar zurück und wachelte mit dem bereits bekannten Überwachungsvideo. »Also zurück zum Motiv. Da hat mir ein kleines, verängstigtes Vogerl namens Johannes Matik eine interessante Geschichte ins Ohr gezwitschert.«

Bei der Nennung des Namens war Vera zusammengezuckt. Jetzt würde es nicht mehr lange dauern, und sie würde von selbst zu sprechen beginnen.

»Übrigens muss noch überprüft werden, ob der Bursche wirklich so naiv war, wie er behauptet, oder ob er mit seiner Geliebten«, er deutete auf Frau Asbinova, »nicht doch gemeinsame Sache gemacht hat. Die Sache ist also in etwa so gelaufen.«

Offiziell hatte der Versicherungsmakler Matik bei zwölf verschiedenen Versicherungsgesellschaften jeweils eine Lebensversicherung für Wilhelm Sanders abgeschlossen. Und das immer in relativ bescheidener Größenordnung, also mit einer so kleinen Versicherungssumme, dass die Untersuchung der versicherten Person durch einen Vertrauensarzt des Versicherers noch nicht zwingend vorgeschrieben war. In allen Fällen hatte man sich mit dem Attest eines bekannten Internisten, eines Universitätsprofessors, zufriedengegeben.

Aber auch Kleinvieh machte Mist, und zwölf relativ bescheidene Versicherungssummen ergaben insgesamt mehr als eine Million Euro im Todesfall. Der ja inzwischen eingetreten war.

Übrigens, die erforderlichen Unterschriften des Versicherungsnehmers hatte die Asbinova einfach, aber perfekt gefälscht.

»Wir haben Herrn Matiks Aussage auf Band, er wird sie aber noch gesondert zu Protokoll geben.«

Abschließend räumte Palinski ein, dass er nicht wusste, ob Frau Asbinova schon mit dem Vorsatz zu morden gekommen war oder ob sie einfach eine günstige Gelegenheit vorgefunden und dann eben genützt hatte.

»Ein bisschen was musst du ja auch noch herausbekommen, liebe Franka«, spöttelte er freundschaftlich. Dabei hielt er ihr die Liste mit den Policennummern und den Einzahlungsbelegen im Anhang hin.

»Also du hast diese Unterlagen«, kreischte da die Asbinova auf. »Du hast sie mir gestohlen.« Sie deutete erregt auf Palinski und schrie: »Ich möchte Anzeige erstatten, dieser Scheißkerl hat mich bestohlen!«

Palinski blickte zunächst die Frau an, dann hinüber zu Franka und zuckte bedauernd mit den Achseln. Es war so eine Art nonverbales ›Die spinnt halt‹.

»Haben Sie Zeugen für diese Behauptung?«, meinte Franka kühl. »Falls nicht, dann wäre ich an Ihrer Stelle ruhig, sonst kommt gar noch Kreditschädigung zu den Anklagepunkten dazu. Dabei reicht Mord eigentlich völlig aus, sollte man meinen.«

»Ja, aber mein Alibi …«, mit weinerlicher, fast schon krächzender Stimme wollte sich die Verdächtigte wieder auf den Hauptvorwurf gegen sie konzentrieren.

»Dein Alibi ist zum Krenreiben, liebe Vera«, fuhr Palinski die Frau an. »Du selbst hast vor wenigen Minuten gerade den Beweis dafür geliefert, dass du in dieser Nacht im Hause warst. Wie sonst hättest du in den Besitz des Handys kommen können, mit dem

Sanders eine Stunde vorher noch eigenhändig telefoniert hat?«

Das war zwar ein Schuss ins Blaue gewesen, der aber gesessen hatte. Und wie.

Weinend brach Vera Asbinova zusammen und lieferte noch im Bezirksmuseum den ersten Teil eines umfassenden Geständnisses.

*

Dass es inzwischen 17 Uhr geworden und von Wilma nach wie vor nichts zu sehen war, war bei der überraschenden Entwicklung und der perfekten Dramaturgie Palinskis gar nicht aufgefallen.

Jetzt war es an Harry, zu seinem Vater zu treten, ihm ernst ins Auge zu schauen und das vorhin gebrachte Kuvert zu überreichen.

»Papa, du musst jetzt stark sein«, murmelte er, »die Mama meint es ja nicht böse. Sie ist halt so.« Resignierend zuckte er mit den Achseln.

Das offene Kuvert, die beiden nur unzulänglich gefalteten Blätter darin und Harrys Aussage ließen den Schluss zu, dass der Bub längst mehr wusste als sein Vater.

Eine kalte Hand schien sich auf Palinskis Herz zu legen. War Wilma etwas passiert? Ein Unfall vielleicht oder eine plötzliche Erkrankung? Immerhin musste es ja um etwas sehr Ernstes gehen, wenn Harry so auf Katastrophe machte.

Zögernd griff er zu den beiden Seiten eines Briefes, der offenbar von Wilma geschrieben worden war. Na, immerhin lebte sie noch, alles andere konnte gar nicht so schlimm sein.

Palinski überflog die locker gesetzten Zeilen, fast schlagartig verlor sein Gesicht sämtliche Anspannung und nahm einen friedlichen, ja fast verträumten Ausdruck an.

Nachdem er fertig gelesen hatte, fing er lauthals an zu lachen. Dann rief er ebenso nach Sekt. »Sekt her, ich brauche sofort etwas zu trinken!« Das hatte so eindringlich geklungen, dass sich der Patron, also Uwe Kohl, selbst zwei Gläser schnappte und zu Mario brachte.

»Auf dein Wohl, mein Freund«, prostete der ältere Herr Palinski zu. »Was ist denn eigentlich passiert? Wo ist denn Wilma geblieben?«

Palinski schüttete das perlende Nass mit einem Zug hinunter und winkte einem Kellner, Nachschub zu bringen.

»Eben hat mein neues Leben begonnen«, bekannte er, »und ich genieße es wie selten etwas zuvor. Gebt mir nur ein paar Minuten, mich daran zu gewöhnen, dann werde ich euch alles erklären.«

*

Sie hatte es also getan. Wilma hatte gewagt, was zu tun auch ihm durch den Kopf gegangen, wozu er aber zu feig gewesen war. Eine bewundernswürdige Frau, seine Wilma.

Nach drei weiteren Gläsern Sekt hatte Palinski bereits etwas Schlagseite, was ihm unter den gegebenen

Umständen aber niemand zum Vorwurf zu machen schien. Im Gegenteil, alle waren so lieb und nett, ganz so, als ob er in irgendeine Katastrophe geraten wäre.

Na klar, das war ja auch nur zu verständlich. Wilma war nicht erschienen, stattdessen war ein Schreiben gebracht worden. Das konnte nur eines bedeuten, und das bedeutete es ja schließlich auch.

Wilma hatte ihn sitzen lassen und damit genau das getan, womit er selbst auch kokettiert hatte. Nur ganz wenig, nur so am Rande und vor allem nicht konsequent genug.

Ehe es zu weiteren Missinterpretationen kam, sollte er die Anwesenden vielleicht aufklären. Vor allem aber musste er dieser Tante vom Standesamt Bescheid geben, bevor sie noch auf die Idee kam, mehr Geld zu verlangen. Am Nägelbeißen war die Frau Magistra ohnehin schon, das hatte er vorhin ganz genau beobachten können.

Vorsichtig stand er auf und testete den herrschenden Gleichgewichtszustand. Sehr gut, alles in Ordnung.

»Freunde, Bürger, Römer«, Palinski rülpste kurz, aber kräftig. »'Tschuldigen«, meinte er und dann: »Ich glaube, es wird Zeit für eine Erklärung. Erstens, die Hochzeit findet nicht statt, aber das habt ihr ja sowieso mitbekommen. An dieser Stelle danke ich Frau Magistra Kolbinger für ihr hartnäckiges Ausharren. Ihre Dienste werden heute nicht mehr benötigt. Falls Sie aber mit uns feiern wollen, sind Sie uns herzlich willkommen.«

Diese Aufforderung schien ganz im Sinne des Kollegen Bachmayer gewesen zu sein, denn der schmucke

Oberleutnant war schon die ganze Zeit über heftig am Kochen bei der attraktiven Standesbeamtin.

Auch gut, selbst Zahnärzte bekamen gelegentlich Paradontose, oder wie das Zeugs hieß.

»Wilma hat mich also sitzen lassen, so nennt man diese Situation ja wohl«, räumte er ein. »Und dennoch wird diese Beschreibung des Istzustands der Realität einer 27-jährigen guten Partnerschaft nicht gerecht.«

Er atmete tief durch, ehe er fortfuhr. »Es wird am besten sein, wenn ich euch Wilmas Brief ganz einfach vorlese.« Er rülpste nochmals, diesmal aber absolut dezent. »Und ich verbiete mir jede blöde Bemerkung. Dazu ist die Angelegenheit viel zu ernst.«

Erwartungsvoll nahmen die Anwesenden wieder Platz, auch Palinski setzte sich, nahm das Schreiben heraus und legte es vor sich auf den Tisch. Auf jenen Tisch, an dem ursprünglich die Standesbeamtin ihres Amtes hätte walten sollen.

»›Lieber Mario‹«, begann der Brief nicht unerwartet. »›Spätestens jetzt wirst Du erkannt haben, dass unsere Hochzeit nicht stattfinden wird. Zumindest nicht heute. Lass mich vorab eines klarstellen. Meine Entscheidung, Dich in so einem wichtigen Augenblick unseres Lebens allein zu lassen, ist zwar spontan gefallen, aber durchaus nicht unüberlegt. Sie hat auch nichts mit Liebe oder Nicht-Liebe zu tun, denn ich liebe Dich jetzt genau so wie heute Morgen, gestern Abend oder vor 20 Jahren. Na ja, vielleicht ein bisschen anders als vor 20 Jahren. Aber nicht weniger intensiv.‹«

Von irgendwo drang verhaltenes Schluchzen an Marios Ohr. Das kam sicher von dieser Magistra, die war genau der Typ dafür. Und das Schneuzen, das aus den hinteren Reihen kam, musste wohl von Fink Brandtner stammen.

Ein Baum von einem Mann, aber innen batzweich. Ein ganz besonders lieber Mensch.

»›An dem Tag, an dem wir beschlossen haben, nun doch zu heiraten, bin ich der glücklichste Mensch gewesen.‹« Palinski, der am Anfang sehr schnell gelesen hatte, war langsamer geworden. Betonte die einzelnen Worte deutlicher, kurzum, er las jetzt viel besser als zu Beginn.

»›Aber von dem Tag an hat mich die Vorstellung, dieses ritualisierte Ja zueinander zu sagen, immer unsicherer gemacht. Und ich glaube auch beobachtet zu haben, dass Du, mein Lieber, begonnen hast, Dich zu verändern. Nicht stark, für andere wahrscheinlich gar nicht wahrnehmbar, aber für mich unübersehbar. Bis dahin bist Du immer ein häufig zwar unbequemer, aber stets ehrlicher Partner gewesen. Und plötzlich musste ich Anzeichen eines kleinen Machos an Dir entdecken. Dieses ›Wenn wir erst einmal verheiratet sind, dann …‹. Gut, so deutlich hast Du es nicht formuliert, aber so ist es bei mir angekommen. Ich habe Angst gehabt, durch die Heirat einen guten Mann zu verlieren und mir dafür ein Arschloch einzuhandeln. Du entschuldigst den deftigen Ausdruck, der ist sonst nicht meine Art, aber im Moment ist mir danach.‹«

Irgendwo im Raum kicherte jemand. Palinski ließ

das aber durchgehen, die Formulierung war ja tatsächlich erheiternd.

»Wenn sonst noch wer möchte, ein Lacher ist frei«, ging er auf die Situation ein und erntete tatsächlich einige.

Unbemerkt von Palinski hatte sich die Türe in der Wand hinter dem Schreibtisch geöffnet und Wilma im … Jogginganzug betrat leise den Raum. Mit ihrem horizontal über die geschlossenen Lippen gelegten Zeigefinger gab sie den Zuhörern zu verstehen, auf ihr Erscheinen nicht zu reagieren oder ihren Mario sonst wie auf sie aufmerksam zu machen.

Der legte eben das erste Blatt des Schreibens zur Seite und nahm sich das zweite vor.

»›Wenn ich Dich heute versetzt habe, dann einzig und allein, um unsere gute und bewährte Partnerschaft nicht gegen eine sicher nicht bessere, aber unsichere Ehe einzutauschen.

Generell heißt es zwar, dass sich ständig etwas verändern muss, damit es gleich bleiben kann‹«, Mario rieb sich die Augen, als ob ihm etwas hineingefallen wäre. »›Das gilt natürlich auch für uns. Nicht aber für den erfolgreichen Status unserer Beziehung. Ich habe Dich also nicht geheiratet, um unsere Beziehung zu retten.

Ich liebe Dich und freue mich schon auf unser »Nicht-Hochzeitsessen« heute Abend am Kahlenberg, Wilma.‹«

»Ich liebe dich auch«, Palinski legte das Blatt zur Seite und blickte mit den Tränen in den Augen auf seine Freunde. Anselm Wiegele hatte offenbar etwas an den Augen, denn er rollte und rollte sie, dass einem ganz schwindlig davon werden konnte. Oder wollte er ihm womöglich gar etwas damit sagen?

Plötzlich fing ein Erster an zu klatschen, vielleicht war es auch eine Erste, aber das war in diesem Zusammenhang unerheblich. Zunächst noch zögernd, fielen dann immer mehr der Gäste in den Applaus ein, bis endlich der ganze Saal stand und ihn mit Standing Ovations bedachte.

Dachte Palinski zunächst.

Als er sich dann aber doch einmal umdrehte, wusste auch er, wem der stürmische Applaus galt und schloss sich der allgemeinen Wertschätzung an.

»Danke. Du hast getan, wozu mir der Mut gefehlt hat.« Er umarmte Wilma, küsste sie, und es hätte nicht besser sein können.

Zu dem fröhlichen ›Nicht-Hochzeitsessen‹ am Kahlenberg sollen die beiden dem Vernehmen nach erst kurz vor dem Nachtisch, einem sagenhaft guten Grießflammeri auf einem Spiegel aus roten Beeren, erschienen sein. Hungrig und mit leuchtenden Augen.

ENDE

Weitere Krimis finden Sie auf den folgenden Seiten und im Internet: www.gmeiner-verlag.de

PIERRE EMME

Pasta Mortale

273 Seiten, Paperback.
ISBN 978-3-8392-1018-5.

KALT ABSERVIERT Skandal im Restaurant »Desiree«: Ein Gast fällt tot vom Stuhl, er starb an einer vergifteten Portion Mohnnudeln. Was Kriminologe Mario Palinski, der sich neuerdings auch als Gastro-Kritiker versucht, zu diesem Zeitpunkt noch nicht weiß: Die tödlichen Nudeln waren eigentlich für ihn bestimmt. Und kurz darauf kommt es zu weiteren mysteriösen Vorfällen in der Wiener Gastronomie-Szene …

PIERRE EMME

Schneenockerleklat

424 Seiten, Paperback.
ISBN 978-3-89977-803-8.

MORD AM SEMMERING Noch fünf Tage, dann kann sich Mario Palinski endlich wieder etwas Ruhe gönnen. Die Organisation der in den nächsten Tagen im »Semmering Grand« stattfindenden 50. Jahresversammlung der »Federation Européenne des Criminalistes Investigatives« hat den Chef des Instituts für Krimiliteranalogie in den vergangenen Wochen ganz schön in Anspruch genommen.

Auf der Fahrt mit dem Sonderzug von Wien zum Semmering wird ein ungarischer Journalist tot in der Zugtoilette aufgefunden. Der erste einer ganzen Reihe von Morden, wie sich schon bald herausstellen wird.

GMEINER

Wir machen's spannend

Das neue KrimiJournal ist da!

2 x jährlich das Neueste aus der Gmeiner-Krimi-Bibliothek

KRIMIJournal

Wien hard-boiled

E-Books

Tödliches Spiel

In jeder Ausgabe:

- Vorstellung der Neuerscheinungen
- Hintergrundinfos zu den Themen der Krimis
- Interviews mit den Autoren und Porträts
- Allgemeine Krimi-Infos
- Großes Gewinnspiel mit ›spannenden‹ Buchpreisen

ISBN 978-3-89977-950-9

kostenlos erhältlich in jeder Buchhandlung

KrimiNewsletter

Neues aus der Welt des Krimis

Haben Sie schon unseren KrimiNewsletter abonniert?
Alle zwei Monate erhalten Sie per E-Mail aktuelle Informationen aus der Welt des Krimis: Buchtipps, Berichte über Krimiautoren und ihre Arbeit, Veranstaltungshinweise, neue Krimiseiten im Internet, interessante Neuigkeiten zum Krimi im Allgemeinen.
Die Anmeldung zum KrimiNewsletter ist ganz einfach. Direkt auf der Homepage des Gmeiner-Verlags (www.gmeiner-verlag.de) finden Sie das entsprechende Anmeldeformular.

Ihre Meinung ist gefragt!

Mitmachen und gewinnen

Wir möchten Ihnen mit unseren Krimis immer beste Unterhaltung bieten. Sie können uns dabei unterstützen, indem Sie uns Ihre Meinung zu den Gmeiner-Krimis sagen! Senden Sie eine E-Mail an gewinnspiel@gmeiner-verlag.de und teilen Sie uns mit, welches Buch Sie gelesen haben und wie es Ihnen gefallen hat. Alle Einsendungen nehmen automatisch am großen Jahresgewinnspiel mit ›spannenden‹ Buchpreisen teil.

GMEINER

Wir machen's spannend

Alle Gmeiner-Autoren und ihre Krimis auf einen Blick

ANTHOLOGIEN: Mords-Sachsen 4 • Sterbenslust (2010) • Tödliche Wasser • Gefährliche Nachbarn • Mords-Sachsen 3 • Tatort Ammersee (2009) • Campusmord (2008) • Mords-Sachsen 2 (2008) • Tod am Bodensee • Mords-Sachsen (2007) • Grenzfälle (2005) • Spekulatius (2003) **ARTMEIER, HILDEGUND**: Feuerross (2006) • Drachenfrau (2004) **BAUER, HERMANN**: Verschwörungsmelange (2010) • Karambolage (2009) • Fernwehträume (2008) **BAUM, BEATE**: Ruchlos (2009) • Häuserkampf (2008) **BECK, SINJE**: Totenklang (2008) • Duftspur (2006) • Einzelkämpfer (2005) **BECKMANN, HERBERT**: Mark Twain unter den Linden (2010) • Die indiskreten Briefe des Giacomo Casanova (2009) **BEINSSEN, JAN**: Feuerfrauen (2010) **BLATTER, ULRIKE**: Vogelfrau (2008) **BODE-HOFFMANN, GRIT / HOFFMANN, MATTHIAS**: Infantizid (2007) **BOMM, MANFRED**: Kurzschluss (2010) • Glasklar (2009) • Notbremse (2008) • Schattennetz • Beweislast (2007) • Schusslinie (2006) • Mordloch • Trugschluss (2005) • Irrflug • Himmelsfelsen (2004) **BONN, SUSANNE**: Der Jahrmarkt zu Jakobi (2008) **BODENMANN, MONA**: Mondmilchgubel (2010) **BOSETZKY, HORST (-KY)**: Unterm Kirschbaum (2009) **BOENKE, MICHAEL**: Gott'sacker (2010) **BÖCKER, BÄRBEL**: Henkersmahl (2010) **BUTTLER, MONIKA**: Dunkelzeit (2006) • Abendfrieden (2005) • Herzraub (2004) **BÜRKL, ANNI**: Schwarztee (2009) **CLAUSEN, ANKE**: Dinnerparty (2009) • Ostseegrab (2007) **DANZ, ELLA**: Rosenwahn (2010) • Kochwut (2009) • Nebelschleier (2008) • Steilufer (2007) • Osterfeuer (2006) **DETERING, MONIKA**: Puppenmann • Herzfrauen (2007) **DIECHLER, GABRIELE**: Engpass (2010) **DÜNSCHEDE, SANDRA**: Todeswatt (2010) • Friesenrache (2009) • Solomord (2008) • Nordmord (2007) • Deichgrab (2006) **EMME, PIERRE**: Pizza Letale (2010) • Pasta Mortale • Schneenockerleklat (2009) • Florentinerpakt • Ballsaison (2008) • Tortenkomplott • Killerspiele (2007) • Würstelmassaker • Heurigenpassion (2006) • Schnitzelfarce • Pastetenlust (2005) **ENDERLE, MANFRED**: Nachtwanderer (2006) **ERFMEYER, KLAUS**: Tribunal (2010) • Geldmarie (2008) • Todeserklärung (2007) • Karrieresprung (2006) **ERWIN, BIRGIT / BUCHHORN, ULRICH**: Die Gauklerin von Buchhorn (2010) • Die Herren von Buchhorn (2008) **FOHL, DAGMAR**: Das Mädchen und sein Henker (2009) **FRANZINGER, BERND**: Leidenstour (2009) • Kindspech (2008) • Jammerhalde (2007) • Bombenstimmung (2006) • Wolfsfalle • Dinotod (2005) • Ohnmacht • Goldrausch (2004) • Pilzsaison (2003) **GARDEIN, UWE**: Die Stunde des Königs (2009) • Die letzte Hexe – Maria Anna Schwegelin (2008) **GARDENER, EVA B.**: Lebenshunger (2005) **GIBERT, MATTHIAS P.**: Bullenhitze (2010) • Eiszeit • Zirkusluft (2009) • Kammerflimmern (2008) • Nervenflattern (2007) **GRAF, EDI**: Bombenspiel (2010) • Leopardenjagd (2008) • Elefantengold (2006) • Löwenriss • Nashornfieber (2005) **GUDE, CHRISTIAN**: Homunculus (2009) • Binärcode (2008) • Mosquito (2007) **HAENNI, STEFAN**: Brahmsrösi (2010) • Narrentod (2009) **HAUG, GUNTER**: Gössenjagd (2004) • Hüttenzauber (2003) • Tauberschwarz (2002) • Höllenfahrt (2001) • Sturmwarnung (2000) • Riffhaie (1999) • Tiefenrausch (1998) **HEIM, UTA-MARIA**: Totenkuss (2010) • Wespennest (2009) • Das Rattenprinzip (2008) • Totschweigen (2007) • Dreckskind (2006) **HUNOLD-REIME, SIGRID**: Schattenmorellen (2009) • Frühstückspension (2008) **IMBSWEILER, MARCUS**: Altstadtfest (2009) • Schlussakt (2008) • Bergfriedhof (2007) **KARNANI, FRITJOF**: Notlandung (2008) • Turnaround (2007) • Takeover (2006) **KEISER, GABRIELE**: Gartenschläfer (2008) • Apollofalter (2006) **KEISER, GABRIELE / POLIFKA,**

Alle Gmeiner-Autoren und ihre Krimis auf einen Blick

WOLFGANG: Puppenjäger (2006) **KLAUSNER, UWE**: Odessa-Komplott (2010) • Pilger des Zorns • Walhalla-Code (2009) • Die Kiliansverschwörung (2008) • Die Pforten der Hölle (2007) **KLEWE, SABINE**: Die schwarzseidene Dame (2009) • Blutsonne (2008) • Wintermärchen (2007) • Kinderspiel (2005) • Schattenriss (2004) **KLÖSEL, MATTHIAS**: Tourneekoller (2008) **KLUGMANN, NORBERT**: Die Adler von Lübeck (2009) • Die Nacht des Narren (2008) • Die Tochter des Salzhändlers (2007) • Kabinettstück (2006) • Schlüsselgewalt (2004) • Rebenblut (2003) **KOHL, ERWIN**: Flatline (2007) • Grabtanz • Zugzwang (2006) **KOPPITZ, RAINER C.**: Machtrausch (2005) **KÖHLER, MANFRED**: Tiefpunkt • Schreckensgletscher (2007) **KÖSTERING, BERND**: Goetheruh (2010) **KRAMER, VERONIKA**: Todesgeheimnis (2006) • Rachesommer (2005) **KRONENBERG, SUSANNE**: Kunstgriff (2010) • Rheingrund (2009) • Weinrache (2007) • Kultopfer (2006) • Flammenpferd (2005) **KURELLA, FRANK**: Der Kodex des Bösen (2009) • Das Pergament des Todes (2007) **LASCAUX, PAUL**: Feuerwasser (2009) • Wursthimmel • Salztränen (2008) **LEBEK, HANS**: Karteileichen (2006) • Todesschläger (2005) **LEHMKUHL, KURT**: Nürburghölle (2009) • Raffgier (2008) **LEIX, BERND**: Fächertraum (2009) • Waldstadt (2007) • Hackschnitzel (2006) • Zuckerblut • Bucheckern (2005) **LOIBELSBERGER, GERHARD**: Die Naschmarkt-Morde (2009) **MADER, RAIMUND A.**: Glasberg (2008) **MAINKA, MARTINA**: Satanszeichen (2005) **MISKO, MONA**: Winzertochter • Kindsblut (2005) **MORF, ISABEL**: Schrottreif (2009) **MOTHWURF, ONO**: Werbevoodoo (2010) • Taubendreck (2009) **MUCHA, MARTIN**: Papierkrieg (2010) **NEEB, URSULA**: Madame empfängt (2010) **OTT, PAUL**: Bodensee-Blues (2007) **PELTE, REINHARD**: Inselkoller (2009) **PUHLFÜRST, CLAUDIA**: Rachegöttin (2007) • Dunkelhaft (2006) • Eiseskälte • Leichenstarre (2005) **PUNDT, HARDY**: Deichbruch (2008) **PUSCHMANN, DOROTHEA**: Zwickmühle (2009) **RUSCH, HANS-JÜRGEN**: Gegenwende (2010) **SCHAEWEN, OLIVER VON**: Schillerhöhe (2009) **SCHMITZ, INGRID**: Mordsdeal (2007) • Sündenfälle (2006) **SCHMÖE, FRIEDERIKE**: Bisduvergisst (2010) • Fliehganzleis • Schweigfeinstill (2009) • Spinnefeind • Pfeilgift (2008) • Januskopf • Schockstarre (2007) • Käfersterben • Fratzenmond (2006) • Kirchweihmord • Maskenspiel (2005) **SCHNEIDER, HARALD**: Wassergeld (2010) • Erfindergeist • Schwarzkittel (2009) • Ernteopfer (2008) **SCHRÖDER, ANGELIKA**: Mordsgier (2006) • Mordswut (2005) • Mordsliebe (2004) **SCHUKER, KLAUS**: Brudernacht (2007) **SCHULZE, GINA**: Sintflut (2007) **SCHÜTZ, ERICH**: Judengold (2009) **SCHWAB, ELKE**: Angstfalle (2006) • Großeinsatz (2005) **SCHWARZ, MAREN**: Zwiespalt (2007) • Maienfrost • Dämonenspiel (2005) • Grabeskälte (2004) **SENF, JOCHEN**: Kindswut (2010) • Knochenspiel (2008) • Nichtwisser (2007) **SEYERLE, GUIDO**: Schweinekrieg (2007) **SPATZ, WILLIBALD**: Alpenlust (2010) • Alpendöner (2009) **STEINHAUER, FRANZISKA**: Wortlos (2009) • Menschenfänger (2008) • Narrenspiel (2007) • Seelenqual • Racheakt (2006) **SZRAMA, BETTINA**: Die Konkubine des Mörders (2010) • Die Giftmischerin (2009) **THÖMMES, GÜNTHER**: Das Erbe des Bierzauberers (2009) • Der Bierzauberer (2008) **THADEWALDT, ASTRID / BAUER, CARSTEN**: Blutblume (2007) • Kreuzkönig (2006) **VALDORF, LEO**: Großstadtsumpf (2006) **VERTACNIK, HANS-PETER**: Ultimo (2008) • Abfangjäger (2007) **WARK, PETER**: Epizentrum (2006) • Ballonglühen (2003) • Albtraum (2001) **WICKENHÄUSER, RUBEN PHILLIP**: Die Seele des Wolfes (2010) **WILKENLOH, WIMMER**: Poppenspäl (2009) • Feuermal (2006) • Hätschelkind (2005) **WYSS, VERENA**: Todesformel (2008) **ZANDER, WOLFGANG**: Hundeleben (2008)